新潮文庫

霧の旗

松本清張著

霧の旗

1

柳田桐子《やなぎだきりこ》は、朝十時に神田の旅館を出た。

もっと早く出たかったが、人の話では、有名な弁護士さんは、そう早く事務所に出勤しないだろうということで、十時になるのを待っていたのだ。

大塚欽三《きんぞう》というのが、桐子が九州から目当てにして来た弁護士の名であった。刑事事件にかけては一流だということは、二十歳で、会社のタイピストをしている桐子が知ろうはずはなく、その事件が突然、彼女の生活を襲って以来、さまざまな人の話を聞いているうちに覚えたことである。

桐子は一昨日の晩に北九州のK市を発《た》ち、昨夜おそく東京駅に着いた。神田のその宿にまっすぐに行ったのは、前に中学校の修学旅行のとき、団体で泊ったことがあり、そういう宿なら何となく安心だという気がしたからだ。それから、学生の団体客を泊めるような旅館なら、料金も安いに違いないというつもりもあった。

未知だったが、大塚欽三弁護士には会える自信があったし、会ったら、この事件をひきうけてくれるものと思い込んでいた。わざわざ九州から二十時間も汽車に揺られて上京したのだ。その熱心を初対面の弁護士が認めぬはずはないのである。

起きたときは、空が白くなったばかりであった。二十時間も汽車に乗りつづけた身体《からだ》が、その早い時刻に宿で醒《さ》めたのは、これは若さのせいだけではなく、やはり心が昂《たかぶ》っているからであった。

宿は高台にあって、朝は東京とは思えぬ静かさだった。前のときと印象がちがうのは、今度は部屋にひとりで寝たためである。すぐ窓の下に小学校があり、起きて見たときは運動場に誰もいなかったのが、次第に一つ二つと黒豆のような姿が現われ、それが集団的な騒ぎ声になったころ、女中が蒲団《ふとん》を片づけに来た。

「大そうお早うございますね」

年輩の女中は眼尻《めじり》に皺《しわ》を寄せて挨拶《あいさつ》した。

「お疲れになったんでしょう？　もう少し、ゆっくりおやすみになればよろしいのに」

「でも、もう眼がさめたのです」

桐子は縁側の籐椅子《とういす》に移って云った。

「やっぱりお若いからですわ。わたくしどもなら、とても」

女中は昨夜のうちに、桐子が九州から来たことを知っていた。茶と、小皿に入れた紅色の梅干をすすめた。梅干は小さいながら、小癪《こしやく》に萎《しな》びた皺をつくっていた。桐子の眼はそれに、ぼんやり吸われている。

「九州って、わたくしも一度、行きたいと思っていますわ。別府なんかいいそうでございますね」

「はい」

女中は白い布巾で朱塗りの卓を丹念《たんねん》に拭《ふ》いている。

「お嬢さま、東京は初めてなんですか?」

「………」

「ご見物ですか?」

若い女がひとりで旅館に泊るのだから、東京に親戚《しんせき》も知人もないことは判断がつく。これは見物か、職探しととったらしい。

「いいえ、そうじゃありません」

桐子は籐椅子に腰かけて答えた。

女中は、卓に茶碗《ちゃわん》をならべはじめた。茶碗の白さが朱塗りの卓に写っている。女中は膝《ひざ》を折って手順に皿を置いているが、眼は客のことを考えている表情だった。

桐子は、手帖《てちょう》を出した。それが大塚弁護士の事務所の所在地であった。

「東京都千代田区丸の内二丁目M仲×号館××号室」

桐子が口に出して、その行先の順序を訊《き》くと、

「東京駅のすぐ横なんですよ。八重洲口《やえすぐち》とは反対側の」

女中は都電のコースを教え、

「あすこは会社ばかりですが、お知合いでも？」

探るように訊いた。

「え、ちょっと。弁護士さんの事務所を訪《たず》ねるんです」

「弁護士さん？」

就職のことで上京したらしいと踏んでいた女中は愕《おどろ》いた眼つきをした。

「九州から、わざわざなんですか？」

「そうです」

「おえらいですわね」

女中は、年下の同性を見る眼で云《い》った。

この若い客は、面倒な事件を背負って来ているらしい。ついでに、それを訊き出したいところだが、さすがにそれは遠慮している。

「あなた、あの辺をよくご存じですか？」

桐子は訊いた。

「はあ、よく通りますけれど。赤煉瓦《あかれんが》の同じような建物が両側にならんで建っているところで、会社の看板が沢山出ているくらいは知っています。何という弁護士さんですか？」

「大塚欽三さんとおっしゃる方です」

女中は、ちょっと息を詰めて、

「大塚弁護士？」

「それは有名な方ですわ」

「ご存じですか？」

「いいえ、直接には存じ上げませんが、それは、あなた、こんな商売していますと、いろいろなお客さまが見えますので、自然と覚えるものでございます」

と微笑して、

「へえ。そんな一流の弁護士さんをお頼みになるというのは、大変でございましょうね？」

と桐子の顔を真正面に見た。

「向うには、いい弁護士さんはいらっしゃらないのですか？」

「それは、おられますけれど」

桐子は眼を伏せた。

「でも、やっぱり、東京の一流の方にお願いした方がいいと思いまして」

「そら、それに越したことはありませんけれど」

女中は、九州からその目的でひとりで来た若い女をすこし呆《あき》れたように見た。

「何か、あの、面倒な事件でも？」

女中が、つぎに、探りを入れるつもりらしかったが、

「え」

と桐子は口の中に曖昧《あいまい》に云って、不意に返辞の戸を閉じてしまった。籐椅子から起《た》って、卓にならべられた茶碗の前に膝を揃《そろ》えて折ったものだが、その稚《おさな》い線の残った横顔が意外に冷たく、女中に距離を急に感じさせた。


丸の内M仲×号館というのは、古い外国の街を歩いているように、赤い煉瓦の建物が道の両方に高くならんでいる区域だった。絵の明治の西洋館を見ている感じで、明るい初夏の陽射《ひざ》しが、この建物では影になる部分が多かった。入口も狭く、奥行が暗く見える。前の舗道の並木に明るい緑が光を出さなかったら、全体が銅版画のように、

重く沈んでいるのだった。

商館の表には、四角な黒い板《プレート》に金文字で会社の名前が嵌《は》めこんである。この金色が昏《くら》い色調にかすかに浮き出て雰囲気《ふんいき》と似合う。これは舗道に、自動車の代りに四輪馬車が走っても、少しもおかしくない風景であった。

桐子は、通る人に訊いて、ようやく大塚欽三法律事務所の看板を見つけた。九州の人間が知っているくらい有名な弁護士だから、東京の人なら無論すぐ分ると思ったのだが、誰も知らないのには意外だった。訊かれた者は、立ち止って小首を傾けたり、忙しいのか、初めから笑いながら手を振って過ぎるのである。

教えてくれたのは、五人の人に訊いたあと、六人目の学生だった。わざわざ、その建物の前まで連れて行って、

「ここですよ」

と指してくれた。これも燻《くす》んだ看板だった。

桐子はその前に立って息を整えた。旅費を調達し、二十時間汽車で乗りつづけてきた目標が、四角い穴のように暗い入口だった。

奥から、青年が二人連れで出て来て、低い石段を勢いよく降りたが、桐子の立っている姿に一瞥《いちべつ》を与え、一人が吸いさしの煙草《たばこ》を捨てて歩き去った。

弁護士大塚欽三は部屋の奥にいて、客と対《むか》い合っていたが、この客があまり愉快な人物ではなかった。

部屋は書棚《しょだな》を壁代りにして仕切られている。向う側の広い区劃《くかく》は、仕事の手伝いをさせている若い弁護士五人と、古くからいる裁判所の書記上りの事務員と、雑用の女の子の机があった。若い弁護士たちの机は鍵《かぎ》の手《て》型にならべられ、こちらからは後ろ向きに向うようにできている。事務員の机も、事件依頼者が最初に坐《すわ》る椅子も、その同じ仕切りの中にあった。

が、それは出入口を開けているだけで、ここからは全部は見渡せない。この狭い方の区劃は大塚欽三の専用で、広い机と、大きな回転椅子と、簡単な応接机と来客用の椅子があるだけだった。壁はもとより古い。

客は、その椅子に坐って、頻《しき》りに話しながら、ひとりで可笑《おか》しがっている。もと高い位置の検事をしていた人だから、大塚欽三も無下には断われないでいる。弁護士は白髪が鬢《びん》のところから頭の半分くらいまで觧《は》い上がり、それが血色のいい、膨《ふく》れた頬《ほお》と、たるんで二重にくくれた顎《あご》とともに、五十二歳の初老の充実を見せていた。

大塚欽三は、実は仕事の屈託を一つ持っていた。厄介な大きな事件で、判決が近いというのに、どうも思うような資料が揃わない。客の話に彼の気が乗らないのは、耳に入る声とはかかわりなく、気持がその屈託の方へひきずり込まれるからである。

それでも、無愛想にはできない客だから、大塚欽三は、顔では微笑しながら、いい加減な相鎚《あいづち》を打っていた。

もう事件のことは考えまい、と弁護士は、客の話を耳に素通りさせながら思っていた。彼は、ふと、今日の午後二時から川奈《かわな》でゴルフの試合があり、河野径子《こうのみちこ》に誘われていることに気づいた。前には一応断わったので忘れていたのだ。少し遅いが今からでも間に合わぬことはないだろう。すると、それが非常にいいことのように思われ、時計が気になりはじめた。

客も、大塚欽三が腕時計を見たことで、ようやく腰を上げた。弁護士は客を出入口まで送り出して、ほっとした。そのとき、事務員の奥村の机の前に、若い女が椅子に腰かけて話しているのが眼に写った。スーツが白いので、この部屋では眼に立つのである。

うしろ向きに坐っている若い弁護士は二人だけで、どちらも厚い書類を机の上に一ぱいにひろげている。大塚が自分の部屋にかえるとき、奥村がちらりとこちらを向いた。

来るな、と思い、大塚欽三は机の上を片づけはじめたとき、果して奥村がゆっくりした歩き方で入って来た。

「事件の依頼者ですが」

奥村は、弁護士が机の上の書類を黒鞄《くろかばん》の中に入れているのを見ながら云った。

「そう」

大塚欽三は白いスーツを着て腰かけていた若い女の姿を思い出した。

「お会いになりますか？」

奥村は訊いた。

「ほかの諸君は？」

大塚欽三は書類でふくれた鞄に鍵をかけながら反問した。

「三人留守で、二人は手が塞《ふさ》がっているようです」

弁護士は、依頼者には、必ず自分が会う主義にしていたし、こちらが仕事をしているときは、若い人たちの誰かが話を聴くことにしていた。今の場合、当然、彼の番であった。

「どういうことかね？」

彼は奥村を見た。

「お出かけではございませんか?」

奥村は、大塚が帰り支度《じたく》をしているので、自分が全部を扱ってもいいというような顔をした。

「いや、ちょっとぐらいはいい」

やはり、女に遇《あ》いに出かけるということに、後ろめたさを感じて大塚は煙草をくわえた。

「殺人事件でございます。依頼者は被告の妹ですが」

奥村は、書き取ったメモを見ながら云ったが、あまり気の乗らない顔つきをしていた。

「どこかな?」

弁護士は頭の中で、記憶に残っている新聞記事を捜した。

「それが、九州のK市で起った事件ですが」

「九州?」

大塚弁護士は眼を奥村の顔に強く当てた。

「九州とは、遠いね」

「それが、先生のお力にお縋《すが》りしたいといって、わざわざ来たと云っていますが」

弁護士は、煙草の灰を落して、片方の指で首すじを揉《も》んだ。その言葉を聴くのは珍しくない。が、九州とは遠いと思った。

「どうしますか？」

「どうするとは？　僕が会えるかということかね？」

「いえ」

奥村は痩《や》せた身体《からだ》を大塚の前にすすめ、背をかがめて小さい声を出した。

「金がないらしいです」

「…………」

「依頼者は柳田桐子というんですが、K市の小さい会社のタイピストをしているんだそうです。今度、被疑者にされた兄は教員でして、兄妹二人だけの暮しだそうです。もっとも叔父《おじ》がいるということですが、これは金を出して貰《もら》えないんだそうです」

「規定の弁護料を話したのかね？」

大塚欽三は、首筋を揉むのをやめて、指で机の端を軽く敲《たた》いた。河野径子が白い光線を浴びて青い斜面にクラブを振っているのが眼に見えるようである。ほかの男たちが径子の傍《そば》に立って話しかけ、彼女がそれに笑っている。――

「話しました。往復の旅費、九州だったら飛行機ですね。それから滞在費、それも一等いい旅館として、それに調査費、記録などの謄写料《とうしゃ》、まあ、これだけが実費として、第一審が地方裁判所で始まった刑事公判事件の弁護料は、うちの先生の場合は五十万円以上ということになっていると話して聞かせました。それから、地方に出張のときは、旅費のほかに日当を出して貰う。この日当は一日に八千円くらいかかる。そのほか、事件が成功した場合は謝金を頂く……」

弁護士は、煙草を喫《す》った。

「すると、あの女の子はびっくりしましてね。一体、事件が済むまで、どのくらいの費用がかかるかと云うんです。それで、事件の性質にもよるが、二審、三審はまた別として、一審の判決までは、九州出張の実費を含めて、大体、八十万円くらいになるのではないか、と、これは私の概算ですがね、そう云いました。そして、弁護料というのは、着手金とも云って、依頼と同時に依頼者が払うものだと、話しました。そうしますと、若い女ですが、じっとうなだれて考えこんでいましたが、それは三分の一くらいに負けてもらえないか、自分にはそれだけの金がないと云うのです。若いけれど、しっかりしたものです」

「三分の一に？」

弁護士は脣《くちびる》に苦笑を泛《うか》べた。

「それも、着手金の支払を、半分にして頂けないかと云うんです。とにかく、先生を頼って九州から出て来たのだから、ぜひ、ひきうけて頂きたいと云っています」

「金はとれないね」

大塚欽三は経験から云った。

「とれません」

事務員も経験で答えた。

「よほど面白い事件で、先生が殆《ほとん》ど持ち出しでおやりになるなら別ですが」

「依頼者は、ぼくのところへ来て、どれくらい金のかかるかを知らないのだ。ただ、いい弁護士だからと聞いて頼みに来たに違いない。何も知らないのだ」

「断わりますか?」

奥村は云《い》った。

「先生も、お忙しいから、そんなものにかかずらってはおられないでしょう」

「以前にはやったがね、そういう事件も。が、こう忙しくては、金にならない事件をやる情熱が出てくる隙《ひま》もないね。断わった方がいいだろう」

大塚は、腕時計をめくった。

「それでは帰します」

「ちょっと待ってくれ。せっかく、九州から来たのだ。僕からそう云おう。ここへ通してくれ給え」

奥村が引っ込むと、かわりに若い女が入って来た。大塚欽三が、さっき、ちらりと見た白いスーツの女の子であった。近くで見ると、そのスーツも生地の粗末なものだった。

若い女は、大塚欽三を見ると、丁寧なお辞儀をした。細面の、眼鼻立ちのはっきりした顔だった。じっと見つめる瞳《ひとみ》が強《きつ》い感じで、これは大塚欽三が彼女と話している間に、度々《たびたび》うけとった印象だった。

「九州からですか?」

弁護士は微笑しながら訊《き》いた。

「K市からです。わたくし、柳田桐子と申します」

依頼人は自分の名を云った。言葉もはきはきしていたし、弁護士を見つめている眼に動揺がなかった。頬《ほお》から顎《あご》にかけての輪郭に、まだ稚《おさな》い線が感じられるのである。

「僕のところに頼みに来られたのは?」

「先生が、日本で一流の弁護士さんだと聴いたからです」

柳田桐子はすぐに答えた。

「九州にも、いい弁護士さんがいるはずですよ」

大塚欽三は、そこで新しい煙草をくわえた。

「わざわざ、東京に頼みに来ることはないと思いますが」

言葉が嚙《か》んで含めるような調子になったのは、依頼人が若いからだった。

「先生でなければ、兄は救えないと思ったからです」

柳田桐子は大塚欽三の顔を、強い眼で凝視して云った。

「ほう、それほどむつかしい事件ですか？」

「兄が、強盗殺人事件の犯人にされてしまったのです。殺されたのは、六十五になるお婆《ばあ》さんですが、兄は警察に逮捕されて、白状しましたけれど」

「兄さんは自白した訳ですね」

「え、警察ではそうでしたが、あとで検事さんにその自白を翻《ひるがえ》したのです。わたくしも、無論、兄の無罪を信じているので、兄のあとで云ったことが本当だと思いますが、あちらの弁護士さんの話では、なかなか微妙なところがあるので、まるきり、無罪にもってゆくのはむつかしいだろうとおっしゃってるんです。わたくしは、それでは納得できませんから、先生のお名前を聞いて、こちらにまっすぐに来たわけです」

「僕の名前をどうして知りましたか？」

「九州の裁判所関係の方に聞きました。先生は、これまで度々、そういう事件で無実の被告をお救いになったと聞きましたので」

大塚欽三はまた時間が気になりはじめた。

「いや、昔はともかく」

と彼は云った。

「今は、どこの弁護士さんも優秀で、弁護技術のレベルも上がっているから、東京も地方も、そう変りはありませんよ」

「でも、この事件の話を聴いて頂けませんでしょうか?」

柳田桐子は、はじめて眼に乞《こ》うような表情を見せた。

大塚欽三は、その話をこの若い女から聴いてしまうと敗北しそうな気がした。それに、河野径子が芝生に立ってほかの男と談笑している姿が眼に泛び、すこし苛々《いらいら》した。

「ぼくのところは、弁護料が高い。規定は、事務員から聴いたでしょう?」

「はい」

柳田桐子はうなずいた。

「その方にもお願いしましたが、弁護料というのを負けて頂けませんか。わたくし、お金の余裕がないのです。給料も安いし、ボーナスを少し貯《た》めているくらいな程度です」

「無理をなさらない方がいいと思いますよ」

大塚欽三は諭《さと》すように云った。

「なにも、僕が出ることはないと思うな。自分で云うのはおかしいが、僕らくらいになると、経歴上、普通の若い弁護士さんよりも高くとることになっています。訴訟費用、つまり旅費にしても、日当にしても、調査費にしても、すごく高くつくわけです。これは弁護料とは別です。依頼者にとっては、ばかばかしい話ですよ。折角ですが、僕はその事件の内容というのを詳しく聴くのを遠慮します」

「おひきうけ願えないのですか?」

柳田桐子は、弁護士の眼を強い眼差《まなざ》しで見た。額にうすく青い筋が浮いていた。かたちのいい薄い唇が端で締っていた。

「折角ですが、と申し上げています」

弁護士は、どこかで圧迫を覚えながら云った。

「弁護料の高い僕にお頼みになる必要はないと思います。まあ、こちらは看板料を加算しているようなもので、実力は、正直なところ、ほかの弁護士さんと変りませんよ。土地の弁護士さんも優秀な方がおられると思います」

「九州から、先生をお目当てにやって来たんですが」

「それは間違いです。東京の弁護士が偉いというのは誤りです」

「規定の弁護料が払えないから、先生はお断わりなさるんですね？」

若い女にしては強い反問だったし、奥村も云ったように、しっかりした性根の感じをうけた。

「それも多少はあります」

大塚弁護士は、これは、はっきり云った方がいいと思って、そう答えた。

「なにしろ、僕は忙しい事件を一ぱい抱《かか》えていますからな、地方に出張することができないのですよ。引きうけるからには徹底的に調査して、第一審の公判から立ち会わねばなりません。無論、これは担当した弁護士の義務です。残念だが、僕にはその時間がありません。お金のこともだが、第一に、僕には、時間がないということです」

柳田桐子はしばらく下をむいて考えていた。じっとして、身じろぎもしないのである。柔らかそうな身体つきだったが、弁護士にはそうしている彼女の姿態が鋼《はがね》でできたように硬質に感じられた。

「分りました」

柳田桐子は、頭を下げて、椅子《いす》から立ち上がる用意をした。それは唐突《とうとつ》な動作ではなかったけれど、大塚欽三には、ひどく不意に目の前で風を起されたように思われた。

「諦《あきら》めますわ」

柳田桐子は立って、礼儀正しいおじぎをした。

「大へん失礼いたしました」

弁護士は、かすかに狼狽《ろうばい》に似たものを覚えたが、これは意味のないことだし、落ちついて出口まで送った。

「先生、兄は死刑になるか分りません」

柳田桐子は出口で呟《つぶや》いた。

それから二度と大塚欽三の方はふり返らずに暗い階段へ白い姿を消して行った。その萎《しぼ》んだ肩が見送っている彼の眼に残った。

事務員の奥村が出て来て、弁護士の横にならんだが、二人の耳には、階段を下りてゆく堅い音だけが聴えた。

2

柳田桐子《きりこ》は朝七時に眼が醒《さ》めた。

浅い睡《ねむ》りで、夢ばかりみていた。断片的で、ちぐはぐな、暗い夢である。睡ってい て、何度も寝返りを転《う》ったことを覚えている。

頭が疼《うず》いていた。眼蓋《まぶた》に痺《しび》れるような不快な睡気がこびりついているのだが、神経が冴《さ》えていて、眼が痛いくらいだった。

起きて、カーテンを開けると、窓から陽《ひ》が射《さ》し込んでくる。ちかちかと刺戟《しげき》するような光線であった。

すぐに洗面する気にもなれず、しばらく籐椅子《とういす》にかけていた。あさっては、会社に出勤しなければならない。今晩の汽車に乗らないと間に合わないのである。一昨夜、東京に着いて、今夜の汽車に乗るのだが、心の中に穴があいたようだった。朝の陽ざしで、片側の頬《ほお》が、わずかにぬくもってくるのが厭《いや》らしくなって起《た》ち上がった。

宿の着物を脱いで、スーツに着更《きが》えた。部屋にじっとしているのが苛々《いらいら》してきたし、外の空気の中を歩いたら、眼の痛いのも癒《なお》るかと思われた。

桐子が廊下に出ると、横から女中が食膳《しょくぜん》を運んで来るのに遇《あ》った。

「あら」

女中は両手に支《ささ》えた膳部の上から眼皺《めじわ》を見せて笑った。一昨夜の係りの年増《としま》だった。

「お早うございます。おでかけでございますか?」

「ええ、ちょっと」

桐子が、軽く頭を下げると、

「行ってらっしゃい。お帰りまでにご飯のお支度《したく》をしておきます」

と別の部屋の襖《ふすま》の前に坐《すわ》った。

宿から、木のサンダルを借りて外に出た。

朝が早いから、人通りが少なかった。道は斜面になっていて甃石《しきいし》が敷いてある。道路には青海波《せいがいは》を重ねたような刻みがあり、黒くなった短い煙草《たばこ》が、その刻みの中に潰《つぶ》れていた。その泥だらけになって潰れているかたちが桐子に兄の現在を連想させた。

樹の葉だけが、濡《ぬ》れたように新鮮な色を出していた。家の上だけに陽が当り、店を開けている家が少なかった。

勾配《こうばい》は急なところから緩《ゆる》くなり、やがて駅に出た。商売をはじめているのは新聞や週刊誌をひろげているおばさんだけで、売店ではまだ戸が閉《しま》っていた。駅から出る人はなく、大股《おおまた》で改札口を入ってゆく勤め人が多かった。新聞は売れていた。桐子は買う気がしなかった。

橋の上に立つと、川のふちにある駅のホームが下に細長く見えた。電車と乗客を俯《ふ》瞰《かん》しているのだが、みなが昆虫《こんちゅう》のように忙しく動いていた。景色だけが朝のおだやかさを支えている。大きな寺の屋根があり、その端に載った鴟尾《しび》が緑青《ろくしょう》をつけていた。

桐子は眺《なが》めていて、幻でも見ているような気持であった。実体の感じは少しもない。東京全体がくすんだ灰色で、紙の模型でも見ているようだった。

帰り途《みち》には、もっと沢山な通行人にふえていたが、みなが同じような顔にしか見えなかった。

「お帰んなさい」

部屋に帰ると、女中が朝食を運んできた。膳には、昨日の朝と同じものがならんでいる。それだけを見ていると、昨日の朝飯のつづきのようだった。大塚弁護士に不愉快な会い方をした時間が挟《はさ》まっているのが、瞬間に奇妙なくらいであった。

「お眼が、少し赤いようですね」

女中は、箸《はし》をつけている桐子の顔を下から覗《のぞ》き上げるようにしていった。

「そうですか」

「よくお寝《やす》みになれなかったのですか?」

「いいえ、そうでもなかったのですが」

食欲はなかった。味噌汁《みそしる》を一口すすっただけだった。

「あら、召し上がれませんの?」

女中はすこし愕《おどろ》いた顔をした。

「え、なんですか……」

「そうですか。でも、お若いのですから、もう少しお上がりになったら？」

「沢山ですの」

桐子は茶をのんだ。

「やっぱり、初めていらしたのですから、お疲れになりますのね」

女中は桐子の顔を見ながらいった。

「…………」

「東京、どこか、ご見物なさいましたか？　わたし、昨夜は当番が違っていたから、お嬢さまのお部屋には伺えませんでしたけれど」

「どこにも」

桐子は茶碗《ちゃわん》を置いていった。

「ごちそうさま」

女中は、ちょっと呆気《あっけ》にとられたように桐子を見た。この若い娘が、話のつづきを拒絶したのだった。娘の稚《おさな》い眼のどこかにそれをいうだけの強《きつ》い表情があった。年嵩《としかさ》な女中がそれに圧《お》されたのだった。

「お粗末さまでした」
女中は仕方なしに、そのまま残っている膳を手元に引いたのだが、
「折角、東京にいらしたんですもの、それじゃ呆気ないですわね」
と皿を片寄せながらいった。いくぶん、捨て台辞《ぜりふ》みたいなところがないでもなかった。

呆気ない――

桐子は、ひとりになってそれを呟《つぶや》いた。外の朝の空気を吸っても、高い橋の上から電車を俯瞰しても、少しも気持に密着しなかったものが、この女中の最後の一語だけは、遠い音響のように心の中に伝わってきた。断わられると、再びそれを押し返すことの出来ない性質《たち》だった。哀願することがみじめで嫌《きら》いなのだ。今、殺人の嫌疑《けんぎ》をうけて未決に繋《つな》がれている兄から、お前は強情だ、とよくいわれたものである。小さい時は、男の児と喧嘩《けんか》して対手《あいて》を泣かせた。

いまの会社に勤めるようになっても、ほかの女の同僚のように、決して上役や男の社員に甘えはしなかった。頼んで拒絶されたら、二度と口に出すことができなかった。

桐子は、普通だと思っても、周囲では勝気だと批評しているらしかった。

昨日、大塚弁護士に断わられたので、今日の昼の急行で九州に帰るつもりで、切符

も買っている。それはいつもの流儀だったが、

——せっかく、東京まで来て、呆気ない。

と女中にいわれて、不意に自分のしていることに眼が醒めた思いだった。無論、見物のことではない。何のために、大塚欽三《きんぞう》をわざわざ九州から訪《たず》ねて来たか、である。ふしぎだが、勇気のようなものがでた。縋《すが》る、という気持が、これほど充実して感じられたのは初めてであった。無色だった風景の色まで、急にでてきたのである。

桐子は宿を出た。旅館の電話を使うのはまずい。帳場の交換台が興味を起して、盗聴しないとも限らないのである。桐子の会社では、交換手が社員の秘密を知っていた。

十時半になっていた。多分、大塚欽三は事務所に出勤しているであろう。朝、通ったときの道路に人が溢《あふ》れ、当然のことだが、戸を閉めていた商店が騒々しく動いていた。

電話ボックスが眼についたので、近づいてみると、人が入っていた。中年男で、受話器を握りながら締りなく笑っている。長い話で、自分でも脚《あし》が疲れたように立っていた。話が終りそうになりながら、また続けているのである。

やっとドアが開き、男は待っている桐子に眼もくれずに出ていった。桐子は、その男の温《ぬく》みのある受話器を握った。メモを出して、大塚欽三の事務所のダイヤルを廻し

た。

嗄《しゃが》れたような男の声が出た。

「先生は、いらっしゃいますか？」

「どちらですか？」

すぐに反問してきた。

「柳田桐子というものです。昨日、お伺いしました……」

柳田、と小さくいって、対手《あいて》は考える風だったが、

「すると、九州からいらした？」

と確かめてきた。

「そうです。もう一度、先生にお目にかからせて頂きたいのです」

桐子は背の低い事務員の顔を泛《うか》べた。たしか奥村という名だった。

「昨日の事件のことですね？」

と奥村は、ちょっと間《ま》を置いていった。

「はい、そうです」

「あれは、昨日、ご返辞したはずですが」

「聞きましたけれど」

桐子は自分の前に奥村が立ち塞《ふさ》がっているのを感じた。

「諦《あきら》めきれないんです。先生をたよりに九州からわざわざ来たのです。もう一度、ぜひ、先生にお目にかかりたいのです。何時にお伺いしたらいいか、御都合を聞かせて下さい」

「先生はお留守です」

と電話の声は答えた。

「今日、お帰りになるかどうか分りませんよ」

桐子は脚が固くなった。

「私は、今日中にぜひお目にかからねばならないのです。今晩の汽車に乗らないと、勤め先がまずくなります。先生は、何処《どこ》にいらっしゃるのでしょうか？　教えて下さい」

所が分ったら、そこへ押しかけるつもりだった。

「川奈です」

奥村の声は答えた。桐子の知らない地名だった。彼女がちょっと黙ったものだから、先方から察して言いだした。

「遠いですよ。東京じゃありません。伊豆です、静岡県です」

柳田桐子は六時間待った。この時間、彼女は東京の街を彷徨《ほうこう》することによって消費した。無意味で、退屈で、苛立《いらだ》たしい空費だった。

銀座には煩《わずら》わしい建物と人ばかりがあった。地方にいて想像したことだが、歩いてみて、何の感興も起らなかった。彼女に関係のない人ばかりが歩いている。みんな裕福で、豊かな暮しをしているようにみえた。女たちは、屈託がなさそうに微笑している。いや、もし事件が起っても、八十万円の弁護料ぐらい苦労なしに調達できそうな顔と服装をしていた。

街を抜け、青い芝生《しばふ》のある広い場所も徘徊《はいかい》した。松が優雅な枝ぶりで生えている。一方は外国の写真のようなビルがならび、一方には古めかしい城があった。自動車が川のようにつづいて流れている。旗をかついだ団体客が列をつくって皇居の方へ歩いていた。

会社にも長く勤められないだろう、と音を感じない景色を見ながら柳田桐子はぼんやり思った。事件は、小さな都市を震撼《しんかん》させたものだった。或《あ》る日、警察がきて、兄を引っ張っていった。何気なさそうな、友だちが誘いに来たような拘引の仕方だったが、兄との生活がそこで断たれた。同時に桐子の生活も世界を更《か》えた。周囲が冷たいものになった。

ようやく四時半になった。身体《からだ》もだったが、気持の方がよけいに疲労していた。が、街の方へ歩いて、煙草屋の店先に赤電話を見たとき、その毒々しい色が、桐子に最後の生気を与えた。

桐子が受話器に進んだとき、横から男が来て、ぶっつかりそうになった。

「どうぞ」

とその背の高い男は、身を退《ひ》いて、微笑《わら》いながら受話器を譲った。済みません、と低声《こごえ》でいって桐子は十円玉を入れた。

「大塚弁護士事務所ですか?」

そうです、と奥村の嗄《しやが》れた声が応答した。

「柳田ですが」

桐子は待っている男のひとに背を向けていった。

「先生からご連絡がありましたか?」

四時半にもう一度かけてみてくれ、というのが朝の電話の奥村の答えだったのである。

「あ、連絡はありましたよ」

奥村は、あまり弾《はず》まない声でいった。

「それで、如何《いかが》でした？」

桐子は動悸《どうき》がうった。

「残念ですが、同じことです。先生の返辞を貰《もら》いましたから、お伝えします」

奥村事務員は平板にいった。

「昨日、お断わりした通り、お引きうけできないということです」

桐子は握っている手から力が抜けた。が、同時に身体が熱くなるのを覚えた。

「お金が足りないから、弁護を引きうけて下さらないのですね？」

「その理由は、昨日、いったはずですがね」

「ひとりの人間が無実の罪に苦しみ、死刑になるかも分らないのです。金がないからって、先生は助けて下さらないのですか？」

奥村はすこし黙った。それは桐子の声が意外に鋭くなったせいかも分らない。

「それは」

と奥村はいった。

「先生の意志ですからね。私には分りません。私に文句をいっても仕方がないですよ」

「わたしは貧乏ですわ。それは、おっしゃる通りの弁護料は払えないので、無理は承知なんですけれど、九州から、先生だけにお縋りしたくて来たのです。助けて頂けるものと信じて、勤め先から無理に四日間の休暇を貰い、旅費を都合して来たんです」

「そう粘られても仕方がない。いろいろいわれますが、この件は諦めて下さい。九州にもいい弁護士さんがおられるはずです。とにかく、うちの先生は沢山な事件を抱えて忙しいですから」

「どうしても駄目なんでしょうか?」

「仕方がないでしょう」

奥村は電話を切りそうになった。

「もしもし」

桐子は、思わずもっと大きな声をだした。

「弁護士さんのなかには、正義のためには、弁護料などを問題にしないで、働いて下さる方があると聞いています。そして、大塚先生はそういうお方だと聞いて来たんですが、なんとか先生のお力を頂けないでしょうか?」

「正義の押しつけは困りますな」

奥村は普通の声で答えた。

「それは、こちらの意志で決ることですよ。とにかく、うちの先生に依頼されようとしたのが不用意ですね。よそよりも弁護料が高いことを知らずに来たわけですね。それから、大そう忙しいということも」

「分りました」

桐子はいった。

「わたしは今夜の汽車で九州に帰らなければならないのです。一日でも無断で延びると、どんなことになるか分りません。それでなくともこの事件が起ってから、会社は私をなるべく置きたくないのですから。わたしが、東京の人間だったら、何度も何度も先生にお願いに上がるところですが、それもできません。四時半に電話をかけろとおっしゃったので、それを最後の恃《たの》みにしていましたわ」

奥村は黙っていた。

うしろで足踏みするような靴音がした。電話を待っている男が、なかなか済まないので、もどかしがっているのかも分らなかった。その男の吐いた青い煙が、桐子の頰の横を流れた。

「大塚先生にお伝え下さい」

桐子はいった。

「兄は助からないかも分りません。八十万円あったら助かったかもしれませんが、わたしたちになかったのが、不幸でした。貧乏人には、裁判にも絶望しなければならないことがよく分りましたわ。どうも、ご無理を申し上げて済みませんでした。もう二度と、お願いすることはないと思います」

奥村の声は聴えなかった。沈黙したままの受話器を桐子は置いた。置いたとき、ことりと鳴ったのが、桐子の心にはっきりと万事の切断を響かせた。

桐子はそこを離れた。あたりの景色が無意味に見える。白茶けて、まるで色彩がなかった。平べったくて遠近感が感じられない。地面がもり上がっていた。

咽喉《のど》が乾《かわ》いた。しかし、どこかの店に入って何かをとって飲む気もしなかった。考えていることは、今夜の汽車で帰るだけだった。電車道に沿って歩いたが、向うから来る人間が煩《わずら》わしくてならなかった。早く、誰もいない野原のようなところに行きたい。

後ろから声が聴えた。

桐子は、それが自分を呼んでいるとは知らなかった。気づいたのは、その声が自分の横にならんだときだった。

「失礼ですが」

と耳の傍《そば》で聴えたのである。

桐子が見ると、二十六、七の青年が微笑して、軽いおじぎをしていた。

桐子は、その青年が、さっき電話を譲ってくれた人物だと気がついた。手入れの届いていない頭髪がもじゃもじゃしていたし、着ている上衣《うわぎ》も無頓着《むとんじゃく》な着方だった。ネクタイもよれていたし、ズボンは折目がとれて膨《ふく》らんでいた。全体が無造作な服装《みなり》であった。

「ちょっとお話ししたいのですが」

その男は、唇に微笑を漂わせ、遠慮勝ちな眼つきで桐子を覗《のぞ》きこむようにした。

「どんなご用件でしょうか?」

桐子は警戒した。

「実は、大へん悪いことですが、あなたが弁護士さんにかけていらした電話を、横で聞いていたのです。いや、聞いたというよりも、自然に耳に入ったのですが」

男は、胸のポケットから手帖《てちょう》をとりだし、それに挟《はさ》んだ名刺をだした。

「変な者じゃありません。こういう者です」

桐子がうけ取ってみると、

「論想社編集部　阿部《あべ》啓一」

とあった。

桐子は、対手の青年の顔を見上げた。

阿部啓一は電話を待っている間、若い女の話し声を聞いていた。一体に女の電話は長い。愚にもつかないことを、ながながと話して笑いこけている。この電話を譲った女も、その伝かと後悔していると、話はそうではなかった。

大塚弁護士という名前が女のかけている電話の対手のようだった。それが留守らしい。留守番の誰かと話し合っているのだ。

九州からわざわざその弁護士をたよりに来たといっている。前に断わられたらしく、それをもう一度、何とかならないかと粘っているのだった。

女の声は次第に大きくなっていった。兄が無実の罪で、もしかすると死刑になるかもしれないといっている。金がないとその弁護をひきうけてくれないのか、貧乏人は裁判にも絶望しなければいけないのか、といっていた。

阿部啓一は途中から熱心に耳を傾けていた。その若い女が受話器を置き、そこから離れたとき、用事があったのだが、電話を諦めてあとから追って行ったのだ。

うしろから見て、その若い女は、いかにも元気を失ったように歩いていた。しかし、どういうものか足の運び方は速かった。顔をまっすぐに前に向けて、一度も横に振らなかった。が、その細い肩は落ちていた。これは阿部啓一が電話の内容を横で聴いたせいだけではなさそうであった。

呼びとめたとき、この若い女は、当然だが、妙な顔をして阿部啓一を見ていた。名刺をだしたけれど、『論想』という綜合《そうごう》雑誌の出版社をよく知らないのか、その顔には何の反応もでなかった。

それからが苦労だった。

喫茶店に誘ったのだが、無論、たやすくは応じなかった。阿部啓一は、何度となく頭を下げて、ようやくすぐ傍にある綺麗《きれい》な喫茶店に入った。

その若い女はジュースを注文して、一息に飲んだ。阿部は警戒されることを恐れて、煙草《たばこ》をとりだすのも遠慮した。女はすこしうつ向き、唇を噛《か》むように閉じていた。鼻筋が細く徹《とお》ってみえた。

「九州から上京されたんですか?」

阿部啓一はできるだけ世間話をするような調子でいった。

「はい」

若い女は肩を固くしていた。

「失礼ですが、電話の様子では、何かお兄さんが大へんなようですね?」

「…………」

女は黙ってかすかにうなずいた。まだ、頬から顎《あご》へかけての線に、少女が残っていた。

「どういう事件でしょうか、差支《さしつか》えなかったら、ちょっと話して頂けませんか？」

女は眼をあげた。それが、きらりと光ってみえたようなので、阿部は、すこしあわててつけ加えた。

「いや、これは雑誌の記事にするというようなことじゃないのです。ただ、僕が横で伺っていて、大へん同感な点があったからですよ」

女はまた眼を伏せた。睫毛《まつげ》がきれいに揃《そろ》っていたし、顔色もすこし蒼味《あおみ》があるくらいに白かった。そのことが、頬に残っている線といっしょに、いかにも稚《おさな》いという感じを与えた。

「つまりですね、今の裁判で弁護士を頼もうと思えば、ひどく金がかかることです。優秀な弁護士ほど、そうじゃないですか。あなたのいうように貧乏人は裁判に絶望しなければならないでしょうね。それは、なかには無償で、訴訟費用なんかも手持ちでやる弁護士もいるにはいるが、それは飽くまで、その弁護士の好意です。弁護士の全部がそうじゃないのです。やる気がなかったら、無論、断わられます」

阿部啓一はここまでいって、

「これも、ちらりと耳に入ったんですが、あなたは確か大塚先生といってましたね。大塚欽三さんのことですか?」

と訊《き》いた。

若い女は黙っていた。うなずいたようでもあるし、そうでなかったようでもある。

阿部はそれが間違いないことを知った。

「大塚欽三なら日本で指折りの弁護士です。しかし、それだけに高い。あなたは、その弁護料を訊きましたか?」

それには返辞はなかった。若い女は唇を噛んだようだった。額にうすく青い筋が浮いている。

阿部はすこし持て余した。それで、今度は別な訊き方をした。

「あなたは、東京には、長く滞在されるつもりですか?」

「いいえ」

これはすぐに返辞をしてくれたのである。

「今夜の汽車で帰ります」

阿部は、ちょっとびっくりした。

「それは急ですな。九州はどちらですか?」

「K市です」

返辞は、はきはきしていた。

「すると、大塚弁護士は、全然絶望なんですか?」

「わたしは勤めていますから、そういつまでも東京にいるわけにはゆきません」

阿部啓一は、それは要領のいい返辞だと思った。そちらが見込みがないから帰るのだ、ということを説明していた。

「事件のことを」

と彼はいった。

「ぼくに話して頂けませんでしょうか。もしかすると、少しはお役に立つかも分りませんが」

「困ります」

今度は彼女は、はっきりと拒絶した。それから起ち上がる姿勢をみせたのである。

「お名前は?」

阿部啓一は追うようにしたが、

「失礼します」

と若い女は実際に起ち上がって、丁寧なおじぎをした。阿部が眼を瞠《みは》って、声が出なかったくらい、厳《きび》しい風のようなものが顔を打った。

阿部は急いで勘定を払い、店の表にでた。雑踏の中にその女の肩が狭《せば》まってみえたが、その背中の表情は、もはや、阿部の追跡を宥《ゆる》さぬ小さな威厳みたいなものがあった。

阿部啓一は社に帰って、新聞のことをよく知っている同僚に訊いた。

「おい、九州のK市の有力地方紙は何だい？」

「それはN新聞だろう」

と同僚は教えた。

「それを保存しているところはないか？」

「東京に支社があるよ。そこへ行けば見せてくれるはずだ。しかし、何を探しているのだ？」

「いや、ちょっと知りたいことがある」

阿部啓一は曖昧《あいまい》にいって、すぐに社をとびだした。

N新聞の支社に行って、名刺を出して頼むと、保存紙を快く見せてくれた。

「いつごろですか?」

「さあ」

阿部啓一は頭を掻《か》いた。

「それがよく分らないんです。K市に起った大きな事件らしいのです」

「その事件の内容は?」

「それも、はっきりしないのですが、見せて頂くと見当がつくと思います」

「それじゃ、去年一年分と、今年のぶんの綴込《とじこ》みをだしましょう。こっちに来て下さい」

その新聞社員は親切だった。本棚《ほんだな》で壁になっている隅《すみ》に連れて行かれると、棚の上から嵩張《かさば》った新聞綴込みを、抱え下ろしてくれた。埃《ほこり》がうすく立った。

「これです。ここでゆっくり見て下さい」

「済みません」

綴込みは一カ月分ずつ麻糸で綴じて二つに折ってある。上には赤インキで、一月分、二月分と印がつけてあった。

阿部啓一は、窓の向うがすぐによそのビルになっている光線の薄い場所で、埃を敲《たた》いて綴込みを熱心に繰りはじめた。

3

阿部《あべ》啓一はN新聞の今年の綴込みから見て行った。九州の新聞だから無論、郷土関係の記事が多い。

窓から射《さ》す光線は、隣のビルが邪魔になって相変らずうす暗い。阿部啓一は一月分から順に繰って行った。

一月は何ごともなかった。社会面の、どのような小さな記事にも眼をさらしたのだが、該当のものはなかった。

二月分に移った。傷害事件は、かなり多い。しかし、心当りのものはなかった。

三月分を繰った。

これにも記載がないかと思われた。紙面は平穏であった。太宰府《だざいふ》の梅が満開だと報じ、梅の写真が大きく載っている。

半分まで繰りながら、阿部はコミの雑報まで丹念に気をつけていると、まるで彼の眼を一ぺんに醒《さ》ますように、いきなり大きな活字が現われた。

——金貸し老婆撲殺さる　昨夜、K市の惨劇これだ、と阿部啓一は息を詰めた。途端に、赤電話をかけている少女の顔が眼に泛《うか》んだ。そのあと喫茶店で、彼の質問を頑固《がんこ》に拒絶した女である。

写真が大きく出ている。普通のしもた家《や》だが、その前に大勢の人間が、家の中を覗《のぞ》き込むように集まっている。巡査が張り番している。その右肩に楕円形《だえんけい》に老婆《ろうば》の顔写真がはめ込んであった。素人《しろうと》が撮《うつ》したものらしく、ぼけていたが、老婆はにこにこと笑っていた。髪が少なく、痩《や》せていた。

阿部啓一は、小さな活字に喰《く》いついた。

——二十日午前八時すぎ、K市××通り会社員渡辺隆太郎さん（三五）の妻時江さん（三〇）が、同市××町に住む隆太郎さんの母キクさん（六五）方を訪れたところ、雨戸が全部閉《しま》っているのに、表の戸締りがなく、障子戸だけになっているのに不審を起しながらも屋内に入ってみると、階下八畳の間にキクさんが頭部から血を出して死んでいるのを発見、直ちにK署に訴え出た。K署からは大坪署長、上田捜査課長以下が直ちに現場に出動、検証をしたところ、キクさんは西側壁にあるタンスの前に南向きになって横たわって絶命しており、頭部を鈍器ようのもので滅多打ちにされて血だらけになっていた。死体は解剖に附す前に、一応調べたところ、死後八、九時間を経過しているものと鑑定、従って凶行は前日十九日の午後十一時か十二時ごろと推定された。死体の模様からみて、キクさんは相当抵抗した様子で、傍《かたわ》らにある長火鉢《ながひばち》には鉄瓶《てつびん》が傾き、湯がこぼれて灰神楽《はいかぐら》が立ったのか、畳にその灰がこぼれている。キクさんは、まだ寝巻に着更《きが》えていないで、ふだん着のままであり、同人は平常、早寝の方であるところから凶行時間はもっと早い時刻ではなかったかとも考えられている。尚《なお》、長火鉢の横には、湯呑《ゆの》み二個、急須《きゅうす》、茶筒などがおいてあり、ちょうど来客を待っているような様子であった。

キクさんは、この家に三十年も住んでいるが、十五年前、夫を失って以来、人に金を貸してその利子で生活しており、五年前に一人息子の隆太郎さんが妻子と共に別居して以来、ずっと独《ひと》り暮しであった。

従って、犯人が物盗《ものと》りの目的で侵入したとすれば、被害金品の明細がはっきり判《わか》らないので、係官も当惑している。現場は、犯人によって金品を物色された跡があり、タンスの抽出《ひきだ》しも半開きになって乱れていた。

凶器は未《いま》だ発見されないが、目下のところ怨恨《えんこん》説が有力である。

キクさんは高利の金を諸方に貸していて、その返金催促もかなり手きびしく、路上で会っても面罵《めんば》することも珍しくなかったので、凶行はそれを恨んだ者の仕わざではないかともみられているわけである。尚、その時刻に、犯人らしいものを渡辺家の附近で見かけた者はないか、とその聞込みに当っている。××町は商店街などの賑《にぎ》やかな場所からははずれ、旧城下の士族の屋敷がまだ残っているような寂しい住宅地で、附近の者はいずれも早寝であり、悲鳴や物音を聞いた者がない。

キクさんが当夜、寝巻にも着更えず、長火鉢に火を保って鉄瓶をかけ、茶道具を用意していたところをみると、約束した来客を待っていたと見られ、それが誰であるか目下のところ疑問である。

時江さんの話――二十日の朝お彼岸《ひがん》の墓参りの相談に義母のところへ行ったのですが戸締りが厳重にしてあるのに、入口のくぐり戸が障子だけになっているのが変だと思いました。義母は商売上、夜の戸締りは厳重でした。入ってみて、タンスの前に血を流して死んでいたので、びっくりしました。いまのところ何を盗まれているか、よく調べてみないと分りません。義母は勝気な性質で、あんな商売をしていて口やかましく貸金の取立てに歩いていましたから、人さまに恨まれていたとは思います。わたしの主人は一人息子ですが、それが嫌《いや》で、別居したのです。しかし、義母はあんな性分ですが、事情を聴いて抵当のない人にも相当の大金を貸すというような俠気《きょうき》なところもありました。

最初の新聞記事はこれで終っている。阿部啓一は、これを二度くり返して読み、要点をメモにつけた。

次をめくった。

――凶器の樫棒《かしぼう》発見さる　K市の老婆殺し

と、やはり三段抜きである。

――金貸し老婆殺しの捜査をしているK署の捜査本部では、凶行のあった十九日より二日後の二十一日午後、犯人が使用したと思われる樫の棒を附近の寺の空地の溝《みぞ》から発見した。同所は渡辺家から二丁ほど北に当る場所で、二百坪ばかり草だけになっているが、その東側、寺の垣根《かきね》に接するところに幅六十センチばかりの溝がぁり、汚水が溜《た》まっている。捜査本部では附近一帯を捜して凶器発見につとめたところ、この溝に着眼し、汚水を浚《さら》ったところ、底に、長さ七十センチばかりの樫の棒を発見した。この棒の先にはどす黒い血がまだこびりついていた。被害者キクさんの息子隆太郎さん（三五）に見せると、たしかにキクさんが表の戸締りに使用した心張り棒であると証言した。捜査本部では物的証拠を得たといって活気づいている。上田捜査課長の話――樫棒が凶器であることに間違いはない。目下、指紋の検出につとめているが、汚水の中につけられていたことでもあり、うまく出てくるとよいがと思っている。樫棒の先に附着した血痕《けっこん》は被害者の血液型と一致するものと思っている。

次の新聞記事。

――樫棒は凶器　被害有無も判明
二十一日、被害者宅より二丁はなれた寺の空地の溝で発見された樫棒は、その先についた血痕の型を鑑識で調べたところ、O型であることが判明、被害者渡辺キクさんの血液型と一致した。指紋は汚水に浸けられていたせいか、おぼろには出て来たが、不十分であった。

キクさんの被害については、長男の隆太郎さん夫婦が調査したところ、物品は一物も盗まれていないことが判り、怨恨説は決定的となった。尚、キクさんには男関係は全くなく、痴情説は消えた。捜査本部では、早期に犯人を検挙する自信があるといっている。

上田捜査課長の話――捜査方針は怨恨説一本に絞った。息子さん夫婦の調べで、盗難品はなかったが、タンスには犯人が残したと思われる明瞭《めいりょう》な指紋があり、そのほか、今の捜査の段階ではいえない有力事実も判った。犯人の逮捕は時間の問題だ。

阿部啓一は、急いで、次の頁《ページ》を繰った。大きな活字が眼にとびこんできた。

——犯人は小学校教員　借金を催促されての凶行

これは四段抜きのトップである。記事を読む前に、人物の写真が眼についた。背広をきた二十七、八歳の青年である。その顔が、阿部啓一の記憶に残っている柳田桐子の顔にそっくりであった。

阿部啓一は息を整えるように、一度、新聞から眼をはなして、前のビルの方を向いた。ビルの窓には女事務員が三人寄って、何か面白そうに話しては笑っている。

新聞社の調査部の男が、阿部のうしろを、じろじろ見ながら通った。

阿部啓一は、また新聞にかがみこんだ。眼は前よりはもっと熱心になった。

——金貸し老婆殺しを極力捜査していたK署の捜査本部では二十二日に至り、遂に真犯人を検挙した。犯人は意外にも同市の××小学校教員柳田正夫（二八）と判明、市民に衝動を与えている。

捜査本部では、被害者が高利の金を貸し、その取立てが厳《きび》しかったことから、それに恨みを抱いている者の所為と推定し、その方面の捜査に全力を集中していた。ところが、息子夫婦がキクさんの身辺を調べたところ、金を貸した先の心覚えの手帳が出てきた。これと、キクさんがタンスの袋戸棚《ふくろとだな》に入れている袋入りの借用証の束を出して照合したところ、証書が一枚欠如していることが判明した。すなわち、その一枚は、市内××町、××小学校教師柳田正夫名義の四万円で、昨年十月八日の貸しつけになっている。キクさんの覚え書きによると、返済期限は、昨年末になっており、利子は月一割で、柳田の利子払込みは、わずか二回しかないことが分った。

ここで、捜査本部では柳田正夫の身辺をひそかに洗った。同人は、××町の某氏宅に二階借りし、某会社のタイピストをしている妹の桐子さん（二〇）と二人暮しである。両親はなく、同人は苦学して現在の職にありついた力行型の人間である。

最近、非常に金に困って、悩んでいたことは同僚の認めるところであり、渡辺キクさんから厳しい督促をうけていたことにも証言する者がいる。即《すなわ》ち、キクさんは柳田の家にも度々《たびたび》催促に行き、終《つい》には登校の途中に待ちうけて路上で催促を迫っていたという。そのため柳田は最近、神経衰弱気味になっていた。

ここにおいて捜査本部は、事情聴取のため柳田に出頭を命じ面会したところ、同人は顔面蒼白《そうはく》となり、ぶるぶる慄《ふる》え出したという。言辞を設けて、ひそかに同人の指紋を採り、これをタンスに附着した指紋と照合したところ全く一致、本部では柳田を真犯人と断定して、直ちに逮捕状を取り、身柄を留置した。

取調べに当って、柳田は犯行を否認している。

上田捜査課長の話――犯人は柳田に間違いはない。指紋も一致しているし、アリバイもない。犯行の動機も十分である。即ち、渡辺キクさんに返金をやかましくいわれ、かつ、面罵されていることに恨みを抱き、キクさん宅に行き、同家で心張り棒に使用している樫棒をもってキクさんの頭部を強打、殺害したものである。その際、自己名義の証書があってはアシがつくと思ったものか、かねて同家を訪問しているうちに見覚えのタンスの袋戸棚から証書をとり出し、自己名義の四万円の借用証を盗み、逃走し、凶器に用いた樫棒は空地の溝に捨てたものと推定される。本人は犯行を否認しているが、真犯人がよくやることで、間もなく真実を自白すると思う。

××小学校校長の話――柳田君が老婆殺しの犯人と聞いて驚愕《きようがく》している。同君は真面目《まじめ》な教師で、生徒の気受けもよい。金貸しから何の目的で四万円も借りたのか、私などには分らない。俄《にわ》かに信じられないが、今度の逮捕で学校側でも至急に対策を考えたい。本人の自白があれば、私としても責任をとるつもりだ。

某氏の話――殺された渡辺キクさんが、柳田に路上で催促しているのを二度も見た。渡辺さんは激しく面詰《めんきつ》していたが、柳田は困った顔で、しきりと謝《あやま》っていた。

妹、柳田桐子さん（二〇）の話――私は、兄がそんな大それたことをしたとは夢にも思いません。渡辺さんが兄のところに来ていたことは知っていますが、兄は私がいると、渡辺さんをすぐ外に連れ出して話していたので、それが金の催促であるとは知りませんでした。兄がそんな大金を借りていることは夢にも想像しませんでした。しかし、金を借りて、お返しするのに困っていたことが事実としても、兄が、あの犯人とは絶対に信じられません。

阿部啓一は、これをよんで、柳田桐子の顔が新聞の活字の間から浮び上がってくるように思えた。肩を固くし、唇をかみしめて、じっと一点を見つめている瞳《ひとみ》だった。頑《かたく》な表情だが、顎《あご》の線が青っぽく稚《おさな》いのである。それから、人ごみの中を、わき目もふらず、抵抗するようにまっすぐ歩いて行く彼女の後ろ姿もである。

陽が傾きかけて窓の光線が余計に暗くなった。阿部啓一は、メモをとり、再び新聞紙を繰り始めた。

——柳田一部を自白　老婆殺し

K署に留置され、上田捜査課長に取調べられていた元小学校教員柳田正夫（二八）は、頑強《がんきよう》に犯行を否認していたが、二十七日夜に至り、ようやくその一部を自供した。それによると、柳田は昨年九月はじめ、学童より集めた修学旅行積立金三万八千円を自宅に持ち帰る途中、落して紛失したため、その弁済の方法がつかず、ために、かねて高利の金貸しをしていると聞いた渡辺キクさん宅を何回か訪問、遂に四万円を昨年末期限で借りた。しかし、月一割の高利なので、薄給の身では、元金はもとより、利子も払いかねる状態であった。

期限が過ぎた今年の二月頃から渡辺キクさんの返金催促は激しくなり、或《ある》いは止宿先に来たり、登校の途中に待ち伏せてやかましく督促するようになった。それで、窮余のあまり三月十九日の夜、ひとまず二カ月分の利子を持って行き渡辺さんをなだめることにし、渡辺さんにその旨《むね》を約束した。これで早寝の渡辺キクさんが、寝巻に着かえず、茶道具を用意して誰かを待っていた疑問が氷解した。

柳田正夫は十九日午後十一時ごろ、渡辺さん宅を訪問すると、表のくぐり戸が障子だけになっており、手であけると難なく開いた。それで、渡辺さんを呼んだが返辞がなく、上り框《かまち》の障子を開くと、すでに渡辺さんは何者かによって殺され横たわっていた。柳田は大いに愕《おどろ》き、すぐに警察に連絡しようと思ったが、あの証書が残っていては、学校教師として世間への体面も悪く、かつ、証書が在《あ》る限り、いつまでも返金をせまられると思い、いっそ、この苦労を根絶するために、渡辺さんが、証書を袋に入れ、タンスの袋戸棚に入れているのを知っているので、そこから証書を出して逃げようと決心した。

同人は、渡辺さんが死んでいる横のタンスの前に立ち、袋戸棚を探ったのであるが、指紋はこのときについたのであろうといっている。それから首尾よく、自分名義の件《くだん》の借用証を択《えら》び出し、これを携えて逃走した。証書は、翌日、火をつけて焼却した。これは認めるが、被害者キクさんを殺したのは、自分ではない、と、この点は頑強に否認している。

しかし、捜査本部では、柳田が飽くまで真犯人であり、この自供は、タンスに附いていた指紋や、家宅捜査のときに押入れの中から押収した同人が十九日はいていたズボンの折返しの裏側についていた血痕、及び、灰が、いずれも被害者の血液型であり、被害者宅の現場にこぼれていた灰と同一物であり、言いのがれのできない物的証拠になっているところから、苦しまぎれに一部を自供したものと観測している。従ってキクさんを殺した全面的な自供は、時間の問題とされている。

上田捜査課長の話――柳田は犯罪の動機や犯行の一部をしぶしぶ認めた。これは同人が人殺しという重罪を極力避けようとするものであり、同人が渡辺キクさん宅に来たときに、すでにキクさんが殺されていたなどというのは苦しまぎれの逃げ口上である。間もなく全部の自供がはじまるものと期待している。

阿部啓一は、次の三、四枚をめくった。そこには、また大きな活字が眼をむいていた。

——柳田、犯行の全部を自供　老婆を樫棒で撲殺

金貸し老婆《ろうば》殺しの被疑者柳田正夫は、その後、借用証の窃取は自供したものの、殺人には関係がないと頑強に云《い》い張っていたが、三十日夜、係官の厳重な取調べに抗しきれず、遂にキクさんを殺したと自白した。これで、さしも北九州地方を衝動させた金貸し老婆殺しも、事件発生以来、十一日ぶりに解決した。柳田正夫の自供は左の通り。

阿部啓一は、その自白の内容というのに眼を凝らした。メモと鉛筆を傍《そば》から放さない。窓から射《さ》し込む光線は、いよいよ乏しくなった。

——柳田の自供によると、かねて渡辺キクさんに返金を責められ、かつ、道路上でも登校の際に罵言《ばげん》を浴びせるので、非常にキクさんを恨み、殺意をもつに至った。それで、三月十九日、いよいよ犯行を決心し、十八日にキクさんに明晩十一時ごろ金を持参して訪問することを約束しておいた。

十一時ごろ、柳田が、キクさん宅に行くと、キクさんは起きて待っていた。そこで、キクさんが茶の支度をしようとして、長火鉢の方に身体《からだ》を起しかけたとき、同人はうしろから同家の樫棒を振って頭上に一撃を加えた。キクさんは仆《たお》れたが、気丈な

ので抵抗した。このとき、長火鉢の上にかけてある鉄瓶が傾き、湯がこぼれ、灰神楽《かぐら》が立ったのである。柳田はさらにキクさんの頭上に樫棒で乱打を浴びせ、絶息せしめた。彼は、それを見済まし、タンスの袋戸棚を開いて借用証をとり出し、自己の分を持って悠々《ゆうゆう》と入り口から逃走した。樫棒は途中で寺の空地横の溝に捨て、四万円の借用証は、翌朝、自宅附近で焼き捨てた。

柳田が、自己の借用証だけとり出して置けばよいと思ったのが運の尽きで、何ぞ計らんキクさんは別の帳面に未済貸付先の名前を書いていたのである。それと、残りの証書を照合した結果、柳田の証書だけが一枚足りないことが判《わか》り、捜査本部が同人逮捕の端緒をつかんだのである。

上田捜査課長の話――柳田の自白は予期したことだが、いよいよ本人が観念して何もかも自供したので、ほっとした。この自白と実地検証とは完全に一致している。物的証拠としては、タンスの袋戸棚についている本人の指紋、当夜、同人がはいていたズボンの折返しの裏側についていた血痕が被害者渡辺キクさんと同じO型であること、及び同じく附着の灰が、畳にこぼれていた同家のものと同一であることなどで、柳田の犯行は動かし難いものになっている。

阿部啓一はメモをとり終り、次の十四、五枚をめくった。すると、今度は、二段組みだが、下方の隅《すみ》に簡単な記事が出ていた。

――柳田、検事に自白を翻す　殺したのは自分ではない

K市の金貸し老婆殺しの容疑者柳田正夫が四月五日K地検に送致されたことは既報の通りだが、柳田の取調べは筒井益雄検事によって行われた。ところが柳田はK警察署では、一旦《いったん》、犯行を自白しておきながら、筒井検事に向っては、俄然《がぜん》、自供を翻し、同家に忍び込んで自己の四万円の借用証の窃取は認めるが、キクさんを殺したのは自分ではない、キクさんはすでにそのときに誰かによって殺されていた、といい出した。これは柳田が全面的な自白前に、一度いったことで、彼は再びこの線に戻ったわけである。

上田捜査課長の話――柳田が検事に殺人を否認することは、こちらも予想したことで、彼の性格からみて、おどろくに足りない。即ち柳田正夫は最初から何とかして殺人罪だけは逃れようとしていた心理が歴然としており、警察当局の理詰めの訊問《じんもん》に詰って一旦は自供を余儀なくされたものの、検察庁に送致されてからは、再び必死のいいのがれをしようとしたものであろう。捜査当局としては十分な証拠を揃《そろ》えて送致したのであるから、今ごろ彼が自白を翻《ひるがえ》しても、有罪の自信は持っている。

容疑者の妹、柳田桐子さんの話――兄が、警察で一度認めた渡辺キクさん殺しを、

検事さんに翻したことはうれしい。これこそ真実の声であろうと思います。私は、殺人については、兄の潔白を信じております。

阿部啓一は、再びあの時の少女の顔に対面した。膝《ひざ》の上にしっかりと指を組み合せ強《きつ》い眼差《まなざ》しで壁の一点を見つめている顔なのである。

新聞紙の上に落ちている窓の光線は、さらに薄暗くなった。彼は、次の最後の記事をよんで重い綴込《とじこ》みを閉じた。

——老婆殺しの柳田起訴　罪状否認のまま

K市の金貸し老婆殺しの被疑者柳田正夫は、かねて筒井益雄検事によって取調べられていたが、四月二十八日、容疑濃厚となり起訴が決定した。

この事件は、その地方を騒がせたらしい。新聞の記事にはその湧《わ》き立っている様子がはっきりとよみ取れるのである。コラム欄には、このような非情の犯罪容疑者が小学校教員から出たことは、道義の低下の現われであるといい、いわゆる地方在住の名士が、柳田正夫を殆《ほとん》ど黒と決定した印象の上で、非難した。柳田のつとめていた小学校の校長は辞任した。

阿部啓一は、灯のつきはじめたN新聞支社の調査室を、係りに礼を述べて出た。ビルの階段はうす暗かった。

玄関に出ると、空にはまだ透明な蒼味《あおみ》が残っていたが、街はネオンの世界になっていた。阿部啓一は、折からラッシュ時になった人ごみの中を歩いた。すぐにはタクシーにも電車にも乗る気になれなかった。

柳田正夫の殺人の無罪を信じているのは、おそらく柳田桐子だけであろう、と阿部啓一は歩きながら考えていた。新聞記事のみだが、柳田正夫の犯罪は決定的のように思われる。彼が、警察で一度は殺人行為を自白しておきながら、検事の前でその自供を翻したのは、いかにも言い遁《のが》れのような感じがする。物的証拠も動かし難いようである。

桐子は上京して、大塚欽三弁護士に兄の弁護を引きうけてくれと愬《うった》えた。大塚弁護士は一流である。大そうな弁護料をとるらしい。桐子が断わられたのは、彼女に弁護料の支払能力がないと先方に踏まれたらしい。

阿部啓一の耳には、赤電話を握って話している桐子の声が残っていた。偶然、電話の空《あ》くのを待ってうしろで聴いたものだ。

(ひとりの人間が無実の罪に苦しみ、死刑になるかも分らないのです。金がないからって、先生は助けて下さらないのですか?)

少女は電話器に前屈《まえかが》みになっていた。

（弁護士さんのなかには、正義のためには、弁護料まで問題にしないで働いて下さる方があると聞いています。そして大塚先生はそういうお方だと聞いて来たんですが、なんとか先生のお力を頂けないでしょうか）

それから最後に叫んだ。

（兄は助からないかも分りません。八十万円あったら助かったかもしれませんが、わたしたちになかったのが不幸でした。貧乏人は裁判にも絶望しなければならないことがよく分りましたわ。もう二度とお願いすることはないと思います）

――阿部啓一が、この事件を自分の雑誌にとりあげてみたいと思いついたのは、人ごみの流れについて有楽町の駅の階段を上るときであった。それは不意の衝動といってもよかった。

或いは、このとき、あの頑《かたく》なな表情をしている少女の直感を本能的に信じたのかもしれなかった。

翌日のひる頃、阿部啓一は谷村編集長に話しかける機会を窺《うかが》った。

谷村編集長は十一時すぎに出勤してきたが、机につくとすぐに、手紙ばかり読んでいる。読者からの投書を丹念に読むのだが、毎朝三十通以上をよむのだから時間がかかる。必要のないものは大きなチリ籠《かご》に放り込み、参考になりそうなものは、とっておいて、赤鉛筆で自分の意見を簡単に書くのである。これが各係りに廻ってきたりする。

編集長は、三十分ばかり手紙をよんで、それを中絶し、電話を四、五カ所、つづけさまにかけた。寄稿家との話だから長かった。四十分はたっぷりとかかった。それから残っている投書の束を少しずつ崩《くず》しはじめた。彼はがっしりした肩をもっている。

阿部啓一は、思いきって起ち上がり、編集長の机の前に歩いた。

「お忙しいですか?」

谷村編集長は眼鏡を光らせて顔を上げた。大きな眼で阿部啓一を見て、

「何だね?」

と訊《き》いた。嗄《しやが》れて、太い声だった。

「取材記事のことで、ご相談したいのですが」

「そう」

編集長は、指から手紙をはなし、

「どうぞ」

と机の上の莨《たばこ》をとった。身体《からだ》を椅子の背に反《そ》らせたのは、阿部の話を聴こうという姿勢だった。

阿部啓一はポケットからメモを出した。

「さあ」

谷村編集長は指の先に煙を上げている莨をつまんだまま、腕組みしてすこし首を傾けた。阿部の話を聴いてから、唇にうすら笑いを浮べたものだ。

「どうかな、それは……」

眼鏡の奥の眼が阿部啓一の顔を懐疑的に眺《なが》めていた。

「うちの雑誌にむく話ではないようだね」

編集長は、小さく身体を揺れさせていた。

「そりゃァ、週刊誌向きのニューズ・ストーリィだね」

『論想』は権威のある綜合《そうごう》雑誌だった。執筆者は、よそでは気楽に書くが、『論想』となると自然に筆が固くなるといわれたものだ。戦後の発刊だったが、もう伝統めいたものができ上がりつつあった。

それは谷村編集長の努力だった。普通の努力ではない。『論想』をここまでのし上げるためには、二年間、夜は三時間ばかりしか睡《ねむ》らなかったという伝説がある。谷村に関するさまざまな説話は多い。寄稿家とは幾人も喧嘩《けんか》し、殴《なぐ》り合いをしたこともある。粘り強さと短気とが彼の血の中に混合されてあった。

谷村編集長には信念がある。雑誌をよくするためには何をやってもいいと思っている。彼のその情熱と精力とが、現在の『論想』を仕上げたといってもいい。彼を嫌《きら》う者も、そのことは認めないわけにはゆかない。

そりゃァ週刊誌向きのニューズ・ストーリィだと谷村にいわれたとき、阿部啓一はすでに絶望を感じた。

「しかし」

と阿部啓一は押し返すようにいった。

「これが、もし、無実だったら問題だと思うんです。妹というのが、九州からわざわざ東京に来て、大塚弁護士に頼んだが、弁護士は依頼人が金を払えそうもないので断わった。金がないために一流の弁護士に頼めなくて、兄は死刑になるかもしれないと、その妹はいうのです。いまの裁判制度について考えさせられる問題と思うのですが」

「この事件を、大塚弁護士がやっても、勝てるという根拠はない」

と編集長は、よけいに身体を揺すりながらいった。

「それに、弁護士も商売だからね。金を貰《もら》えない弁護に走り廻るわけにもゆかないだろう。弁護士を非難するのは当らない」

「大塚弁護士個人を非難するのではありません」

阿部啓一はいった。

「貧乏人は有利な裁判もできないといういまの現象をいっているのです」

「その考えは悪くないがね」

編集長は、腕組みを解いて、莨を一口吸った。

「その材料として、この九州の殺人事件をとり上げようというわけだね?」

「そうです」

「しかし、それには、この被告の小学校教員が、絶対に白だという確信の上に立たなければいけない。もし、実際に黒だったら、雑誌がいい恥さらしになる。君には、彼が無実だといいきる勇気があるかね?」

「ですから、それを今から調査してみたいと思うのです」

「どう調査するのだ?」

編集長は、あざ笑うように眼鏡の中の眼を細めた。

「現地に行き、いろいろな捜査記録をよみ実地を踏査したいと思います。できるだけたくさんの人に会い、警察で知らなかったり、或《ある》いは故意に切り捨てたデータを蒐《あつ》めてみたいと思います」

「まあ、止《や》めた方がいいだろう」

谷村は即座にいった。

「うちの雑誌が賭《か》ける問題ではない」

阿部啓一は、谷村編集長の机の前に立ち、編集長が急に身体の小揺すりをやめるのを見ていた。

「そうだろう？　これには社会性がないよ。単なる強盗殺人だ。たとえば、××事件のようにさ、思想関係の背景があればまだしもだが、これではしようがない。いま流行《はやり》の裁判批判や検察批判にうちの雑誌が追随したという印象しか読者はうけとらない」

「しかし」

阿部啓一は最後に抵抗した。

「金のない者は、有利な裁判が受けられないという問題があります」

「だからさ」

谷村は、まだ判《わか》らないか、という顔をした。

「この事件をその問題の具体的な実例として君は持ってきたいわけだろう？　ぼくはそれが不適当だというのだ。君は、現地に行って調査するという。相当な金もかかるし、君ひとりを忙しいこの仕事から数日間か、或いは十数日間、はずさねばならん。社としては、かなりな出費だ。うちの雑誌として、この事件が、それだけのものを賭けるに価するか、とぼくはいうのだ」

値する、と阿部啓一は思った。が、それは口に出していえなかった。柳田正夫が無実だと云《い》いきる自信もないし、現地に行っての調査で、それを実証させる予想もつかなかった。或いは、かえって柳田正夫の黒を立証して帰る結果になるかも分らないのである。

彼が、被告の無実を漠然《ばくぜん》と信じているのは、あの少女の強い眼差《きつ》しと、赤電話で叫んでいる声からだけである。客観的なものは何もありはしない。阿部啓一は自分の抵抗が指の間から抜けてゆくのを感じた。彼は、編集長の前を退《さが》った。

谷村編集長は、阿部啓一を斥《しりぞ》けて、くわえ莨で机の書類の上にかがみこんでいる。煙が滲《し》みて眼をしかめているのは、愉《たの》しそうな顔になるのを胡魔化《ごまか》しているように阿部には思えた。

その晩、阿部啓一は、社の帰りがけに行きつけの飲み屋に入った。

「やあ」

にやにや笑いながら一人の同僚が隣に寄ってきた。久岡捨吉という男である。

「君は、編集長に昼間、何をいっていたのだい?」

飲みはじめてから久岡は象のように眼を細めて訊《き》いた。

「うむ」

阿部啓一はあまり話したくなかった。久岡捨吉の訊き方は初めから興味的である。恐らくこの男は、自分の机にいて、谷村編集長に提案を一蹴《いっしゅう》されて、すごすごと引き退った自分の姿を眺めていたに違いない。

頭の回転はいいが、いつも傍観者的な男である。常に片頬に薄い嗤《わら》いを泛《うか》べて、人の仕事を蔭《かげ》で批判している人間だった。厄介な仕事だと思うとそれを利口に回避した。

「おい、話せよ」

久岡捨吉は阿部啓一の肩を敲《たた》いて迫った。

「うむ」

阿部は、迫られて、しぶしぶと話し出した。頑固に拒絶できなかったのは、久岡の執拗《しつよう》に負けたからではない。編集長に断わられた憂鬱《ゆううつ》が吐瀉《としゃ》のはけ口を求めていたからである。

「なるほど」

久岡捨吉は唇からコップをはずしていった。

「面白いか?」

阿部は訊いた。

「うむ、ちょっとだけな。とびつくほどのことでもないが」

久岡は意見を表情で吐いた。急に興ざめた顔つきだった。

「それは谷村さんが断わったはずだ。あの男の性に合わない。いや、ぼくが編集長でも断わったかもしれないな」

「なぜ?」

「ちょっと面白いけれど、その話に価値がないもの。君が一生懸命に面白がるほど面白くはないよ。ぼくでも、高い出張旅費を出して九州に君を行かせるような賭はしないね。綜合雑誌は探偵の真似《まね》をするのじゃない。下らんよ」

阿部啓一は、久岡にこれを話したことを後悔した。が、次の彼の言葉は阿部の胸に残った。

「ぜひとも、それを君がやりたいなら、自腹を切って、君が九州に行くんだな」

阿部啓一は、久岡捨吉と別れて、それを本気に考えたものである。九州行のことだ。自分の金で、K市に行き、さまざまなことをして取材してみたい。そのときの空想が湧《わ》き上がった。が、それは空想だけに終った。無論、それに必要な一、二万円の金も都合がつかないし、時間もないのである。別な理由で社から休暇をとれぬこともないが、調査が『論想』から離れると意味がない。その仕事が浮き上がってしまう。この問題をジャーナリズムに乗せることが彼の目的であった。

阿部啓一は、メモを出してみて、事件を検討した。

新聞記事だが、柳田正夫は老婆《ろうば》殺しの犯人から脱れようがないようにみえる。動機はある。四万円の高利の金を借りて返済に苦しんでいた。老婆は執拗に返金を迫り、彼の住居に押しかけたり、登校の途中に待ち伏せたりして、口汚なく罵《ののし》っていた。利子も二回しか入れていないので、面詰されても一語も言い訳のないところだ。懊悩《おうのう》している青年教員の顔が眼に見えるようであった。

証拠は完璧《かんぺき》なくらい揃《そろ》っている。現場のタンスには柳田正夫の指紋がある。彼が当夜はいていたズボンの裾《すそ》には、老婆の血痕《けっこん》と、その現場の畳にこぼれていた灰が附着していのだ。この物的証拠は崩《くず》しようがない。上田というK署の捜査課長が、自信を持っていると話しているのも無理はない。現に検事は起訴している。

阿部啓一は、毎日、このメモをとり出しては読んでいた。そして、次第に、はじめの自信を喪《うしな》ってきた。自分が現場に行っても、これは覆《くつがえ》しようがないと覚《さと》りはじめたのである。

やはり、谷村編集長が断わったのは本当だと思うようになった。あのときは昂奮《こうふん》して、冷静な判断ができなかったのか。あのまま、押し切って無理にも九州の現地に行っていたら、ひどい失敗をしていたに違いない。昂奮は、柳田桐子《きりこ》という少女の特別な印象のためかもしれなかった。

ただ一つ、阿部啓一が柳田正夫という青年に信頼したい気になるのは、彼が高利貸しから金を借りた原因だった。彼は学童から集めた三万八千円の修学旅行費を落して紛失した。その補塡《ほてん》に渡辺キクのところに借りに行ったのである。おそらく、児童は何も知らずに無事に修学旅行を済ませたであろう。柳田正夫はそれに附添い、愉《たの》しげな児童の顔を眺めて、ほっとしたに違いない。このとき、彼の胸には借金地獄の炎が、すでに青白く燃えていたであろう。が、この美しい原因が柳田正夫の犯罪を潔白にするほど有力とは思えなかった。

阿部啓一は、思いきって、新聞で知った住所に宛《あ》て柳田桐子に手紙を書いた。

「あなたが前に東京に来られたときお目にかかった者です。その節、名刺をさし上げて置きましたから、封筒の名前をごらんになると思い出されるかも分りませんが、赤電話であなたが大塚弁護士事務所に話をされているのを聞き、喫茶店に無理にお誘いしたものです。あの節は失礼しました。そのとき、残念ながら、お話を伺えませんでしたが、その後、貴地方の新聞をよむ機会があり、お兄さんの不慮の事件を知りました。ぼくとしては、あなたがお兄さんの無実を信じていらっしゃることに同感したいと思います。ついては、その後の裁判などの進行状態がどうなっているか、ぜひ知りたいと思います。断わっておきますが、僕は興味的にこの手紙をさし上げたのではありません。ただ、あのときのあなたの信念というものに大へん打たれましたので、それで裁判などの推移が気になってならないのです。どうぞ、詳しくお知らせ下さるようお願いいたします」

阿部啓一は、この手紙を出して、何日も返事の来るのを待った。が、柳田桐子からは何の音沙汰《おとさた》もなかった。

阿部は、その後も、四通は出したはずである。遂に一通の返事も来なかった。こちらが出した手紙が返ってこないところをみると、柳田桐子は宛先の住所に居住しているに違いなかった。

阿部啓一は、喫茶店で唇を噛《か》むようにして黙っている少女の顔を思い浮べた。返事が来ないのも、「失礼します」と急に風を起して起《た》ち上がり、眼の前で戸を閉めた彼女のやり方と同一方法と思われた。

日が経《た》った。阿部啓一は月々の雑誌の仕事に追われてゆく。その長い時間の経過の中に、阿部は柳田桐子のことを諦《あきら》めるともなく、忘れるともなく埋没していた。

十二月に入った。

大塚欽三《きんぞう》は、朝、白い息を吐きながら自分の事務所に入った。

若い弁護士が三人、卓の上で仕事をしていたが、大塚欽三を見て椅子《いす》から起ち、

「お早うございます」

といった。

「お早う」

大塚弁護士は挨拶《あいさつ》を返して、そこを横切り、自分の離れた事務机に来た。ストーブが燃えている。若い弁護士たちの仕事場との間は本棚《ほんだな》で壁になっていた。

事務員の奥村があとから入って来て、大塚欽三のオーバーを取りながら、

「寒くなりました」

と彼の背中でいった。

「今朝は、また急に冷えたものだ」

大塚が応《こた》えると、

「妙なはがきが参っております」

と奥村は全く別なことをいった。

「妙なはがき?」

「机の上にお置きしましたが」

「うむ」

弁護士をしていると、事件によっては脅迫状めいたものが時々やってくる。それは珍しくない。奥村が、わざわざいうのはおかしい。

大塚欽三は大きな机の前に坐った。今朝、配達された郵便物が置いてあるが、これは大塚個人に宛てたものばかりで、事務所宛のものは奥村が除《の》けている。寄贈の書籍類と、手紙類は二つの山に分けてあるが、その封書の束の上に、はがきが載っている。

これだな、と思って大塚欽三はそれをとった。「F県K市××町　柳田桐子」と差出人の名前がある。誰だか記憶はなかった。もっとも、毎日の来信には必ず名前に覚えがないのが交っている。

裏を返して読んだ。

「大塚先生。兄は一審では死刑の判決を云い渡されました。控訴し、二審で審理中に、兄はF刑務所で去る十一月二十一日、獄死しました。尚《なお》、国選弁護士さんには無罪の弁護をして頂くことができず、裁判長に情状酌量だけを懇請されました。兄は強盗殺人の汚名のまま死にました」

万年筆で書いたもので、文字はしっかりしていた。

それはいいが、大塚欽三は文章の意味が分らなかった。どういうことを書いているのか呑《の》み込めない。

「奥村君」

大塚欽三が呼ぶまでもなく、奥村事務員は部屋の隅に立っていて、歩いて来た。

弁護士は、はがきを持った手を上げた。

「何だね、これは？」

「はあ」

奥村は机の前に来た。

「今年の、五月ごろでしたか、この事務所に来た九州からの依頼者です」

「九州からの？」

「はあ。柳田桐子というその通りの名前ですが、先生もここでお会いになりました。二十くらいの、若い女です。兄が殺人罪に問われたので弁護して頂きたいと、九州からわざわざ来たといっていましたが……」

「あ」

大塚欽三は口を開けて、短い声を洩《も》らした。

「あれか……」

記憶は良い方である。たちまち思い出した。

先生が、日本で一流の弁護士さんと聴いたから来た、といった依頼者である。まだ少女のように年齢の若い、可愛《かわい》い顔の女だったが、視線が強かった。九州にも、いい弁護士さんがいるはずですよ、というと、先生でなければ、兄は救えないと思ったからお願いに来たのです、と彼女は、ひき締った唇でいったものだ。

断わった事件である。忙しいのも理由だったが、奥村が金はとれそうもない、と暗に拒絶した方がいいと仄《ほの》めかしたから、その気になったのだ。以前は自分の懐《ふとこ》ろから持出しでも、事件によっては進んで買って出たものだが、あれは若いときのことで、今は、大きな事件にこう多忙では、その余裕も情熱もないのである。

諦めます、と断わったときに、その少女はいい、出口で、先生、兄は死刑になるか分りません、と呟《つぶや》いたものだ。それから、この階段を、ことことと降りてゆく堅い音を耳に聴かせたものである。

「そうか、獄死したのか」

大塚欽三は、はがきをまだ見詰めている。

それよりも、気になるのは、国選弁護人が無罪の弁護をすることができず、兄が殺人罪の汚名で死んだ、という字句である。とりようによっては、あたかも、あなたが弁護を断わったから、この結果になった、といっているようであった。いや、その非難と恨みの文字が、このはがきの行間から浮び上がってくるようであった。

弁護料の点で断わった、というのが大塚弁護士を何んとなく落ちつかないものにした。

「あれは」

と大塚欽三は、そこに立っている奥村事務員の顔を見上げた。

「あとから、僕の留守に、また、電話がかかって来たんだったな?」

「そうです。先生が、川奈《かわな》にいらしていた間です」

奥村事務員は答えた。

「何とかひきうけてもらえないか、というので、それはできないと返辞をしたのです。すると、お金が足りないから弁護をひきうけてくれないのか、とか、弁護士さんは正義のためには、弁護料など問題にしないで働いて下さると聞いているが、とか、電話で散々、小理窟《こりくつ》をいっていました。私も、むっとしたので、正義の押しつけは困る、といってやったように思います。若いのに、何か、気の強そうな娘さんでしたね」

大塚弁護士は、すこし浮かぬ顔で返辞をした。

「そうだったね」

「うむ」

気になるのだ。思い出したが、あのときは河野径子と川奈でゴルフをしたあと、箱根に行っていた。その前日に、その少女が来たときも径子が川奈にいて、待っていることを考え、時間を気にしながら、落ちつかなかったものだ。そのために、依頼の事件のことは頭から何にも聴いていない。いや、それをこちらから避けたくらいだった。

これは、あの若い女にとって不運だった、と思った。そのことがなかったら、或《ある》いは事件の概要を聴いてやり、若い弁護士を調査に遣《や》らせたかもしれない。結果では、もしかすると、自分が訴訟費用を持出しで引きうけたかもしれないのである。

しかし、おれが出ても、真犯人を無罪にするわけにはゆかない、とも思ってみた。が、これでも気持は落ちつかないのである。

或いは、という意識が、その下から動くのだ。それは永年の過去の実績からくる自信であり、実際に、有罪と信じきられていた殺人罪被告を無罪にした場合が二、三あることへの自負であった。刑事事件弁護にかけては、日本で一流という名声をとったのは、その業績の堆積《たいせき》であった。

あの九州の少女も、自分が弁護して敗れたら諦めたであろう。やはり弁護料も十分に出せなかった事実は、国選弁護人にたよったことでも分る。高い弁護料を出さないと、いい弁護士を頼めない、貧乏人は裁判にも絶望しなければならないのか、と叫んだあの少女の声が耳朶《じだ》に蘇《よみがえ》っていた。

このはがきの行間には、その叫びが、もっともっと大きな声で放たれている。殊《こと》に、その兄は獄死した。控訴中だが、殺人罪被告のままだし、国選弁護人までが有罪を承認しているのである。考え方によっては、死刑にされたと同じ印象を世間は受けとる。少女のこのはがきは、そのことの恨みであろう。

「奥村君」

大塚欽三は頰杖《ほおづえ》を解いていった。

「F市には堀田君がいたね?」

彼は自分の後輩の弁護士の名を挙《あ》げた。

「はあ、そうでした」

奥村はうなずいた。

「君、堀田君に至急に手紙を出してね、この柳田という男の事件の記録を、担当弁護人から借りて、ぼくに送って貰《もら》うよう連絡してくれないか?」

「え？」

奥村は眼を大きくした。

「しかし、先生。この被告は、すでに死亡していますが」

「ぼくのいう通りにしてくれ給え」

大塚弁護士は、すこし突慳貪《つっけんどん》にいった。

「ぼくが記録を調べてみるのだ」

4

大塚欽三《きんぞう》が頼んだ柳田正夫の第一審公判記録は、九州の弁護士から送ってきた。

事件は控訴審に入っていたのだが、被告が拘置所で死亡したので担当の国選弁護人の記録を悉《ことごと》く貸してくれた。この世話をしてくれた弁護士は堀田といって、大塚欽三よりは十四、五歳も若い後輩である。

大塚欽三は、この一件書類を、自宅で読んだり、事務所で読んだりした。そのために、黒い鞄《かばん》の中には始終、これが重く入っていた。

罪名は、強盗殺人罪である。柳田正夫という小学校教員が、高利貸しの老婆《ろうば》を殺し、自分の借用証を奪ったという事件だった。

検事の起訴状には、次の通りに記載されていた。

「被告人　本籍——。住居　K市××町×番地。職業　小学校教員。氏名　柳田正夫。昭和×年×月××日生。

公訴事実

被告人はK市××町、××小学校教員であるが、昭和××年九月×日ごろ、児童より集めたる修学旅行積立金三万八千円を自宅に持ち帰る途中、紛失したため、その弁済の方法がつかず、苦慮していたところ、かねて高利の金貸しをしていると聞いている同市××町、渡辺キク（当六十五年）より借入することを思いつき、同月末より十月上旬にかけて数回、キクを訪《たず》ね、右借入を申し入れ、遂に十月八日、金四万円（利息一ヵ月分天引きのため実際取得高三万六千円）を十二月末を返済期限として受け取ることに成功した。そのとき、被告人は、右現金と引替に、金四万円也の借用証をキクに手交した。しかるに、その後、被告人の月収は一万一千円に過ぎぬため、十二月末日までに返済することが出来ぬのみか、利息さえ満足に支払えず、ために翌年二月ごろより渡辺キクの苛烈《かれつ》なる催促をうけるようになった。故《ゆえ》に、被告人は懊悩《おうのう》の結果、キクに対して殺意を生じ、かつは自分名義の借用証を奪い返さんと決意し、昭和××年三月十八日、キクに明晩返済のために訪問すると通告し置き、十九日午後十一時ごろ同家を表口より訪ねた。渡辺キクは、階下八畳の間に被告人を待って起きていたので、被告人をもてなすため茶の支度をしようとして長火鉢の方へ身体《からだ》をよせかけたとき、被告人はかねて注目して置いた同家所有の長さ七十センチの樫《かし》の心張り棒をもって後頭部を一撃し、同女が一旦昏倒《いったんこんとう》しながらも抵抗してくるので、被告人は樫棒を以《もっ》て渡辺キクの左前頭部、左眼外側、及び左側胸部を強打し、因《よ》って同所に於《お》いて、同女を死に至らしめたものである。

罪名　強盗殺人　刑法第二百四十条」

検事の冒頭陳述要旨を、大塚欽三は読んだが、これは起訴状を詳述したものである。

書類は、このほかに、実況検分書、鑑定書、解剖報告書、捜査報告書、検証調書、聴取書、供述調書、各証人供述調書、判決文、弁護人弁論要旨などがあって、一と抱《かか》えの山ぐらいある。

大塚欽三は、自宅では、片手を火鉢にかざし、煙草を喫《す》いながら、これをよむのである。事務所では、本来の仕事の合間に、これを鞄からひっぱり出しては眼を通した。無論、一文にもならぬ事件であった。誰から頼まれたものでもない。第一、被告の当人が死亡しているのだ。

事務所では、事務員の奥村が、用事のあるたびに大塚欽三の部屋に入ってくるが、机の上にひろげた柳田正夫の一件書類を、じろりと見ては出てゆく。彼はそのことに一言もふれない。

大塚欽三には、奥村が蔭《かげ》で若い弁護士たちに、

「おやじも困ったものだね。あんな幽霊のような事件をいじってみてさ。この忙しいのに、どうかしているのではないかね」

と嗤《わら》いながらいっているような気がする。

大塚は、事務員の奥村に多少、気がねしなければならない意識になった。それで、このごろは、たいてい自宅の書斎で見ることにしていた。

妻が、書斎に入ってきて、

「大そう、お忙しいんでございますね」

と紅茶をいれにくる。

妻の芳子《よしこ》は、大塚欽三の今は亡《な》い恩師の娘である。その人は法曹界《ほうそうかい》の大先輩だったが、芳子は父の仕事ぶりを見てきているので、事件のことに口を出そうとはしなかった。書類に眼をさらして、むつかしい顔をしている夫の様子を窺《うかが》うように見て、黙って出てゆく。まさか、夫が無料で、被告の死亡した事件を丹念にまさぐっているとは

気がつかない。

大塚欽三の耳には、事務所の暗い階段を虚《むな》しく降りて行く九州の少女の固い跫音《あしおと》がまだ聴えている。「先生、兄は死刑になるか分りません」と呟《つぶや》いた額の蒼《あお》い少女の顔が眼に残っている。

それだけでは、この厖大《ぼうだい》な書類を九州からとり寄せるほどの熱意は起らなかったであろう。

「兄は一審では死刑の判決を云《い》い渡されました。控訴し、二審で審理中、F刑務所で獄死しました」

これが大塚欽三の心に傷を与えた。少女は、死刑の判決があって、控訴中に獄死したのだから、死刑になったと同じことだと叫んでいるようだった。

あのとき、あなたが弁護料のことで断わったから、この結果になった、どうしてくれる、と責めていそうだった。

責任のないことだと云いきれば、それまでである。が、担当の弁護士が国選弁護人であり、大塚欽三の知っている堀田からは、その弁護士があまり有能でないことも知らせてきた。これが、大塚欽三にもう一つの傷を負わせた。もし、自分がやったら、被告は助かったかもしれない、という後悔である。有能な医者が患者を拒絶したあと、ほかの凡庸な医者の手にかかって死亡したと聞いたあとの後味《あとあじ》の悪さに似ている。

それに、あのときは河野径子《みちこ》に遇《あ》うために川奈に出発するのを急いでいた。その心の忙しさに、依頼者である少女の話も聴かないで断わったのだった。もし、あのとき、河野径子に遇う時間が切迫していなかったら、事件の概要ぐらいは聴いたであろう。そのとき、事件の中に矛盾を発見し、自分が乗り出したかもしれないのだ。今まで彼が扱って名を挙げた無償の弁護事件の殆《ほとん》どが、そのような発端であった。

しかし、あの少女の兄が、果して無実かどうかは分りはしない。大塚欽三が、一審の裁判記録を九州からとりよせて読む気になったのは、記録の上で矛盾が発見されなければ、それで安心するつもりであった。当人は死亡していることだし、彼が九州まで飛んで証人調べをする自由もなかった。だから、記録だけを読むというのは、真実の把握《はあく》には不徹底だといえる。

が、そういう読み方でもいいのである。自分の後味の悪さが少しでも拭《ぬぐ》えたら満足だった。

先生、兄は先生の弁護が得られないから、死刑の判決のまま獄死しました、という九州の少女の声を、心で刎《は》ね返す自信がもてるのである。

少なくとも、あのときの拒絶は河野径子との意識の上での共謀ではないと云いきりたかった。

大塚欽三は、次々に堆積《たいせき》された書類の中を摸索して行った。

「実況検分書

被疑者柳田正夫にかかる強盗殺人事件に対して本職は左の通り実況検分をした。

昭和××年三月二十日　K警察署

司法警察員巡査部長　福本広夫

一、実況検分の日時　昭和××年三月二十日午前十一時〇分より午後〇時五十分まで。

一、実況検分の場所　K市××町、渡辺キク方、及同家附近一帯。

一、実況検分の目的　強盗殺人事件に対する証拠の蒐集《しゅうしゅう》及び本件の状況を明らかにするため。

一、実況検分の立会人　①被害者渡辺キクの長男隆太郎②……（略）

一、実況検分の顚末《てんまつ》

本件現場たる渡辺キクの居室の状況。

1、全般的所見

現場の建物は二階家で南側に表口があり、間口×間、奥行××間の木造二階家建である。出入口は道路に面し、裏口は隣家の板塀《いたべい》に接しているが、板塀との間には幅半米《メートル》の路地があり、三軒の家屋の裏側を通って道路に合している。検分時には裏口は戸を閉め、内側から閂《かんぬき》をかけていた。表口は障子と戸の二重になっており、検分時には戸の一枚が開いていて障子のみ閉《しま》っていた。……（略）

2、室内の状況

室内は八畳の間で、西側は壁でタンスが置かれてある。検分時には、このタンスの二段目と三段目の抽出《ひきだ》しが、半分ひき出されて、なかの衣類がかき廻されたようにはみ出ていたが、抽出しは左側が右側よりも十センチばかりよけいにひき出され斜めになっていた。タンスの右下部にある小さな袋戸棚は、左側の戸が錠を破壊されて開いており、右側の戸はそのままになっていた。

このタンスより四十センチはなれた畳の上に血痕《けっこん》が附着しており、さらに部屋のほぼ中央点たるあたりに長火鉢があり、それより南へ五十センチはなれた畳にも血痕が附着していた。

長火鉢の上に鉄瓶がかかっていたが、これは西側に三十度ばかり傾き、火鉢の中の灰が濡《ぬ》れ、さらに畳の上にも灰がこぼれていた。その灰の上を何物かが擦過したあとが微細に見えた。

検分時には、解剖に運ばれたため、死体はなかった」

大塚欽三は、この実況検分書を熟読して、次の鑑定書を見た。

「一、解剖すべき死体　渡辺キク（当六十五年）の死体。

一、外表検査　身長一、五〇米、体格弱、栄養やや不良。死斑《しはん》は背部に顕著。頸部《けいぶ》、胸部、腹部及び四肢《しし》に損傷無し。後頭部右寄りに、長さ十糎《センチ》の骨膜に達する挫創《ざそう》、前額部左にやや斜め右にかけて上下に走る長さ四糎の挫傷、及び左顳顬部《さきようぶ》外眥《がいし》に接して斜め上下に走る長さ三糎の挫傷を認める。

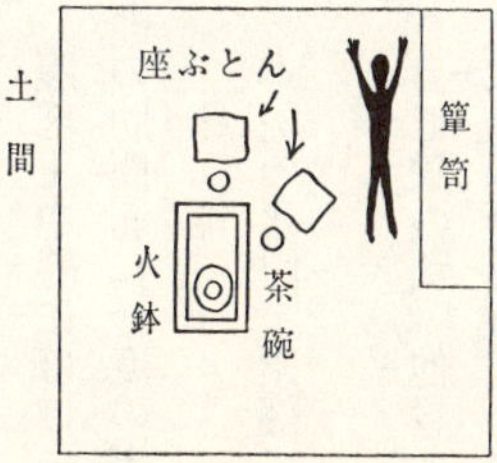

一、内部検査　頭皮を型の如《ごと》く切開するに、外表に見られた挫創にほぼ一致して後頭部骨右寄りに鶏卵大の軽度の陥没骨折がある。前額部左側に拇指頭《ぼしとう》大の皮下出血があるが、骨折は認められない。又、左顳顬部にも皮下並びに筋肉外にも、ほぼ同様の出血がある。さらに頭蓋《ずがい》を除去すると、陥没骨折にほぼ一致して右大脳半球に十糎×八糎×二糎の硬膜外血腫《けっしゅ》を認む。更に脳髄を摘出すると

左大脳半球底面に対象打撃の所見を認める。
一、腹部正中線にほぼ一致してメスを加え開くに、左第三肋骨《ろっこつ》は不完骨折し、その周囲の肋間筋に軽度の出血あり。その他、左右胸腔内には特記すべき変化を認めない。……（略）
一、本屍《ほんし》の死因　頭部に加わった外力による脳硬膜外血腫に基づく脳の圧迫と認める。
一、自他殺の別　他殺と認められる。
一、死後の経過時間　解剖開始時（三月二十日午後三時三十五分）を以《もっ》て、死後十七時間経過せるものと推定される。
一、凶器の推定、加害法　右寄り後頭部、左前額部及び左側頬部の損傷は、攻撃面比較的平らなる鈍体が作用したものと認められる。（例えば金棒、樫棒《かしぼう》の如《ごと》きものと推定される）
加害法として考えられるのは、後頭部右寄りの挫創が陥没骨折を生じているところから、被害者が後ろ向きになったところを強打し、前額部及び左頬部の挫傷は、被害者がそれより前向きになったところを、正面よりそれぞれの箇所に於て殴打し、さらに左第三肋骨のあたりを殴打したるものと推定される。

一、血液型　血液型はO型と認められる。
一、其他《そのた》の参考事項　なし。
右の通り鑑定する。
昭和××年三月二十日
F県警察本部刑事部鑑識課勤務
医師　鈴木　栄」

次に、もう二枚の鑑定書があった。一枚は、被告の柳田正夫が十九日夜、はいていたズボンの裾《すそ》についていた血痕はO型で、被害者の血液型に一致し、被告の血液型はO型であること、箪笥《たんす》に附いていた指紋を採集し検したところ、被告人の指紋と完全に一致したこと、ズボンの折返しの中についていた灰は、現場の長火鉢の灰が畳にこぼれていたものと一致する、と鑑定している。

もう一枚は、被告は犯行時には、精神異常が認められなかった、という医師の精神鑑定報告であった。

大塚欽三《きんぞう》は、煙草《たばこ》に火をつけて考えている。現場の指紋、被告の当夜はいていたズボンの裾についていた被害者の血液は、被告柳田正夫に決定的に不利である。彼が、当夜、被害者渡辺キク方に侵入し、被害者の血に触れた事実は動かすことができない。

検事の起訴状とその冒頭陳述には立証性がありそうである。では、被告の柳田正夫の申し分はどうであろうか。その第一回公判で、柳田正夫は次のように陳述している。

「第一回公判調書

強盗殺人　柳田正夫（出頭）

被告事件に対する陳述

被告人

一、起訴状は次の点が事実と違っています。

1、私が昭和××年十月ごろ、渡辺キクから金四万円実際取得高三万六千円を月一割の利子で借り、返済期限を十二月末としてその旨の借用証を入れたこと、及び、その後、利子を二回払ったのみで元金を返済することができず、本年二月ごろから渡辺キクから猛烈な督促をうけていたのは事実であります。

2、三月十九日の夜十一時ごろ、私が渡辺キク方に行ったのは、その前晩、明晩は必ず二カ月分の利子でも支払いに訪問するからと約束したのでそれを実行するためでありました。しかし、この夜は金策がつかず、キクに謝《あやま》りにゆき、諒解《りようかい》を求めるために行ったので、渡辺キクを殺害し、かつは自分の借用証をとり返す目的で行ったのではありません。
3、私が渡辺方に行ったときは表戸が開いており、障子戸だけで、中からは明りが見えておりました。私はキクが私を寝ずに待っているものと考え、困ったなと思いながらも、今晩はと二、三度声をかけましたが、返辞がないので、年寄りのことだから仮睡《かすい》でもしているのかと思い、障子をあけましたところ、土間の左側の八畳の間の障子が開いていました。よく見ると、渡辺キクはタンスの前に仰向きになって寝ていて、私は、やっぱり仮睡しているのだと思いました。しかし、声をかけても、一向に起き上がる様子もなく、長火鉢の鉄瓶も傾いており、湯がこぼれたのか、畳の上に灰神楽《はいかぐら》のあとがありました。変だな、と思ってよく見ると、畳の上に赤いものがあり、血がこぼれていることを知りました。次に、キクの顔にも血がついていたので、これは大変だと思って、すぐに警察に知らせなければと思いましたが、そのとき、キクが身じろぎもしないのは殺されて絶命しているのだと推定しました。警察の捜査がはじまれば、私の入れた借用証も明るみに出て、高利貸しから金を借りたことが判り、学校やＰＴＡ、世間に対して恥ずかしい思いをしなければならないと思って、とっさに借用証を抜き取ることを決心しました。それから靴を脱いで座敷に上がったのですが、キクはものすごい形相で死んでいました。私より先に誰かが来て、キクを殺したものと考えたが、同時に自分の置かれた立場が怖《おそ》ろしくなり、いっそ逃げ出そうかと思いましたが、いやいや、あの借用証が残っていると、一層、不利だととっさに思って、かねてキクが大切なものを出し入れしているタンスの小さな袋戸棚に借用証がしまってあると推定して、そのときすでに鍵《かぎ》がこわされて左のほうの戸があいていた袋戸棚の中から借用証を探し、自分のものだけを抜き取って再び表口から出て帰りました。その証書は、その晩下宿の前の広場で焼き捨てました。

一、事実は以上の通りで、起訴状にあるように、私がキクを樫の心張り棒をもって殴《なぐ》り、殺害したことはありません。また、強盗の所為と見せかけるためタンスの抽出しを抜いて、なかの衣類をかき廻したこともありません。ズボンの裾についた灰と血は、上り框《かまち》からタンスの前を往復したときに附着したものと思います。

一、私が見たときには、長火鉢の横に茶碗《ちゃわん》二個と急須、茶筒などが置いてあり、客用の座布団《ざぶとん》も二枚ありましたので、キクは約束の私を待っていたのかもしれません。

裁判長

被告人はこの樫棒に見覚えがあるか。

（このとき裁判長は被告人に対して証第二号として領置した本件証拠物を示した）

被告人
ありません。
裁判長
これに見覚えがあるか。
（このとき裁判長は証第三号の渡辺キクがタンスに保管していた各人名義の借用証の束を示す）
被告人
あります。渡辺キクがタンスの袋戸棚に保管していたもので、お示しのものをつかみ出し、そのうち自分名義の四万円記載のものだけを抜きとり、あとは前記の場所に抛《ほう》りこんだものであります。
裁判長
これに見覚えがあるか。
（このとき裁判長は、被告人方より押収した被告人が三月十九日にはいていたズボンを示す）
被告人
私のものです。三月十九日、渡辺キクを訪問した際、はいていたものであります。

その翌日、ズボンの裾に血痕が附着していたのを認め、大へんな嫌疑《けんぎ》をうけると思い、私の部屋の天井裏に隠していたものを、事件後警察官によって発見押収されたものであります」

第一回公判廷では、被告柳田正夫はこのように供述している。

この供述には筋道が立っている、と大塚欽三は一応思った。すなわち、柳田が渡辺キク方に三月十九日の午後十一時ごろ来たときに、キクはすでに何者かによって殺害されていたというのである。ズボンの裾についた血痕と、灰はこれで申し開きをしているのである。

しかし、これはすこし偶然がすぎるようだ。解剖結果も、十九日の午後十一時ごろだといっているし、柳田正夫もその時刻に来たと供述している。その寸前に犯人が来て、渡辺キクを殺したというのは偶然が重なり過ぎる。柳田正夫は小学校教員をしているだけに、ズボンの血痕と灰、タンスの指紋が動かせない証拠であるところから、このように辻褄《つじつま》を合わせているのではなかろうかと思われた。知能的な犯人には、しばしばこういう云《い》い逃《のが》れをする者があるのを、大塚欽三は知っている。

では、最初の、つまり、逮捕されて捜査本部での警察官に対しての取調べはどうかと、大塚欽三はその取調記録をよんでみたが、これも、公判廷での供述と同じである。柳田正夫が、その供述を、いわゆる罪状承認の自白に変えたのは、捜査本部の取調べが開始されてから六日目であった。

その供述は次のようになっている。

「第九回聴取書

被疑者　柳田正夫

右は本職に対し、左の通り陳述した。

一、今まで私は、渡辺キクを殺した犯人は、ほかにあるように申し上げていましたが、何もかもよくお調べがすんでいるようですから、本日は偽りのないところを申し上げます。実は、渡辺キクを殺したのは私でありますから、その事実を申し上げます。

一、私は去年の九月ごろ、児童より預かっていた修学旅行積立金三万八千円を道に遺失し、その弁済に困り、渡辺キクから四万円借りたが払えないので、同人の苛酷《かこく》な催促を困惑していたのは今まで申し上げた通りであります。

一、渡辺キクは強慾《ごうよく》な女で、月一割の高利をとりながら、私が期限に返済出来ないというので、登校の途中や、私の下宿に来ては面罵《めんば》するので、私は小学校教員という手前、ひどく恥ずかしくなり、それがために授業もろくろく落ちついてできず、ノイローゼ気味になりました。こうなったのもキクのためだと思うと憤りがこみ上がり、殺意を生じるに至りました。

一、三月十八日の午後六時ごろ、私はキク方に行き、明晩十一時ごろには、きっと溜《た》まった利息と元金の一部を持ってくるからといってキクを喜ばせ、十九日午後十一時ごろキクの家にこっそり行きますと、キクはまだ寝ないで起きていました。長火鉢の上には鉄瓶がかかって湯気を吹いており、傍《かたわ》らには二個の茶碗と急須、茶筒などがありました。

一、渡辺キクは、私の顔をみてよく来てくれたね、といって、私に茶を汲《く》むため、坐《すわ》っているところから長火鉢の方へ膝《ひざ》を起しかけましたので、私はかねて同家の心張り棒が樫でできていて、殴打するには手ごろだと思っていたので、やにわに入口の内側に立ててある樫棒を両手で持って、キクの頭上に一撃を与えました。キクは一旦《いったん》、ひっくり返って倒れましたが、次に猛然と私につかみかかって来るような形相で起き上がってきましたので、私は右手で棒を握りキクの額と顔を殴りました。キクは、ぎゃあと異様な声を出して再び仰向けにひっくり返り、動かなくなりました。私は、かねて知っているタンスの小さな袋戸棚の錠をこわしてこじあけ、借用証の束をひっぱり出し、自分の四万円の借用証を抜いて、表口から逃走しました。

樫棒は近所の寺の空地にあるどぶに捨て、自分の家に帰りました。キクの家を出るときも、帰宅の途中でも、私は誰にも見咎《みとが》められずに済みました。キクが最初に倒れたときに、その畳の震動で、長火鉢の上の鉄瓶が傾き、湯が灰の上にこぼれて灰神楽が立ちました。四万円の借用証は、自分の下宿の前の空地で、マッチで火をつけて焼き捨てました。この借用証一枚で、私がどんなに苦しめられたかと思うと、気持がさっぱりしましたが、今ではキクさんに気の毒なことをしたと後悔していま す。

右録取し署名拇印《ぼいん》した。

於K警察署　司法警察員

警部　足立義雄」

第十回聴取書

「――先に申しました渡辺キクを殺した事実について、昨日は、どの部分を殴ったか、どうしても思い出せませんでしたが、今日は、思い出したので申し上げます。最初に樫棒で殴ったのは、キクの後頭部だったようです。それで、キクが仰向けに仆《たお》れたので、前額部の左側と、同じく左側の頰のあたりを殴った記憶があります。次に胸のところも殴ったように思います。それから、タンスの抽出《ひきだ》しには触れなかったように申し上げましたが、実は、渡辺キクを仆してから、タンスの袋戸棚をこじあけ、左側の戸を開けて借用証の束をとり出し、私の証書を抜き取り、次に、強盗の仕業《しわざ》と見せかけるため、二段目と三段目の抽出しを開けて、衣類を半分ひきずり出しました。……」

警察署での柳田正夫の陳述はこのようになっているが、これが再び翻《ひるがえ》って、公判廷で供述したような陳述に変ったのは、柳田正夫が検事の取調べをうけるようになってからである。このときに、柳田正夫は渡辺キクを殺害した事実を否認した。

「問　君が警察署で、自分が渡辺キクを殺害したと申し立てた理由は何か。

答　係長が私を一室に入れて取調べ、刑事が前に一人、横に二人、うしろに一人いて、お前が殺《や》ったのだろう、かくしても無駄だ、取調べはすっかり済んでいるから自白してしまえ、お前には妹さんが一人いてそれが気がかりだろうが、あとの面倒は自分たちでみてやる、などといって、何といっても、私のいうことが通らないので、身体《からだ》は疲れてくるし、精神もぼうと逆上《のぼ》せたようになってきましたので、本当のことは公判廷で申し上げれば分って貰《もら》えると思い、諦《あきら》めて偽りをいいました。

……」

これ以後、柳田正夫は、一貫して、借用証書の窃取は認めるが、渡辺キクを殺害し

などである。
いた小学校の元校長、同僚教員、間貸しをしていた階下の家主、渡辺キクの長男夫婦
大塚欽三《きんぞう》は、証人の供述にとりかかった。被告柳田正夫の妹の桐子、柳田の勤めて
たことを否認しているのである。

渡辺キクの長男隆太郎の供述調書の一部。
「母と私とは性格が合わず、妻とも折合いがよくないので、五年前から別居してい
ました。しかし、別段喧嘩《けんか》したことはありませぬ。私は母の商売が嫌《きら》いなので、母
がどれぐらい金をもっているか、聞いたこともないので、全く知りませぬ。それで、
今度の事件が起って、被害額がどれくらいあるかと警察の方に訊《き》かれましたが、そ
れは全く分りませぬ。母が現金をどれくらい持っていたのかも知りませぬ。……
(略)」
元小学校長Aの供述調書の一部。
「柳田君は、真面目《まじめ》な性格で、授業も熱心で生徒もよくなついておりました。九月
ごろ、学級生徒から修学旅行費として三万八千円余の積立金を柳田君が集めたのは
知っていますが、同君がそれを紛失したことは聞いていないので知りませぬ。修学
旅行は無事に済んだので、そのような事故はなかったものと思っておりました。今

度の事件が起って初めてその事実を承知しました。あのとき、打ち明けてくれれば、四万円足らずの金くらい何とか私の手で都合がついたのに、同君は自分の責任だと思って、高利貸しから借金して、このような不幸を招いたのは残念です。……（略）」

小学校教員Bの供述調書の一部。

「柳田君が、渡辺さんから借金の催促をやかましくいわれていたのは知っています。それは学校に行く途中で、道ばたに渡辺さんが待っていて、柳田君を呼びとめ、ひどく罵《ののし》っていることで分りました。そういうことを三、四回ぐらい見ました。柳田君は、蒼《あお》い顔をして、学校へ出ても、その日は元気がありませんでした。……（略）」

柳田正夫に二階を貸しているCの供述調書の一部。

「柳田さんには三年前から二階を貸しています。柳田さんはおとなしい人で、学校から帰っても、あまり外に遊びに出るということはありませんでした。日曜日などは、教え子の児童が十人ばかり遊びに来て、妹さんの桐子さんともてなしていました。あの兄妹は仲が大へんよくて、近所でも評判でした。渡辺さんが、借金の催促に来はじめたのは、今年の二月ごろからで、主に夜でした。渡辺さんが来た、と柳田さんにいうと、柳田さんは、あわてて階下に降りて外に渡辺さんを連れて行き、長いこと話していました。渡辺さんは貸した金を早く返してくれなければ困る、利息も溜まっているとずけずけと大きな声を出していました。柳田さんはしきりに謝って、その都度、渡辺さんをなだめて帰しましたが、大そう困った様子で頭を抱えていました。私はあまり気の毒なので、見て見ぬふりをしていましたが、渡辺さんが来たのを四、五回ぐらい憶《おぼ》えております。……(略)」

大塚欽三は、次に柳田正夫の妹、桐子の供述調書にかかった。あの強《きつ》い眼をした額の蒼い少女の声である。――

柳田桐子の供述調書の一部。

「私の父は、十一年前に病死し、母は八年前に病死しました。私が学校を出るまでは、兄がずっと面倒を見てくれました。兄は働きながら高等学校から新制××大学を了《お》え、小学校の教員になりました。私は高等学校を卒業すると、タイピスト養成所に入り、現在の会社に入社しました。兄の月給が一万一千円、私の月給は八千円であります。これだけで、二人分の生活は十分でありました。兄は真面目な人で、遊びごとも知らず、女の友だちもありませんでした。

兄が修学旅行費の三万八千円を紛失したことは少しも知りませぬ。その弁償に、渡辺さんから、四万円を借りたことも知りませんでした。兄は、私に多少貯金があるのは知っていたはずですが、妹の働いて貯《た》めたその金を貸してくれとは云い出しにくかったのでしょう。兄は、そういう人でした。そういう遠慮をせずに、あのとき、打ちあけてくれたら、こんなことにはならなかったと思い、今は、おとなしい兄がうらめしくなります。

渡辺さんが、ちょいちょい私の家に来ていたことは気づいていましたが、大てい、私のいないときか、いても兄がそそくさと出て行くので話の内容は知りませんでした。それでも変だな、と思ったので、兄に訊いたことがありますが、そのとき兄は、渡辺さんの親戚《しんせき》の子が来年、高等学校の試験をうけるので、その相談に来ているのだといっていました。私のいる二階に渡辺さんが上がって来ないのはおかしいと思いましたが、何かの事情があるものと思い、深く考えてもみませんでした。あのとき、兄をもっと追及すればよかったと思います。しかし、兄は、私の前では平気で、かえっていつもよりは朗らかな顔つきをしていましたので、不審を起しませんでした。

三月十九日の晩、兄が十二時近くになって帰って来たのを覚えております。そのときの様子は、ひどく蒼い顔をして、疲れたようにぼんやりしていました。私がびっくりして、どうしたのかと訊きましたところ、友だちのところで無理に酒を呑《の》まされたので気分が悪いといって、そのまま床の中にもぐり込みました。そのとき、酒の臭《にお》いがしないので、妙だとは思いましたが気にもとめませんでした。あくる朝、私は朝食の支度《したく》をし、兄を起しましたが、まだ気分が癒《なお》らぬから、もう少し寝かせてくれ、というので、そのままにして私は会社へ出勤をしました。

その夕方、私が会社から帰りますと、兄もあとから帰って来ました。私が夕刊をみて、渡辺さんが殺された話をしますと、兄は自分も読んだといって、あまり興味のない顔をし、机に向って生徒の試験答案の採点などをしていました。今から思うと、兄は、なるべく私と顔を合わさないようにしていました。それから二日後に、兄が警察署に拘引されたときは、ほんとうに天地がひっくり返るほどびっくりしました。

私は、兄が渡辺さんを殺したとは信じられません。兄の性格として、そのようなことができる筈《はず》がないと確信しています。兄が、借用証を取ってきたことは、兄も認めているし、十九日の晩の様子から、私にも判《わか》りますが、兄が殺人を犯したとは絶対に信じられません。……（略）」

大塚欽三は、久しぶりにあの少女の声を耳もとに聴いた。なにか、一心に思い詰めたような声である。あの眼つきまでが調書の写しの文字の上に泛《うか》んでくるのである。

大塚欽三は煙草《たばこ》を喫《す》いながら読み、指を眼のふちに当てて考えている。それは多くは、自宅の書斎だったが、事務所の机に坐っているときもあった。

勿論《もちろん》、これだけの書類の摸索が短い時間で完成されたのではなかった。大塚弁護士は多忙である。当面の仕事は山積している。公判の期日が切迫している事件もいくつかあった。公判日に間に合うためには、半徹夜で仕事をしなければならない時もあるのである。

その隙間《すきま》を縫って、柳田正夫の強盗殺人事件の分厚い書類を繰ってゆくのだから、短い時間では終らなかった。それも一ぺんの通読ではない。何回もよみ返して、事件の細部まで暗記するくらい自分のものにしなければならないのだ。それから論理を構成して、見えざる矛盾を発見しようというのである。

しかし、大塚弁護士が考えて、柳田正夫の犯罪に対し、検事の下した観察に錯誤がありそうに思えなかった。物的証拠は十分なのである。現場についた柳田正夫の指紋、被害者の血痕《けっこん》と現場の灰のついた彼のズボン、現場のタンスから借用証を抜き取っていることも彼は自供しているし、渡辺キクを殺害する動機もあって、徴憑《ちょうひょう》は十分であった。物的証拠も、間接証拠も、一つの箱を組み立てたようにがっちりと立体化し、重い量感さえ感じられるのである。第一審の判決が有罪となったのも、あながち国選弁護人が無能だったとはいえないのである。

大塚欽三は、概略のことが判ったので、この事件を放棄しようかと思った。放棄するもしないも、別に依頼者があったわけではなく、彼の自由だった。元来なら、一通りのことを調べて安心したのだから、それで捨ててもいいのである。要するに、これは弁護効果の見込みの薄い事件であり、困難な内容であった。自分がひきうけても、無罪にできそうになかった。

柳田正夫は、自分が渡辺キク方に行く以前にキクは殺されていたというが、解剖所見でも死亡時刻は柳田が渡辺方に入った十九日の午後十一時と推定されている。柳田正夫より寸秒前に他の犯人が渡辺方に侵入してキクを殺害して逃走した、というような偶然があり得るか。それがあるなら、他に犯人のあったことを立証しなければならない。しかし、大塚が読んだ記録の上では、その立証の手がかりはなかった。

大塚欽三は、よほどこの事件を忘れようかと思った。おれでも手に合わなかったのだ、と思うと、あの少女を断わった責任が消え、安堵《あんど》できそうであった。

しかし、それがその通りにはならなかった。心はそれほどには落ちつかぬ。あの少女の声を真実と聴くような心がどこかでするのである。そのことがあるから、少女の依頼を、金の問題で拒絶した気鬱《きうつ》さは一向に褪《あ》せてゆかないのである。それに、その拒絶には河野径子《みちこ》が意識的に荷担していた。「先生、兄は有罪のまま獄死しました」という柳田桐子の乾《かわ》いた声からくる脅迫観念は少しも薄らぎはしなかった。

大塚欽三は、屈託をもったまま、河野径子と遇《あ》っていた。

径子と会って、話しているときでも、大塚欽三の顔は、ふいに空を流れる雲の翳《かげ》りのように昏《くら》くなるのである。そのときは、会話の内容が中断されて、大塚欽三の瞳《ひとみ》は、どこかを見つめて沈んでいるのであった。

聡明《そうめい》だし、感受性の強い河野径子がそれを見遁《みのが》す筈《はず》はなかった。

「先生」

河野径子は墨の滲《にじ》んだような大きな黒瞳《くろめ》で探るように大塚欽三の顔を見た。

「何かご心配なことがありますの？」

「どうして？」

大塚欽三は微笑を戻して、径子に反問した。

「だって、ときどき、考えるような顔をなさるんですもの」

「そりゃ、仕方がないさ」と弁護士は答えた。

「いろいろな仕事を抱《かか》えているからね」

その憂鬱な事件に、河野径子が間接的に一役買わされているのを、むろん彼女は知らない。

「君だって、事業をもっているひとだ。仕事のことで、ときどきは屈託もあるだろう?」

「そりゃァ……」

河野径子は、きれいな皎《しろ》い歯なみを見せて声を立てずに笑った。すらりと背が高く、和服でこうしてならんで坐《すわ》っていても、豪華な洋装を感じるくらいに姿がきれいなのである。

大塚欽三は、径子の経営している銀座のレストランの建物がふいに眼をよぎった。高級なフランス料理店として名を売った店で、店内の設備も高価だし、値段も高価なのである。径子の別れた夫が基礎を築いたのだが、現在のように流行《はや》り出したのは、四年来、径子の経営に移ってからであった。彼女に、その才能があったのだ。

大塚欽三が、河野径子を識《し》ったのは、径子が夫と離婚したいと法律的な相談にきたことから始まった。径子の夫というのは、店がよくなってから放蕩《ほうとう》をはじめ、それが彼女に我慢できなかったからだ。

夫は径子に未練をもっていたが、彼女の方で拒絶した。一つは、夫の対手《あいて》の女が妊娠したと聞いたからでもあるが、その断り方は頑固《がんこ》であった。

そのころ、径子の夫は別に大きな事業をはじめていたので、結局は、径子の要求通り、銀座の洋食店を手切れ金代りに与えた。もっとも、そのときの店は今の半分もはやっていなかった。夫は七百万円の現金を出すといったが、径子は断わって、銀座の店に固執したのである。そのとき、大塚欽三は径子に依頼されて、彼女の利益になるよう紛争を解決した。

それ以来、二年の交際がつづき、あとから現在のような交渉をもつようになった。

彼女の店は繁昌《はんじょう》し、女主人が留守をしてもいいように商売は軌道にのっていた。一流のホテルの食堂から引き抜いてきたマネージャーがよくできていたし、三十人の使用人も申し分なく統制がとれていた。

つまり、河野径子は、一日や二日、川奈や箱根にゴルフに行っても差支《さしつか》えなかったし、大塚欽三と夜の大事な時間をナイトクラブなどで過しても、少しも困らなかったのである。

大塚欽三が、君だって仕事の屈託があるだろう、と反問したのは、彼女のうまくいっている商売でも、むろん時には煩《わずら》わしいことがあるだろうという意味であった。

が、この反問は、弁護士が自分の憂鬱を愛人に気づかれないための軽い防禦《ぼうぎょ》でしかなかった。

しかし、大塚欽三《きんぞう》は、ほどなく、柳田正夫の殺人事件記録から、ようやく一つの矛盾を発見した。がっちりと組み立てられた鞏固《きょうこ》な函《はこ》にも、わずかな線の歪《ゆが》みがあったのである。これは職人的な眼をもった大塚弁護士の才能に帰していい。

が、そのことは、同時に大塚欽三の内部に一つの自信がひそんでいたといえそうである。大塚欽三が、判決のあった九州の殺人事件を、ひとりで調べていたのは、柳田桐子の声に脅《おび》やかされただけではない。自分では、はっきりと意識しないが、どこかに、その欠点を発見してやろうという自負的な気持が起っていたのであろう。若いときからの経験がその自負を作っていたし、その業績が光って、現在の地位に推し進めているのである。もとより若いときは、警察や裁判に戦闘的な男だったのだ。

大塚欽三のその発見の暗示は、多少、挿話《そうわ》めく。

そのときも、河野径子が横にいた。場所はTホテルの食堂だった。これはホテルに止宿している或《あ》る実業家を、依頼された事件の打合せのことで訪《たず》ねて行き、その用事が済んで、径子を電話で呼んだのである。

食堂は殆《ほとん》ど満員で、場所柄、外国人が多かった。大塚欽三と径子のならんでいる卓の向うにもアメリカ人の家族が食事をしていた。夫婦と七つくらいの女の児と、四つばかりの男の児である。

日本人の風習として、奇妙に見えるが、細君の方は殆ど知らぬ顔でいるのに、子供の世話は夫の方が一人で忙しく引きうけているのである。大塚欽三は、時々、眺《なが》めるともなく眺めて感心していた。

ことに、七つくらいの女の児に、父親は頻《しき》りと叱言《こごと》をいって、気をつかっている。卓の行儀を教えているのかと大塚欽三は初め思っていた。小さい児より、大きな児に世話をやくのも妙である。

「あら」

河野径子が低い声を出した。

「あの女の児、ごらんなさい」

径子も眺めていたらしかった。大塚欽三はその方に何度目かの眼を遣《や》った。

「あの児、左ぎっちょなんですよ。それを、パパがやかましくいってるんです。ほら、窮屈そうにナイフを右手にもってるでしょ？　あれを、すぐにうっかりと左手にもち替えちゃうんです」

径子は、おかしそうにいった。

大塚欽三が見ていると、なるほど、黄色い髪の女の児は、父親が母親に話しかける隙《すき》を窺《うかが》って、たちまち、ナイフとフォークとを取りかえてしまう。それからは、いかにも自由そうに口に食べものを運ぶのであった。

「西洋でも」

径子は自分の皿にうつ向きながらいった。

「左利《ひだりき》きは厭《いや》なんですのね」

大塚欽三は、そうだろう、といい加減な相鎚《あいづち》をうって、フォークにスパゲッティを捲《ま》きつけていた。――

実は、そのとき、すぐに大塚弁護士に天啓が与えられたのではない。それが起ったのは、河野径子を銀座の一角まで送り、わりに灯の少ない銀行の前で彼女を降ろして、ひとりで車で帰る途中であった。

暗いお濠端《ほりばた》を右側に見ているうちに、明るい灯をつけた都電が一台、視界を遮《さえぎ》って通り過ぎたのを、大塚欽三はあとまで覚えていた。

大塚欽三に、そのとき不意に浮んだのは、

「――後頭部右寄りに、長さ十糎《センチ》の骨膜に達する挫創《ざそう》、前額部左にやや斜め右にかけて上下に走る長さ四糎の挫傷、及び左頬部《さきょうぶ》外眥《がいし》に接して斜め上下に走る長さ三糎の挫傷……」

という解剖報告書の一句と、鑑定書に記載されている別の一行の文章であった。

阿部《あべ》啓一は仕事が終って、時計を見た。これは、印刷工場の校正室の電気時計で、十一時前だった。夜である。

今夜はわりに早かった、と誰かがいった。雑誌の最終校了日となると、前日から工場に出張して、帰りは大てい十二時をすぎるのである。

これから銀座に行こうか、と一人が云《い》い出したのがきっかけで、若い年齢の男たち三人が気を揃《そろ》えて出かけることにした。編集長と女の子は早く帰り、次長などの年輩者は、

「元気がいいな」と笑って、同行を拒んだ。

三人は急いで洗面所に行き、髭《ひげ》を剃《そ》った。顔は脂《あぶら》が浮き、埃《ほこり》でどす黒くなっている。この三日間、ずっと半分徹夜するくらい働いているのである。

「まだ、銀座で呑《の》めるか。このごろは十一時半だろう。ゆっくりは呑めないぞ」と山川が云った。

「大丈夫だ。ここから車で三十分、すると十一時半だ。すべりこみだ。十二時すぎまではねばれる」

西本がいった。

「おれが開拓したバーがある。路地の中でね。ちょっと目立たないから、表をしめてしまえば、警察の眼が届かないから、遅くまで呑ませてくれる」

「いつから開拓したのだ?」

阿部啓一は、手の石鹸《せっけん》の泡を洗い落しながら訊《き》いた。

「一カ月くらい前。マダムが九州の人間でね、女の子も九州の人間が半分だ」

「なるほど、君は九州だったね」

阿部啓一は西本を見た。

「やれやれ」

山川が顔をタオルで拭《ふ》いていった。

「君ばかりモテるところを見せつけられてはかなわない。おれは北海道は小樽《おたる》の産だからね。勘定の半分を君がもつなら別だが」

仕事が済んだという気持は格別だった。それも今夜のために、一カ月働き廻った仕事である。多少、あとは野となれ山となれの気持がある。雑誌の出来のいい悪いは、世間さまが決めてくれることだし、売れるか売れないかは運を天に任すよりほか仕方がない。

三人は、社用の自動車に乗って銀座に出た。西本の命令で車は西銀座とは反対側に曲った。

「なんだ、こっちの方か？」

山川がすこし落胆したようにいった。この辺は灯が少なく、人通りも疎《まば》らであった。

「そうさ。まだ、西へ出るほどの資金がないのだ。これからというところだ」

西本がいった。

「九州というと、ばかに肩をもつんだね。これから、君がひいきにして押し出してやるんだな」

「西本ダンナでは仕方がない。せいぜい金持を紹介してやることだけだよ」

西本は自分でいった。

バーは、表通りになく、路地の奥にあった。角が洋服屋になっていて、〝海草〟という赤い看板の下に矢印がついていた。

西本が先頭になって、表の樫《かし》のドアを勢いよく煽《あお》った。

「やあ」

あら、という声がしたが、その正体は、西本のあとの山川と阿部が、身体《からだ》を内部に入れてから判《わか》った。肥えたマダムと、女給が三人、昏《くら》いボックスから身体を浮かせて来ていた。

「いらっしゃい」と、これは肥えたマダムが馴染客《なじみきゃく》の西本に云い、山川と阿部啓一には、「いらっしゃいませ」と丁寧におじぎをした。

「どうぞ、こちらへ」

女給が西本の背を、空いた隅《すみ》のボックスの方へ押した。

「しばらく、お見えになりませんでしたね」

マダムが西本に笑いながらいった。

「忙しくてね」

西本は、お絞りで顔中を撫《な》で廻し、阿部と山川を指して、社の者だと紹介した。マダムは改まったようにお辞儀をした。

「ここ、九州のひとが多いんだって?」

山川がマダムに訊いた。

「そうなんですよ。わたしが、そうだし、はじめ、二、三人連れて来たのがきっかけで、自然とそうなっちゃったんです」

女給は七、八人いるらしかった。

「西本も九州ですから、社を馘《くび》になったら、バーテン見習にでも使ってやって下さい」

山川がいった。

マダムは女給といっしょに笑っていたが、

「あ、そうそう。西本さん、もう一人、九州の子が来ましたよ」

と思いついたようにいった。

「ちょっと、信ちゃん、呼んでおいでよ」

マダムが傍《そば》の女給にいうと、その若い女はすぐに立ち上がった。

「よく、九州ばかり集めるんだなあ」

西本がいっているときに、いまの女給に連れられて、すこし細い身体の恰好《かっこう》の女給が卓に近づいてきた。

その背後が、洋酒の瓶《びん》を賑《にぎ》やかに飾った明るい棚《たな》なので、その女の姿は逆光で暗かった。

「リエちゃん。こっちにおかけなさい」

マダムが自分の坐《すわ》っている位置を動いて、その女にすすめた。

「このひとなんですよ」

マダムは西本にいった。

その女が坐ったので、卓に立っている赤い筒型のスタンドが彼女の顔を映した。阿部啓一は、何気なくその女を見て、自分の眼を剝《む》いた。赤電話で大塚弁護士の事務所と話していた少女、柳田桐子の顔であった。

5

阿部《あべ》啓一は、愕《おどろ》いた眼で、柳田桐子《きりこ》を見つめている。

桐子は、マダムの傍に固い姿勢で坐《すわ》った。細い筒型の赤いスタンドの光が昏《くら》いせいもあるが、彼女は真向いに坐っている三人の客を真正面から見ていなかった。慣れないので、眼の遣《や》り場に迷っている恰好《かっこう》だった。

阿部は桐子の顔に視線を当てて放さなかった。伏せた眼の具合、額にうすく浮いた青い筋、細く徹《とお》った鼻筋、きつく結んだ唇のかたち、頰《ほお》から顎《あご》にかけて描いている稚《おさな》い感じの線、その一つ一つの記憶が、ほの暗いスタンドの灯りに映し出されていた。

「リエちゃんというのか?」

西本がやさしい声でいった。

「君も、やっぱりKから来ているの?」

「はい」

柳田桐子は、ほそい声で返辞した。阿部は、その声を久しぶりに現実に聴いた。夢を見ているようだった。

「よろしくお願いしますよ」

マダムは西本にいい、阿部と山川とにお辞儀をした。

「来たばかりで、まだ慣れませんからね」

「こんな商売は初めてかい?」

西本が訊《き》いた。

「こんな商売とは、ご挨拶《あいさつ》だわ」

信子という女が笑いながら口を出した。ここには開店当時からいる女で、背が高く、いつも着物の前衿《まええり》を粋《いき》にひろげていた。

「わたしが九州から呼んだのよ」

「へえ、君が」

西本は、信子と桐子とを見くらべるようにした。

「どういう関係だね?」

「このひとの兄さんが、わたしの、昔の恋人」

信子は笑って、

「というほどでもないけれど、前に家が近所だったものだから知ってるんです。その兄さんが亡《な》くなったので、わたしがこっちに呼んだのです」

「へえ、すると、ほかに身寄りは？」

「ないんです。だから、みなさん、よろしくお願いしますよ」

「そりゃ気の毒だ」

西本がいった。

「ぼくたちで後援したいが、その前に」

と桐子の顔を見た。

「リエちゃんといったね？」

「はい」

桐子はすこし羞《は》ずかしそうにうなずいた。

「信ちゃんに変な教育をされないようにね」

「あらァ、西本さん、妙なことおっしゃらないでよ」

信子が両手をひろげて口を突き出した。

西本は背を反《そ》らせて笑っている。

注文した客のハイボールが運ばれ、女たちはジンフィズのグラスを捧《ささ》げた。桐子はジュースのコップを持っている。

「頂きまァす」

乾杯のとき、阿部啓一は桐子を見たが、彼女は西本の方に眼を向けていた。阿部の顔を忘れているような表情だった。

阿部も知らぬ顔をしていたが、胸には動悸《どうき》が打っていた。いまに彼女が気づくかも分らないという期待があった。

が、一方、桐子の方で、阿部を覚えていないのは当然のような気がした。彼女と会ってから半年以上たっている。それも行きずりの出会いで、赤電話をかけていた彼女を追って、喫茶店に誘い、せいぜい十分かそこら話したに過ぎない。

——九州から上京されたんですか？　失礼ですが、電話の様子では、何かお兄さんが大へんなようですね。

そんな訊き方からはじまったのを覚えている。

——どういう事件でしょうか、差支《さしつか》えなかったら、ちょっと話して頂けませんか？　ちらりと耳に入ったんですが、あなたは確か大塚先生といってましたね。大塚弁護士なら、日本で指折りの弁護士です。しかし、それだけに弁護料が高い。そのことで、大塚弁護士は、全然絶望なんですか？

が、その一つ一つの質問に、桐子は何も答えずに頑《かたくな》に口を閉ざしていた。うつむいて眼を伏せていたから、阿部の顔をろくに見なかったといってもいい。しまいには、風を起して立ち上がり、見向きもしないで喫茶店を出ていったものだった。阿部があわてて外に出ると、彼女は雑踏の中に、それ以上、阿部をよせつけない歩き方で遠ざかっていった。

九州から急いで来て、見なれぬ東京の街頭同様なところで、わずかばかり話をした阿部に、桐子の記憶が残っていようとは思われなかった。が、やはり、或《ある》いはという期待もあった。

彼女の知らないことがある。阿部は柳田桐子の兄、柳田正夫の事件を新聞で調べている。地元以外、その事件にそれほどの興味と知識をもっている人間が、この東京にぽつんといようとは、桐子は想像もしないであろう。柳田桐子という本名を知ったのも、新聞の上でである。

いや、それよりも、阿部啓一は、まさかここで桐子に遇《あ》おうとは夢想もしなかった。話を聴いてみて、このバーのマダムが九州K市の人間で、女給もそこから集まっていることで納得できるが、あれから手紙を出しても、はがき一枚の応答のなかった当人に再会したのは、呆《あき》れて、しばらく現実が信じられないくらいであった。

「紹介しよう」

と、西本はいった。

「こっちが山川君、その隣が阿部君」

マダムは頭を下げ、

「信ちゃん、お店の名刺をもって来て頂戴《ちょうだい》」

といいつけた。

阿部啓一は唾《つば》をのみこんだ。桐子には、あのとき、名刺も渡しているし、手紙も出している。阿部、と聞いて、ふいに自分の方に眼を向けるかと思った。が、桐子は、相変らず眼を伏せて、ジュースのコップのふちを見ていた。客との話はマダムが相手だと思っているらしかった。考えてみると、阿部という姓は、平凡で、世間にはザラにある。

「どうぞ、よろしく」

マダムは信子がカウンターからもって来た名刺を、山川と阿部に差し出した。

「バー・海草　益田乃里子」

とあった。名前の方は小さな文字であった。マダムは肥えた白い顔で、細い眉《まゆ》をひき、目鼻も唇《くちびる》も小さい。

「リエちゃん」

マダムはいった。

「向うのお客さんの方をみて頂戴」

桐子は素直に立ち上がった。向うのボックスでは、客が流しのギター弾《ひ》きをよんで騒いでいる。そっちの方が気が楽だろうとのマダムの心遣《こころづか》いらしかった。

「なかなか、佳《い》い子じゃないか？　まだ純真で」

西本が桐子の後ろ姿を見送っていった。阿部も、彼女の背を見ていた。いつか、喫茶店を出て、雑踏の中をふり返りもせずに、歩いて行った見覚えの肩であった。

「あの娘《こ》の兄さんが」

マダムは声をひそめていった。

「実はちょっと妙なことがあって、うちにひきとったんですよ」

「妙なこと？」

西本が顎をつき出した。阿部は、どきっとしたが、マダムは、うすい笑いをうかべただけで、それ以上のことは云わなかった。

「で、あの娘、いま、マダムのアパートにいるのかい？」

「いいえ、この信ちゃんが」

と傍の信子をみて、

「いっしょのアパートの部屋に同居させているんですけどね」

「信ちゃんのアパートってどこだね？」

阿部啓一は、はじめて口を出した。

「おいおい、めずらしく妙な興味を起したんだな？」

西本がひやかした。

「そのうち、この店へせっせと通ったら、教えてくれるよ、な、信ちゃん」

西本がいうと、信子は笑っていた。

「そんな娘をいっしょにおくと、信ちゃん、君が部屋に彼氏を連れてくる時、いろいろ都合が悪いのではないか」

山川がひやかした。

「あら、そんなの居ないから、だいじょうぶよ」

「嘘《うそ》つけ」

西本がいった。

「この間、君がハンサムな青年といっしょに或るところを歩いているのを見かけたよ」

「あら、西本さん、変なことをいわないでよ」

信子が、西本を打ったので皆で笑った。

時計をみるともう十二時を過ぎていて、女給の中には、隅の方で目立たぬように帰り仕度《じたく》をしている者もいた。

「さあ帰ろうか」と西本はいった。

阿部が見ると、柳田桐子の背中は、客席のボックスの間に見えた。ひどくねばっている客らしく、まだ歌う声など聞えていた。

客の三人が立ち上がったので、マダムは、

「リエちゃん、お帰りですよ」と呼んだ。

桐子が立ってこちらへくる姿が見えた。

西本を先頭に山川と阿部とが続いた。マダムと信子、それに桐子を加えた他の女給が二人、路地の外まで見送りに出た。

最後まで、柳田桐子は阿部啓一に一瞥《いちべつ》もくれなかった。阿部は皆の前で桐子に話しかけることもできず、心を残しながら西本と山川のうしろから車に乗った。車が走り出して酔いが出た三人は、たわいのないことを、喋《しゃべ》っていたが、阿部啓一は、明日にでも、単独に桐子に逢《あ》いに行こうと考えていた。

阿部啓一は、翌日の午後八時頃、ゆうべもらった、バー〝海草〟の名刺を見て、電話を掛けた。

リエちゃんを呼んでくれ、というと、え、リエちゃんですかと、向うでは不思議がるように訊き返した。新参の桐子に客のないことはそれで分った。

「リエ子です」

桐子の聞きおぼえの声がすぐに出た。阿部は、すこし胸が騒いだ。

「リエちゃんかい？　僕、阿部です。そら、ゆうべ遅く三人で行ったなかの……」

リエ子は、はい、といった。そっ気ない声だった。

「僕はずっと前に一度、君と東京で会っているんだけれど。君、覚えている？」

桐子の声は聴えなかった。電話が切れたかと思うと、そうではなく、受話器の奥で音楽が鳴っていた。

「知っています」

桐子は、しばらくして、はっきりと云《い》った。阿部はおどろいた。

「いつ気づいたの？」

「最初、ボックスにいらした時から知っていました」

阿部が、桐子が気づかないと思っていたのは、迂闊《うかつ》であった。もしかすると、昨夜、阿部よりも桐子の方が先に阿部に気づいたのかも知れない。それでいて、最後まで知らぬ顔をしていた遣《や》り方は、いかにも、この春、阿部の前から不意に遁《に》げた桐子らしかった。

「そう、知っていたのかい?」

阿部は、すこしどもっていった。

「そんなら話しいい。君は、ぼくが九州に手紙を出したことも知っているね? 多分、読んでくれただろうね——」

桐子は、また、ちょっと黙ったが、

「はい、読みました」とかわいた声でいった。

「そのことで、君に会いたいのだ。店では話ができない。それで、明日の五時、その近所に喫茶店があるね、そこまで来てくれないか?」

五時と指定したのは、バーの女給の出勤がその時刻と見当をつけたからだった。

「困りますわ」

桐子がいった。が、これは阿部が当然に予想した返辞だった。

「十分間でいい。ちょっと会って欲しい。君の兄さんのことでは、ぼくも調べている。むろん、雑誌の仕事とは別なんだよ。といって、ぼくの興味からでもない。ぼくも、兄さんの無罪を信じている。それで、もっと君に突っ込んで知りたいのだ」

阿部は熱心にいった。

桐子は、また黙った。しかし、今度は、何か考えて躊躇《ちゅうちょ》している沈黙のように思われた。受話器の背後には、絶えず人声と、ギターとが流れていた。

「やはり、困りますわ」

桐子の声が聴えた。が、前よりは弱く聞えた。

「どうしても駄目ですか?」

阿部は、もう一息だと思った。

「はい」

桐子はいい、

「失礼します」

と挨拶《あいさつ》のように云って電話を切った。阿部の耳にその声が残った。

阿部は、こうなった上は、少々、強引に会うほかはないと思った。依怙地《いこじ》なものが阿部の心に起らないでもなかったが、やはり、事件の真実を見極《みきわ》めたい気持が強かった。兄は無罪です、と赤電話に叫んでいたあのときの桐子の声を、阿部は直感として信じていた。

阿部啓一は、思い立ったら、時間が待ちきれない性質《たち》だった。苛々《いらいら》して、落ちつかないのである。

校了日の翌《あく》る日で、社を休んだので、よけいに夜の十一時半を待つ時間が苦しかった。阿部は、面白くもない映画を見た上、つまらないバーを仕方なしに一、二軒廻った。

バー〝海草〟は銀座でも辺鄙《へんぴ》な場所にある。近くには、灯のないビルが多いので、よけいに暗かった。

阿部は路地の向いに佇《たたず》んでいた。銀行か何かの建物で、身をかくしているには都合がよかった。煙草《たばこ》を二本喫《す》い、三本目の途中で、路地から女給たちの出てくる黒い姿が見えた、阿部は、煙草を踏み潰《つぶ》し、眼を凝らした。

五人出て来たが、三人は騒ぎながら、いっしょになって先に歩いて行った。二人が残って立っていたが、その一人が信子で、一人は柳田桐子だった。桐子の姿は、阿部はどのような暗さでも見分けられる自信があった。阿部は建物の蔭《かげ》から出て行った。何処《どこ》かからの帰りに、偶然に出会った体裁にするのが阿部の計画だった。

信子が横にいるのがかえって都合がいい。阿部が信子を誘えば、桐子もいっしょについてくるほかはないのだ。同じ家にいるのだし、桐子は信子をたよって東京に来ているのだ。二人の女はまだ立っていたが、信子が桐子に何か話していた。阿部がそこに現われた。

「やあ」

阿部は、わざと信子に声をかけた。

「いま、帰りかい？」

「あら」

信子がふり向いて、阿部の顔を外燈《がいとう》ですかして見た。信子は、昨夜、西本が連れて来た客の顔を憶《おぼ》えていた。

「昨夜はどうも」

信子は愛想よくおじぎをした。

桐子は、はっとした様子だったが、仕方なく、信子について阿部に頭を下げた。阿部は、これできっかけができたと思った。

「いま、かんばんなの？」

「そう」

信子が答えた。

「一足遅かったな」

「また、明日の晩でも、早くいらして下さい」

信子は慣れた口調で笑いながらいった。

「折角だから、そこで、お茶でも飲まない？　リエちゃんも、どうだね？」

「ええ、有難う、でも、わたし、今夜、ちょっと……」

信子は微笑していた。

「おやおや、もう敬遠されたかな」

「いいえ、そうじゃないんです。いまも、リエちゃんにそう云ってたところなんですから。リエちゃん、あんた、どう、ご馳走《ちそう》になったら？」

信子はリエ子を見た。リエ子は困ったようにうつむいていた。

「西本さんとこの社の方ですもの。変なことはなさらないわ」

「おやおや、妙な保証があったものだな」

阿部は笑った。

「ほんとうなんですもの。変なお客さまだったら、リエちゃんを残しませんわ。阿部さんとおっしゃいましたわね。リエちゃん、お願いしますわ」

「西本の余徳だね」

阿部は、すこし、てれていった。

が、信子がリエ子を阿部に託した理由はすぐに分った。このとき、一台のタクシーが滑《すべ》ってきて、眼の前の舗道に停った。

タクシーのドアが開いた。なかに、客がひとり乗っていたが、これは降りるのではなく、身体《からだ》を座席の端に寄せて、信子を手招きした。

「信子」

低いが、客の声は若かった。

信子がそれにうなずいた。それから阿部と桐子を見て、

「お先に」といった。彼女は着物の前を押えて、自動車《くるま》の中にいそいそと屈《かが》み込んで入った。車の中の男が身体をずらせたようだ。彼女は手を伸ばしてドアを音を立てて締めた。

阿部は、なにげなく、車の窓から見える若い男の顔を見た。うす暗いルームランプの光でも、それが二十七、八くらいの青年だと判った。が、すぐに阿部の視線を意識してか、先方は顔をそむけた。

信子が、窓に手をふった。自動車は赤い尾燈《テイル》を見せて暗い街角を曲った。

阿部も、瞬間、そこにぼんやり立っていたし、桐子も佇《たたず》んでいた。ほかに人影は歩いていなかった。

「あの青年が、信ちゃんの恋人かね？」

阿部は、いいきっかけができたと思った。これで桐子との堅い線がほぐれそうだった。

「さあ」

桐子は曖昧《あいまい》にいった。

「よく存じませんわ」

阿部は歩き出した、桐子は、ためらったようだったがついて来た。阿部は安堵《あんど》した。

「どこかの会社の人だろうね。やはり、店のお客さんかね？」

阿部は歩きながら、信子の恋人のことを話題にした。いいオーバーを着ていたのが眼に残っている。それは、もっと桐子の気持をほぐしたい目的からだった。

「いいえ、お客さまじゃありません。うちのママの弟さんです」

「へえ」

阿部は、意外という声を出してみせたが、そのことに興味はない。足が、喫茶店の明るい入口の前に来ていた。

阿部はドアを肩で押して入った。桐子が、期待の通り跟《つ》いて入ってきたので、阿部の胸は小さく鳴った。

大塚弁護士が、柳田正夫の金貸し老婆《ろうば》殺し事件調書記録を読んで不審を起したのは次のような点であった。

実況検分書には、室内の状況として次のことが述べてある。「室内は八畳の間で、西側は壁でタンスが置かれてある。見分時には、このタンスの二段目と三段目の抽出しが、半分ひき出されて、なかの衣類がかき廻されたようにはみ出ていたが、抽出しは左側が右側よりも十センチばかりよけいにひき出され斜めになっていた。タンスの下部にある小さな袋戸棚は、左側の戸が錠を破壊されて開いており、右側の戸はそのままになっていた」

弁護士が考えたのはこのことである。抽出しの左側が右側よりも十センチばかりよけいに引き出され、斜めになっていたというのは何であろう。

普通、簞笥《たんす》の抽出《ひきだ》しをあける場合、左右平均して同じように引き出すのは平静な場合であって、急いでいる時とか、あわてているときは、たいてい右側が多く引き出されるものである。つまり意識せずして右手の力が右側の簞笥の鐶《かん》にかかるのが普通である。

ところが、この実況検分書には、左側の抽出しがよけいに引き出されている、と、記載されてある。このことは何を意味するか。つまりこの犯人はあわてて抽出しを引き出したのであるから、思わず左の手に力の重心が入ったのであろう。するとこの箪笥をあけた犯人は当然左ききということができそうである。

さらに箪笥の右下側にある小さな袋戸棚は、左側の戸が錠を破壊されて開いており、右側の戸はそのままになっていた、とある。箪笥の袋戸棚は箪笥の右側についていて、もし犯人が箪笥の抽出しをあけたままの位置で、或《ある》いはそれからあまり身体を動かさないで箪笥右側についている袋戸棚をあけた場合、左ききならば当然向って左側の戸棚の戸をあけるであろう。右ききの場合は右手で右側をあけるであろう。そう考えるのが自然ではあるまいか。これも、犯人が左ききの証明になりそうである。

そう思って死体検案書を見ると、「前額部左側に拇指頭《ぼしとう》大の皮下出血があるが、骨折は認められない。又、左顳部《さきようぶ》にも皮下並びに筋肉外にも、ほぼ同様の出血がある」との記載がある。さらにこの鑑定書によれば、「加害法として考えられるのは、後頭部右寄りの挫創《ざそう》が陥没骨折を生じているところから、被害者が後ろ向きになったところを強打し、前額部及び左顳部の挫創は、被害者がそれより前向きになったところを、正面よりそれぞれの箇所に於《お》いて殴打《おうだ》し、さらに左第三肋骨《ろっこつ》のあたりを殴打したるものと推定される」とある。

人を長い棒で強打する場合、向って反対側の面を攻撃するのが普通だ。その方が力が入る。つまり、右手でやる場合は対手《あいて》の向って左側を打つ。この場合は、左ききだから、後頭部の右側を攻撃したのだろう。

さらに、この死体の位置の図面を見ると、箪笥に対してほとんど四十センチの間隔を置いて並行して倒れている。顔面の傷は右頬部から斜めに打撃を加えたものではなく、左の眉《まゆ》の上から右アゴにかけてやや斜めに傷痕《きずあと》がついている。今度は後頭部でなく、顔面だから、左ききの犯人から向って右側、当人にとって左側が攻撃されたのだ。

箪笥と死体の倒れている位置とは、間隔がきわめて狭い。したがって、もし樫棒《かしぼう》のようなもので殴られるとしたら、当然、樫棒を振うに箪笥が邪魔になって、なるべく箪笥から遠い、反対の、右側の頬部を打つのが普通である。ところが死体検案書によると、左側頬部に加えられた打撃は相当な力である。しかも棒先を頭部に縦につけられたのは、犯人が被害者の足の方に立っているからで、左手の自由な人間が行なったものと考えるのが最も自然である。

大塚弁護士はこのことを考えたときに自分で顔色を変えた。被告の柳田正夫は、第九回聴取書によれば、はっきり右ききである。「私は右手で棒を握りキクの額と顔を殴りました」とあるではないか。この老婆殺しの真犯人は左きき以外には考えられない。

大塚弁護士は、さらに分厚い調書を一つ一つ繰って、詳細な部分に密林のように分け入り、検事と被告の一言一句をも見逃《みのが》さないで調べて行った。

被告の柳田正夫が決定的に不利になったのは、彼が当夜被害者の渡辺キク方に侵入して被害者の血に触れた事実である。この血は柳田正夫のはいていたズボンの裾《すそ》の折返しの部分に附着している。渡辺キクの血液型がO型であり、ズボンの裾についていた血液型もキクと同型であるという鑑定は、柳田正夫に決定的な物的証拠である。

しかし、と大塚は考える。

柳田正夫の着衣で被害者の血がついていたのはズボンの裾だけであって、ほかの部分にはいかなる個所にも附着していない。検事の論告によれば、「たとえば樫棒をもって殴打しても、必ずしも返り血が犯人のほうに飛ぶとは思われず、ことに樫棒のような鈍器で頭部および頬部を強打したのであるから、血液の飛散はきわめて少ない。したがって返り血がないからといって少しも不自然ではない」という意味の論告をしている。

大塚欽三は一応、そのとおりだと思った。凶器が樫棒のようなものであれば、刃物のように血管を切断することもなく、また動脈を切ることもないのだから、それほど血は飛散しないであろう。しかし、別の見方だってあり得るのだ。つまり、柳田正夫のズボンの裾に血がついており、そのズボンの上部にも、着ていた上衣にも返り血がないというのは、かえって柳田正夫が渡辺キクを殺したのでないという証明にならないであろうか。

なぜかというと、渡辺キクの頭部および頰部から畳にこぼれた血は少ない。その少ない血が柳田正夫のズボンの裾に付いていたということは、被害者の血が畳についた直後、柳田正夫が入ってきて、畳の血を思わずズボンの裾につけた、ということになりそうである。

もし犯人が渡辺キクに頭部と頰部に一撃を加えたならば、血液は必ずしも畳にすぐにつくとは限らない。血液は、傷をうけてから時間がたつにつれ、多く流失する。したがって、刃物とちがって打撃を加えてからすぐに血がズボンの裾に付くということは、考え方では妙である。ことに柳田正夫のズボンの裾には、長火鉢からこぼれた灰も付いている。したがって何者かが渡辺キクを襲い、その震動によって長火鉢にかけた鉄瓶が傾き、湯が灰にこぼれて灰神楽《はいかぐら》が立ち、その灰が畳に積った。そこへ柳田正夫が畳を歩いて、この灰と渡辺キクの畳にこぼれた血をつけたものであろう。つまり、柳田の侵入は、その申立て通り、被害者の死後である。

起訴状によると、渡辺キクは被告の来訪を待って、その夜、茶碗《ちゃわん》二個、客用の座ぶとん二枚、および長火鉢には急須《きゅうす》、茶筒などを置いて鉄瓶に湯を沸かしていた、とある。しかし、被告の柳田正夫は借金の返済のことで、かねてから渡辺キクに面罵《めんば》されており、柳田正夫もしばしば言い訳を繰り返して返済を実行しないのであるから、いまさら柳田が今夜借金を返しに来るといっても、柳田を信用しない渡辺キクが普通の鄭重《ていちょう》な来客のようにして彼を待つはずがない。

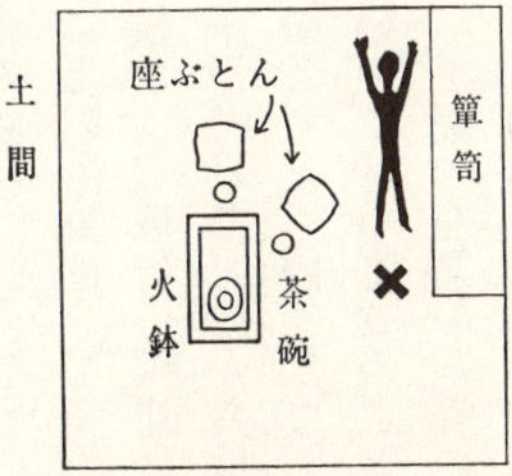

× 犯人が打撃を加えた位置

茶碗二個と客用の座ぶとん二枚は、一つは渡辺キク自身のものであり、一つは来客のためのものであると推断されている。だから、来客は一人といわれている。しかし、渡辺キクのような老婆は、客を迎えるときに、自分が客用の座ぶとんに果して坐るであろうか。普通、自分はふだん使用の座ぶとんか、それすら用いないで畳の上に坐《すわ》り、客には客用の座ぶとんを勧めるのが一ばん自然に考えられる想定である。してみると、キクの待っていた客の数は、必ずしも一人とは限らない。二人と考えても自然なのだ。大塚欽三《きんぞう》はこのことにも疑問をもった。

検事は、被告の供述にあるように、「私が渡辺方に行ったときは表戸が開いており、障子戸だけで、中からは明りが見えておりました。私はキクが私を寝ずに待っているものと考え、困ったなと思いながらも、今晩はと二、三度声をかけましたが、返辞がないので、年寄りのことだから仮睡《かすい》でもしているのかと思い、障子をあけましたところ、土間の左側の八畳の間の障子が開いていました。よく見ると、渡辺キクはタンスの前に仰向きになって寝ていて、やっぱり仮睡しているのだと思いました。しかし、声をかけても、一向に起き上がる様子もなく、長火鉢の鉄瓶も傾いており、湯がこぼれたのか、畳の上に灰神楽《はいかぐら》のあとがありました」という供述と、

「キクの顔にも血がついていたので、これは大変だと思って、すぐに警察に知らせなければと思いましたが、そのとき、キクが身じろぎもしないのは殺されて絶命しているのだと推定しました」との供述、

「警察の捜査がはじまれば、私の入れた借用証も明るみに出て、高利貸しから金を借りたことが判り、学校やPTA、世間に対して恥ずかしい思いをしなければならないと思って、とっさに借用証を抜き取ることを決心しました。それから靴を脱いで座敷

に上がったのですが……」などの供述をもって、被告柳田正夫が渡辺キクの殺害絶命を知りながら借用証のことで簞笥《たんす》をこじあけ、平然と帰ったことをきわめて不自然な行為としている。

しかし、被告柳田正夫は生徒からきわめて人格を信頼され、学校やＰＴＡのうけもよく、真面目《まじめ》な青年である。彼はかねてから渡辺キクから高利の金を借り、その返済に苦しみ、渡辺キクからしばしば途上に待ち伏せられて面罵されるぐらい、その返済に苦しんでいた。

これは柳田正夫のような真面目で小心な男にとっては、普通では考えられない苦痛であったにちがいない。この心理状態はもっと理解すべきではないか。渡辺キクの殺人死体を見たとき、おそらく柳田正夫の脳裏には、捜査が開始されて借用証が明るみに出る、そのときの結果が先に来たのであろう。つまり、彼が借用証を奪ったのは、渡辺キクから借りた金をウヤムヤにするという意思ではなく、自分がキクから高利の金を借りた事実を隠したかったのである。

柳田正夫は、渡辺キクから苛酷《かこく》な取立て催促を受けたのであるから、この証文さえ取り返せば、という意識が、一面にあったことは確かに否定はできないが、それよりも小学校教員が老婆の高利貸しから金を借り、しかも返済期限には支払えずに置いてあるという事実が警察にわかり、世間に知れ渡ることに、最も、屈辱と恐怖をおぼえていたのであろう。そのことを理解すれば、柳田正夫が殺人死体の発見に驚愕《きょうがく》しながらも、その横を通って箪笥の袋戸棚から借用証を抜き取ったことは、必ずしも不自然とはいえないのである。柳田正夫の供述は一度は否認し、一度は犯行を認め、裁判に至ってこれを翻《ひるがえ》している。なぜ彼は一度は犯行を認めたのであろうか。これは自白の任意性を疑ってよさそうである。

大塚欽三は、このような点を、担当した国選弁護人が気づかなかったのだと知った。気づいたならば記録には必ずそのことが出ているはずだ。しかし、彼が読んだ国選弁護人の弁論要旨を見ても、そのような疑問の提出は一個所も出ていなかった。

柳田正夫が警察で最初否認し、それから犯行を自白したのは第九回の聴取書である。それには「今まで私は、渡辺キクを殺した犯人は、ほかにあるように申し上げていましたが、何もかもよくお調べがすんでいるようですから、本日は偽りのないところを申し上げます。実は、渡辺キクを殺したのは私でありますから、その事実を申し上げます」と自白を始め、犯行の場面では、「渡辺キクは、私の顔をみてよく来てくれたね、といって、私に茶を汲《く》むため、坐《すわ》っているところから長火鉢の方へ膝《ひざ》を起しかけましたので、私はかねて同家の心張り棒が樫でできていて、殴打するには手ごろだと思っていたので、やにわに入口の内側に立ててある樫棒を両手で持って、キクの頭上に一撃を与えました」とある。

しかし初めから殺意をもって入る人間が、いつも見なれているとはいえ、被害者方の戸締り用に置いてある樫の棒を当てにして入るであろうか。殺意をもった犯人ならば当初から凶器を用意して入るのが普通である。この事件の場合は発作的でなく検事の論告によれば「計画的」とあるから、柳田正夫が被害者、渡辺キク宅の器具を当てにして入るというのはかなり不自然である。

また最初の九回の供述では「キクは一旦《いったん》、ひっくり返って倒れましたが、次に猛然と私につかみかかって来るような形相で起き上がってきましたので、私は右手で棒を握りキクの額と顔を殴りました。キクは、ぎゃあと異様な声を出して再び仰向けにひっくり返り、動かなくなりました」とある。これはきわめてあいまいな犯行の描写であって、少なくとも犯人ならばもっと正確に、こまかに云《い》うはずである。おそらく柳田正夫はどこを殴ったかということを正確に云うことができず、新聞、雑誌等で顔に傷があったということを思い出し、

「顔を殴りました」と云ったのであろう。

警察もこのことに気づいたと見え、第十回の聴取書では、

「先に申しました渡辺キクを殺した事実について、昨日は、どの部分を殴ったか、どうしても思い出せませんでしたが、今日は、思い出したので申し上げます」

とある。それから、

「最初に樫棒で殴ったのは、キクの後頭部だったようです。それで、キクが仰向けに仆《たお》れたので、前額部の左側と、同じく左側の頬のあたりを殴った記憶があります。次に胸のところも殴ったように思います」

と供述している。

なぜ柳田正夫は事実の自白のときにこれほど精密に云わなかったのであろうか。考え方によってはある示唆《しさ》に従った、といえないことはなさそうである。大塚弁護士はまたこのことから次のような推論もでき得ると思った。つまり、最初の供述の第九回聴取書には、「猛然と私につかみかかって来るような形相で起き上がってきましたので、私は右手で棒を握りキクの額と顔を殴りました」と書いてある。このときには胸を殴ったとは述べていない。

つまり新聞記事には負傷の個所がある。頭部や顔部は書いてあるが、胸部には触れていないのである。柳田正夫はこの新聞記事によって負傷場所を知ったとしたならば、

当然胸のところには考え及ばなかったにちがいない。

この胸部の負傷というのは、犯人が被害者の着物の上から殴ったのであり、わずかな負傷程度で第三肋骨が折れていた。外見では判らない。大塚は以前に、法医学者から、老齢者なら、わずかな衝撃で肋骨の骨折は起ると聞いている。だから検察陣も、渡辺キクの死体検案書を見て、解剖の結果、初めて、第三肋骨の骨折を知った。だから、どうしても「自白」はこの第三肋骨骨折に触れなければならぬ。そこで第十回の聴取書に「胸のところも殴ったように思います」という陳述が初めて出てきた、と、大塚欽三は考えたのである。

次に、検察側は、被害者方の箪笥の抽出しが開いて、衣類がかき廻された恰好《かっこう》になっているのは、柳田正夫が借用証を奪ったのを強盗の所為と見せかけるための現場偽装と見なしている。これは、被害が借用証に限られているという前提の上に立つ。なぜなら、検察側も、柳田正夫が借用証以外には何物も盗んでいないことを認めているからである。

しかし、被害者渡辺キクの盗まれた品は、正確には判《わか》っていないのである。彼女は息子や嫁と別居していて、全くの独《ひと》り者だ。

渡辺キクの長男隆太郎の供述調書によると、彼ら夫婦はキクと性格が合わないので、

五年前に別居していて、

「母がどれぐらい金をもっているか、聞いたこともないので、全く知りませぬ。それで、今度の事件が起って、被害額がどれくらいあるかと警察の方に訊《き》かれましたが、それは全く分りませぬ。母が現金をどれくらい持っていたのかも知りませぬ」

と証言している。

被害額が判らないから、被害があったのか、なかったかもはっきりしない。息子でさえ、キクが現金をどれくらいもっていたか判らぬというから、或《あるい》は現金を相当に盗まれているかも分らないのである。簞笥の抽出《ひきだ》しが半開きになっていたのは、真犯人が、そこから現金をとり出して逃走した、という推定も成り立つのである。このことは、かえって柳田正夫の無罪を証明するのである。真犯人は、まさに柳田が渡辺方に来る寸前に逃走したのである。

大塚欽三は、かなりな量に上る調書を調べて、これだけの発見を得た。それが悉《ことごと》く、柳田正夫の無罪を指向しているのだ。

被告の人柄が誠実であることも、いろいろな証人の証言によって確かなようであった。渡辺キクから高利の金を借りたのも、紛失した修学旅行費三万八千余円の弁済にひそかに当てたのだ。その金も、校長がいう通り、「打ち明けてくれれば、四万円足らずの金くらい何とか私の手で都合がついた」のである。そのことができずに、自分の責任で弁償したことから、この悲劇が起った。柳田正夫の性格が、これで判るようだった。

大塚欽三は憂鬱《ゆううつ》になった。

あのとき、自分がこの事件をひきうけていたら、柳田正夫を無罪にすることができたであろう。いま、考えて、その自信はあった。

大塚は、事務所を訪れてきた柳田正夫の妹を想《おも》い泛《うか》べた。強い眼で凝視する少女だった。

「九州にも、いい弁護士さんがいるはずですよ、わざわざ、東京に頼みに来ることはないと思いますが」

と彼がいうと、

「先生でなければ、兄は救えないと思ったからです」

と少女は断言するようにいった。その通りになった。九州の国選弁護人がさして無能だったというわけではない。が、大塚が心を嚙《か》んでいるのは、やはり、自分だったらという自負的な後悔であった。

「規定の弁護料が払えないから、先生はお断わりなさるんですね?」

と被告の妹は念を押すようにいった。

若い女にしては、強い反問だし、しっかりした性根という印象をうけたから、大塚も少し癪《しゃく》にさわり、

「多少、それもあります」

とこれは、はっきり云ってやれと思ってそう答えた。

余計なことを云ったと、大塚は今になって、それを後悔している。少女は、多分、彼が金のために拒絶したと恨んでいるに違いない。

「先生、兄は死刑になるか分りません」

と彼女は帰りがけにいった。一審では、その通りに判決された。これが柳田桐子という少女が大塚に投げた最初の黒い矢であった。

「兄は強盗殺人の汚名のまま死にました」

彼女の第二の黒い矢がこのはがきの文句であった。

大塚欽三は、分厚い調書の山を紐《ひも》で一括《ひとから》げにした。明日は、奥村にいいつけて、借りた記録を九州の弁護士のところへ返そうと思った。彼は、メモしたノートも閉じて、頬杖《ほおづえ》をつき、眉《まゆ》の間に皺《しわ》を立て、いつまでも考え込んでいた。

「憂鬱《ゆううつ》そうなお顔ですこと」

河野径子《みちこ》は大塚欽三の顔を見ていった。

「わたしに逢《あ》って、そんなお顔をなさっちゃいやですわ。もっと愉快になって下さいな」

「済まない」

大塚欽三《きんぞう》は苦笑して詫《わ》びた。

「そのつもりでここに来たのではないんだがね。どうも、いかん」

炬燵《こたつ》の上には派手な模様の蒲団《ふとん》がかけてあった。置き台の上には銚子《ちょうし》が何本かならんでいたが、大塚欽三は少しも酔えなかった。

いつも来る知った家《うち》だった。女将《おかみ》も気心が知れているし女中たちとも慣れていた。径子との交渉がはじまって以来、この家をずっと使っていた。

大塚も、どてらに着替え、径子もその姿だった。外も家の中も静かだった。それだけに、外の寒い空気が、襖《ふすま》の向うに感じられそうだった。女中は、呼ばなければここに来ない。

同じ家の近くの部屋で騒いでいるとみえて、三味線と女の唄声《うたごえ》が聴えていた。ときどき、笑い声が上がった。

「よそは賑《にぎ》やかですわ」

径子は銚子をとっていった。

「もっと、晴れやかなお顔をなすったら？」

「そうしよう」

大塚欽三は、盃《さかずき》をつまんでいった。

「こちらも、一つ、小唄でも出すか」

「あら、無理はなさらないで」

径子はきれいな笑い方をした。眼のふちが腫《は》れたように赤くなっていた。

「ぼくは聴き手だ」

「ずるい」

径子は睨《にら》んだ。眼がきれいなので、彼女は自分でも、その効果を知っていた。

それでも、径子は唄い出した。細くて、滲《し》み徹《とお》るような声だった。聴いているうちに、大塚欽三の頭と耳とがばらばらになった。彼の頭の中は、事件のことにひき戻されていた。

唄が終って気づき、大塚欽三は小さく手を拍《たた》いた。

「聴いてらっしゃらないくせに」

径子が非難した。

「聴いていたとも。あんまり、佳《い》いのでうっとりしていた。いい音楽は、終ってもすぐには拍手をしないもんさ」

「ご勝手に」

径子は、手酌した。

「おいおい、すねたらいけない」

「だって、わたしに逢っても、お仕事のことばかり考えてるんだもの」

銀座で、一流のフランス料理店を経営している女とは思えない子供っぽさが出ていた。

「考えていない」

「いいえ、顔に出ているわ」

径子は主張した。

「この間、お逢いしたときもそうだったわ。屈託そうな顔をして」

「そうじゃない。今日は君に逢うのが愉《たの》しみできたのだ」

「有難う、とお礼をいいますわ。でも、そうじゃないのね。やっぱりこの間と、同じ事件を案じていらっしゃるの？」

径子は、大塚を見つめた。

「そうじゃない。ぼくの関係した事件じゃないのだ」

大塚欽三は、つい、吐いてしまった。

「あら、関係のないことだったら、いいじゃありませんの？　おかしな方」

実際、関係のないことだし、このように気にかけることはなかった。ひきうけて途中から投げたわけではなし、はじめから、正当な理由をいって断わったのだ。今までも、同じことがあったが、このようにいつまでも気重になることはなかった。

しかし、大塚はその原因に気がついていた。それは被告の柳田正夫が拘置中に死亡しているからである。生きているなら、大塚が今からでもとび出して何とかしてやれるのだ。九州でも、どこでも調査に行ってやろう。が、当人が死亡していては、いかなる回復手段も遮断《しゃだん》されているのだ。これが、彼の心に落ちている冷たい暗い翳《かげ》が、いつまでも動かぬ理由だった。

「久しぶりに」

大塚は、首を振っていった。

「ゴルフにでも出かけるか」

「そうなさいよ」

径子は賛成した。

「あんまり事務所にばかり坐ってらっしゃるから、気持が内側に閉じこめられちゃうんですよ」

「君も、いっしょに行ってくれるか？」

大塚は、径子の手を握り、身体《からだ》をひき寄せた。

「行きますわ」

径子は、彼の胸のところでいった。

「店の方は都合がつくのか？」

「いま、ちょっと面倒なことがあるんです。でも、あなたのためですわ、いつでも参ります」

大塚欽三は、径子の頬を指で撫《な》でた。

大塚欽三は、事務所に出た。その昼前、「論想社　阿部啓一」の名刺をもった青年が、或る事件の鑑定をして頂きたい、といって面会を求めてきた。

6

「論想社　阿部《あべ》啓一」の名刺を大塚欽三《きんぞう》の机に運んで来たのは、事務員の奥村だった。

「どういうことだね？」

大塚欽三は奥村の顔を見上げた。

「事件の鑑定をお願いしたいといって来ています。僕が、ざっと伺っておきましょう、というと、それは先生に直接話したいからといっていますが」

大塚弁護士は、名刺の文字をもう一度眺《なが》めた。

「それは、雑誌のことかね、それとも、この人個人のことかね？」

「個人のことだといっています。もっとも、雑誌の記者ですから、取材上そういう口実をいってるかも分りませんが」

弁護士は、この朝、気分が好《よ》かった。機嫌《きげん》の悪い日は、忙しいからと断わって平気な男である。が、事務所に着いたばかりの朝だし、すぐに関係書類をひっぱり出すには、まだ億劫《おっくう》さがあり、その真空状態を何となく埋めるためにも、その未知の男に会うのは悪いことではなかった。

「会おう」

と弁護士は事務員にいった。

奥村が去ると、入れ代りに、背の高い青年が入って来た。

大塚は一目見て、それがかなり好感のもてる青年だと感じた。一体、大塚は毎日十人以上の人間に会っている。人間によっては、ひどく印象の好いのと悪いのとがある。大塚は、割と、その印象を大事にする男だった。厭《いや》だと思うと、急に当人の前で愛想をなくするのである。が、今、大塚の眼の前に現われた青年は、悪ずれのした雑誌記者の概念とちがって、身装《みなり》もきちんとしていたし、ひどく明るい顔をしていた。

「先生ですか?」

若い客は微笑して一礼した。

「今事務員の方に申し上げた論想社の阿部という者ですが」

「おすわりなさい」

大塚欽三は、前の客用の椅子《いす》を指した。それから、机の上の名刺の文字を、また、のぞいて見た。

「事件の鑑定ですか?」

彼は眼をあげると、客に訊《き》いた。

「そうです。先生に是非、事件のご鑑定を願いたいと思いまして」

弁護士は、煙草《たばこ》を出してゆっくりと吸った。朝の明るい光の縞《しま》の中に、淡い紫色の煙が漂った。

「今、事務員からきいたのですが、それは雑誌に関係のないことですって?」

大塚は、阿部啓一という青年の顔を眺めた。その阿部は、ひどく張りきった顔をしていた。眼まで何か昂《たかぶ》ったようなところが見える。

「雑誌の方には関係ありません」

阿部青年は答えた。

「すると、勿論《もちろん》、あなた自身のことですね?」

「僕自身のことといっていいかどうか……」

阿部啓一はすこしためらいを見せたが、

「実は、僕の知人のことなんです」

「なるほど」

大塚弁護士は、回転椅子《いす》をまわし、体を少し斜めにした。

「聴きましょう」

と彼がいったのは、既に、話をきくために楽な姿勢をとっていたのである。

「事件は——」

と阿部啓一はポケットから手帖《てちょう》を出し、それを見ながらいった。

「ある老婆《ろうば》殺しに関係したことです」

大塚欽三はどきりとした。椅子がきしったのは、彼が思わず、体をずらせたためである。無意識に煙草《たばこ》を口にあてた。眼を細めて、煙を吐いたのは、胸にきたショックを、客に知られたくないためであった。

「では、順序を追ってお話しします。その老婆は六十五歳で、少し小金を貯《た》め、普段から高利の金を貸していました。事件のあったのは三月二十日のことですが、朝の八時頃、別居していた息子の嫁が、偶然に義母の家を訪れたところ、その婆さんが死体となっていたというわけです。死体は死後八、九時間を経過しているので、従って、凶行は前の日の十九日午後十一時か十二時頃と、警察では推定しました。その死体の模様から診《み》て、老婆は相当抵抗した様子で、傍《そば》にあった長火鉢《ながひばち》の鉄瓶《てつびん》が傾き、湯がこぼれて灰神楽《はいかぐら》が立った跡があります。老婆は、同家の戸締りに使う樫《かし》の棒で、頭部と顔を滅多打ちにされ、骨膜に達する傷で絶命したのです」

大塚の唇《くちびる》が、自分でも分るくらいに白くなった。青年が云《い》い出した時に、もしや、と思ったが、話はまさに、九州のあの老婆殺しであった。

大塚欽三は普段から偶然を信じない男である。しかし、この時ばかりは、眼の前に喋舌《しゃべ》っている青年に、奇異な因縁を感ぜずにはおられなかった。

大塚は、煙草の灰が長くなるのも気がつかないで、青年の話を、耳にではなく、心に聴いていた。

「この老婆は日頃から、金貸し商売をしているので、期日の遅れた貸金の催促にはひどく口喧《くちやかま》しく、それがために相当怨《うら》みを買っていたのです。この時の被害も、警察の調べでは、箪笥の中にある借用証の一枚が盗まれていて、その他、箪笥《たんす》の中の衣類などが掻《か》き廻されていました。老婆はずっとひとり暮しですから、果して被害金額はどれほどか分らないが、様子から見て、かなり盗《と》られたのであろうと推定されました」

青年の眼は、手帖の上を辿《たど》っている。

「ところが、この盗まれた借用証の一枚から足がつき、ある青年が犯人としてあげられました。その青年は小学校の教員で、老婆から四万円の金を借りていたのです。ところが、薄給ですから、なかなか思うように金が払えず、この老婆から厳《きび》しい催促で非常に困っていたことが分りました。のみならず、その晩の青年教師のアリバイがなく、また、物的証拠としては、その青年のズボンの裾に、被害者の老婆と同じ血液型の血痕が附着していましたし、灰神楽でこぼれた灰も同じズボンの裾についていました」

青年は、ここでちょっと眼をあげて弁護士を見た。

「警察では、厳重に、この青年教師を調べたのですが、最初、彼は頑強に犯行を否定しました。それによると、青年教師は、老婆から四万円の借金があり、それが払えなかったことも認め、かつ、その晩、老婆の家に侵入して証書を奪い取ったことは自供したのです。しかし、老婆を殺したのは、絶対に自分ではない、と云い張りました。つまり、彼のいうところによると、自分が老婆を訪ねたのは、凶行のあったと思われる晩、十一時頃、かねて借金の言い訳をするために、約束通り老婆の家に行ったところ、既に老婆は、何者かによって殺されていたといいます」

大塚欽三は、若い雑誌記者の声を聴きながら、自分の調べたことを、いちいち復習するような思いだった。いや、彼の調べたことは、もっと詳細で、もっと深部に入っている。が、こうして他人の口からきくと、書類の上では感じられない実感があった。

青年記者は話を続けた。

「その青年教師の話では、老婆に借りた四万円の借金に長く苦しめられ、その晩も、支払うと約束しながら、実は金ができずに断わりに行ったのです。ところが、老婆が死体になっているのを見て、ふと、あの証書さえなかったら、自分はこのように苦しむことはないと考え、前後の思慮もなく、簞笥の袋戸棚の証書の束の中から自分の分を探し出し、奪って逃げたというのです」

阿部啓一は大塚弁護士の顔を窺《うかが》ったが、弁護士が顔を斜めにして煙を吹いているので、またメモに眼を落した。

「無論、このような自供が警察に信用される訳がありません。彼は厳重な取調べを受けた末、遂に老婆殺しを自供しました。つまり、彼は、警察の考えていた通り、その晩、老婆の家に侵入し、戸締り用の樫の棒で老婆を撲殺して、借用証を奪い、あたかも強盗が入ったように見せかけるために、簞笥の衣類などを掻《か》き廻して現場を偽装した、と自供したのです。ところが、その若い教師は、検事の取調べになると、警察での自供を翻《ひるがえ》し、最初の自供通りに、証書を奪って逃げたことは認めたが、老婆を殺したのは自分ではないと主張しました。しかし、状況証拠といい、ズボンに附着していた血痕《けつこん》や現場の灰のことといい、誰が見ても、青年の犯行は間違いなさそうでした。事実、第一審では、青年教師に対して有罪の判決が下り、死刑を云い渡されました」

阿部啓一は、ここで、大塚欽三の顔を見た。が、弁護士は相変らず、眼を壁の方に向けたまま黙っている。壁は書棚になっており、ならべられた判例集の背文字が金色に光っていた。

「事件の要旨はこれだけです」

阿部はいった。

「ところが、この若い教員は、飽くまでも無罪を主張し続けました。そして、控訴して何カ月か経《た》ち、入獄中に病死してしまいました。そして、この被告の無罪を、飽くまでも信じている者が一人います。それは、被告の妹なんです」

大塚弁護士の眼が、初めてこの時動いた。が、相変らず、口に煙草をあてたまま、青い煙を光線の縞の中に立ち昇らせていた。

「先生、これだけの簡単な要領だけではご判断がつかないかも分りませんが、僕も、その青年教師の潔白を信じていますので、もっと資料がご必要だったら、現地から取り寄せてもいいんです。何とか、先生にご鑑定を願えませんでしょうか?」

阿部啓一は、じっと大塚の顔を見ている。が、それでも、やはり、大塚の口は閉じたまま、容易に動きそうにもなかった。

隣の部屋では、電話が鳴り、事務員や若い弁護士たちは、担当の事件の話など交わしている。大塚弁護士は、あたかもそれに耳を傾けているようにじっとしていた。阿部啓一も大塚の表情を眺めたまま、電話の声を聞いている。

「それだけでは、何とも判断ができないね」

大塚弁護士は初めていった。眼を青年に向けたが、これは冷静だった。

「それでは鑑定のしようがない」

「ごもっともですが」

と阿部啓一はちょっと頭を下げていった。

「ただ、僕は、ここで事件の概略を申し上げただけです。これだけの資料で、先生に鑑定して頂こうとは思いません。申し上げたいことは、先生が興味をおもちでしたら、もっと資料を取り寄せて、改めてお願いに上がりたいということです」

これにも大塚弁護士は即答を与えなかった。相変らず体を斜めに構えて、眼は別のところに向いていた。

折から、空の爆音が部屋の中に響いた。それが次第に消えると、それを待っていたように、大塚欽三は阿部に返辞をした。

「折角だが」

と弁護士ははっきりいった。

「それだけではどうも難《むず》かしいようだね。第一、当人はもう死亡しているでしょう。だから、余計に事件の再検討は難かしい」

「しかし──」

阿部啓一は顔を振っていった。

「当人が死亡している、いないは、問題ではないと思います。残っている遺族のために、そして、被告の無罪を信じている気持のために、是非何とかお願いしたいのですが」

大塚弁護士は、はなはだ気乗りのしない顔をして、煙草を灰皿にこすりつけた。両腕を机の上に立て、指を組んで顎《あご》をのせた。

「どうも僕には手に負えそうもない」

と明白に拒絶の意思を示した。

「けれど、先生は、いままで幾多のこのような無実の犯罪を担当されて、真実を追求されたじゃありませんか？」

「そりゃあね」

大塚弁護士は苦笑した。

「僕の過去の事件がそうだからといって、悉《ことごと》く、凡《すべ》ての刑事事件が無罪だというわけにはゆかないよ。君のお話だって、あるいは、もっと調べると、当人の抗議が間違いで、警察や検事の起訴理由の方が正当かも分りませんからね」

「その場合はそれでも結構なんです。要するに、この事件を先生に調査して頂いて、はっきりと真相を知りたいということです」

「しかし」

弁護士は遮った。

「その事件にだって、弁護士は付いていたのだろう?」

「ついていました」

阿部はいった。

「しかし、そういっちゃ悪いですが、それは地方の弁護士さんで、しかも国選弁護人なんです。先生の実力とは雲泥の差なんです。先生の手にかかれば、被告の無罪が証明されるかも分りません。僕も、被告の云うことが真実だと思っています」

弁護士は机の上の名刺を何度目かに眺めた。それから名刺の端を摑《つか》み、丁寧にそれを机の傍《かたわ》らに押しやった。

「とにかく」

大塚弁護士は明らかに面倒臭そうな色を顔に出した。

「お話の事件は僕に興味がありませんね。それに、目下非常に忙しいので、事件の鑑定ということは殆《ほとん》ど断わっています。まあ、悪く思わないで下さい」

「ぼくの云い方が間違ったかも分りません」

阿部啓一はおとなしくいった。

「僕は、ただ簡単にお話ししただけなので、先生によく納得して頂けなかったかと思います。それで、もし、もっと詳しい資料を手に入れたら、先生のお気持も動くかと思います。それをご覧になった上で、もう一度、お考え直し願えませんでしょうか？」

「その必要はありませんね」

弁護士は静かに答えた。それは抑えた低い声だった。

「お断わりしたいと、私はさっきから何度もいっている。失礼だが、これでお引取り願えますか？　僕も非常に忙しい」

「先生は」

阿部啓一は初めて強い眼で大塚弁護士を見た。

「前にこの事件をお聴きになったことはございませんか？」

「君は」

弁護士は赧《あか》くなって阿部啓一の顔を見返した。

「どういうのだね？」

「被告の妹が、前に、先生のところに、九州から上京して伺ったといっています。先生はそのとき、話の大略をおききになったはずです」

「聴いていない！」

大塚弁護士は憤《おこ》って叫んだ。

「なるほど、お話のような婦人が見えた記憶はあるが、何しろ、私も忙しいのでね。そのときも、事件の内容は何も聴かないで帰ってもらったと思っている」

「その妹がいうには」

阿部は弁護士の顔を見ていった。

「先生がお断わりになったのは、何でも、依頼人に弁護料がないとの理由だったといいますが」

弁護士の眼が光ったのは、この言葉をきいてからだった。彼は阿部啓一に真正面から強い視線を当てた。

「何うが」

大塚はいった。

「君と、その被告の妹さんとは、どういう関係かね？」

「縁故はありません」

阿部啓一は云いきった。

「ただ、友人関係だということは申し上げておきます。当人が残念がっているのは、先生が弁護料のことで、頭から事件を聴いて下さらなかったことです。もし、そのとき、少しでも事件の内容を聴いて頂いたら、兄は、強盗殺人という罪のままに獄死することはなかったといっています」

「云《い》いがかりのようだね」

弁護士は唇に嗤《わら》いをのぼせた。

「事件の依頼を引き受けるか、引き受けないかは、私の自由だ。君と、その被告の妹さんが、どう印象を受けとったかは知らないが、問題は弁護料のことだけではなく、当時、私は非常に忙しかった。事件の概略を聴く余裕すらなかったのだ。遠い所から見えたのに気の毒だったが、突然のことだし、事前の連絡は何もないので、これはお断わりするほかはなかったのだ」

「分りました」

阿部啓一は手帖《てちよう》をポケットにしまっていった。

「それでは、お忙しいところを失礼いたしました。実は、今日、先生に事件の鑑定をお願いしたいと思って上がったんですが、ご返事を承って、それもできないことが分りました」

「君は」

と弁護士は眼を上げた。

「その被告の妹さんから何か頼まれたのですか?」

「いや、ぼくが勝手にこちらに伺ったのです。あまり彼女が可哀《かわい》そうなので、僕がちょっとおせっかいをしたという程度です。でも、僕は話を聞いて、自分でももっと知りたいと思っているくらいです。先生に断わられたのは残念ですが、まだ諦《あきら》めないでいます。そのうち、お邪魔にあがるかも分りませんが、そのときはよろしくお願いします」

「いや、失敬しました」

弁護士は、椅子《いす》から身体《からだ》を浮かして会釈《えしやく》した。

阿部啓一の若い姿が事務所から出て行った。大塚欽三は椅子から立ちあがった。窓の方に向いて眺めると、街路樹の裸の梢《こずえ》が風に慄《ふる》えている。この通りは谷間のように陽当りが悪い。影になった舗道を通行人が肩をすくめて歩いていた。そのうち、いま、事務所を出た阿部啓一の姿が窓に現われた。

大塚弁護士が見ていると、阿部はオーバーのポケットに手を入れて歩き出している。

無造作に伸ばした髪が風にもつれていた。その青年は片手をあげてタクシーをとめた。車に乗るとき、一度、事務所の方を振り返ったが、これは、窓から見ている大塚欽三《きんぞう》とは眼が合う道理はなかった。阿部のタクシーは四角い窓の枠《わく》の外に走り去った。

事務員の奥村が後ろから入って来た。弁護士は机に戻って奥村の用事をきいたが、心にはまだ、阿部の言葉が充満していた。

老婆殺しの事件は、大塚が調べてみて、明らかに被告に有利なのだ。もっと詳細に調べると、柳田正夫の潔白の証明は続々と発見されるかも知れない。長い間の大塚の勘としては、明らかに柳田は冤罪《えんざい》である。しかし今は、そのことをあの雑誌記者に発表する自由がないのである。

阿部啓一から話を聴いたとき、大塚は、よほど、柳田被告の無罪を告げてやろうかと思わないでもなかった。が、それを抑えたのは、やはり、自分が被告の妹の依頼を頭から拒絶したことである。妙な具合に、弁護料問題が絡《から》まっているので、余計に厄介だった。が、どうにも後味が悪くて心が落ち着かないのである。

事務員の奥村は、いろいろと今日の予定を並べ立てている。普段にはないことだが、大塚欽三には、それが虻《あぶ》の唸《うな》りのように耳許《みみもと》で聞えているだけだった。

阿部啓一が九州のK市のR弁護士に手紙を出したのは、その晩だった。名前は、担当の国選弁護人として新聞で知っている。

その文面は、同弁護士が担当した老婆殺しの裁判記録について、差支《さしつか》えなかったならば、一週間ばかり拝借できないかという依頼状であった。事件は被告の死亡によって既に終っているし、もしかすると、簡単にR弁護士は承知してくれるかと、なかば期待していた。阿部は、雑誌の仕事に追われながら、その返事の来るのを待っていた。

そして、その返事が来たのは五日後であった。簡単な端書《はがき》である。

お手紙拝見しました。お申込みの件については、どのようなご用に使われるのか分りませんが、既に事件は被告の死亡によって完了したことであるし、お手紙の様子から見ると、雑誌にご使用になるのではないことはわかっていますが、残念ながら裁判記録をお貸しするわけには行きません。但《ただ》し、次のことを申し述べておきます。この記録は一カ月前、ある弁護士の紹介で、東京の大塚欽三弁護士に貸与したことがあります。もし、その件について詳しいことをお知りになりたいなら、大塚弁護士にお問合せになった方がよろしいかと思います。

阿部が息を呑《の》んだのは、その最後の、大塚弁護士の件であった。今まで、大塚は全然その事件に関心がないものと、阿部は考えていたが、この国選弁護人の端書によると、大塚はいつの間にか、記録を取り寄せて読んでいるのだ。この前、事務所に行って話したとき、大塚欽三の表情にはそのことが塵《ちり》ほどにも出ていなかった。弁護士は知らぬ顔をし、煙草《たばこ》ばかり吹かしていた。

なぜ、あのとき、大塚弁護士はそのことに触れなかったのであろうか？　しかも彼は、頭から、その事件には興味がないといい、阿部がいったことで、初めて事件の概略が分ったというような顔をしていた。柳田桐子《きりこ》が訪《たず》ねて行ったときには、無論、大塚欽三はその事件の知識はなかったのである。が、その後、大塚がわざわざK市の弁護士に手を廻して、記録を取り寄せたのは、明らかに、彼にその興味が急に起きたからである。ただ興味というだけでなく、大塚がその書類を取り寄せたことには、彼を動かす何かがあったからにちがいない。

要するに、大塚欽三弁護士が裁判記録を取り寄せて読んだのは事実である。おそらく、大塚欽三のことだから、詳細にそれを研究したにちがいない。それを、なぜ、阿部が訪ねて行ったときに黙っていたのであろうか？

阿部は、無表情な顔で壁を見つめていた大塚の横顔を、今でも思い出す。言葉も冷たかったし、初めから阿部の申し出には拒絶的な態度であった。

しかし、大塚欽三は事件を知っている。知っていて、そのことを、まるで隠しているように無関心な様子を装ったのは何故《なぜ》であろう？　阿部は、自分の態度が、或《あ》るいは大塚の気持を悪くさせたのではないかとも思った。いきなり飛びこんで、事件を鑑定してくれということは、確かに、大塚欽三のような一流の弁護士に対しては非礼だったかも知れない。が、記録を九州から取りよせて読んだというくらい、その事件に熱心だった大塚弁護士が、あのように冷然ととり澄ましていたのは、どうにも解《げ》せないのである。

阿部啓一は、もう一度大塚弁護士のところへ押しかけて、九州の国選弁護人の端書を突きつけ、そのことを詰問しようかと思った。が、既に、鎧戸《よろいど》を固く閉ざしたような大塚欽三に向って、そのことをやっても、無駄に弾《はじ》き返されるような気がした。

彼は、雑誌の仕事に追われながら、大塚の心理状態をいろいろと臆測《おくそく》するのをやめなかった。なぜ、大塚は記録を調べていたことを黙っていたか。なぜ、全然知らぬ顔をしていたか？

阿部啓一が〝海草〟の柳田桐子に電話したのは、彼に一つの結論がついたからであった。

昼の二時頃、阿部啓一は柳田桐子といつもの喫茶店で会った。桐子は先に来て待っていたが、阿部がそばに来ると、濁りのない眼をあげて迎えた。

彼女は薄い皮膚の唇に微笑をのぼせたが、阿部が期待したほど、嬉《うれ》しそうな顔ではなかった。この少女は、最初会ったときから、表情は殆ど同じである。バーに勤めてから、多少変ったところもあるが、何か、自分のもっているものは、頑固に抱きかかえて崩《くず》さないというところがあった。

「疲れませんか？」

阿部は真向いに坐《すわ》っていった。

「いいえ、それほどでもないんです」

桐子は青味のある眼を伏せて答えた。

「毎晩、遅いんだろう？」

「ええ、大抵、十二時近くなります」

「慣れない仕事だから、疲れると思うな、身体の方は大丈夫なの？」

「大丈夫です」

桐子は、細い肩を少し張るようにしていった。

「この間、大塚弁護士のところへ行ってきた」

桐子は、伏せた眼を急にあげて、阿部の顔を見つめた。

「大塚弁護士は、あなたがいった通りに、事件については何も知らないといっている。

僕が行ったのは、その事件の鑑定をしてくれという頼みなのだが、弁護士は、僕が大体の話をしても、全然、興味を見せなかった。事実自分には全くやる気がないから、話を聴いても無駄だ、という答えをしていた」

桐子はやはり、阿部の顔を凝視したままだった。きれいだが、強い瞳《ひとみ》だったし、相変らず、眼の白いところには子供のように薄い青味がさしていた。

「しかし、それは、大塚弁護士の口実だと、ぼくは思うな。興味がないどころか、大塚さんは熱心にそれを調べていた形跡がある」

「え?」

桐子は、初めて小さな声をあげた。

「それは、どういうことでしょう?」

「実は、僕は、K市の国選弁護人のRさんに手紙を出したんだがね。何とかこの事件をこちらの弁護士に頼もうと思って、裁判記録を貸してくれと申し込んだのさ。すると、それは貸せないという返事だったが、それはまあいいとして、その記録は、前に一度大塚さんに貸したことがある、と返事を寄越した」

桐子が咽喉《のど》を動かして、唾《つば》をのみこんだ。やはり、阿部の顔を見たままだったが、眼の表情は一層強くなった。

「僕もその手紙を見たときはびっくりした。だって、この前会ったときは大塚さんは全然知らん顔をしていて、その気振りもなかった。だから、ぼくはそんなことがあろうとは想像もしなかった」

「大塚弁護士は、なぜ、急に事件を調べ出したのでしょう?」

桐子は声を詰めて訊《き》いた。

「やはり、君がいったことが気にかかったからだろう。つまり、弁護士の気持にも、弁護料の問題であの事件の依頼を断わったことが、気持にひっかかってきたんだろうな」

「それだったら」

桐子は眼を一ぱいに開いていった。

「阿部さんがいらしったときに、なぜ記録を調べたことを大塚弁護士はおっしゃらなかったのでしょう?」

「それなんだ」

阿部はうなずいた。

「ぼくも、それを一生懸命考えたね。で、これは想像だが、大塚さんがそれを黙っていたのは、むしろ、事件の真相を知ったからだと思うな」

桐子は息をのんで黙っていたが、眼は動揺していた。

「つまり、兄さんの無罪の証明を、大塚弁護士が発見したのだと思うんだ。大塚さんの性格として、調べはじめると、徹底してやる人だから、必ず、何か発見があったと思うんだ。同じ裁判記録を読んでも、普通の弁護士よりも、大塚さんの洞察《どうさつ》はもっと鋭いに違いない。だから、国選弁護人のRさんが出した記録から、大塚さんは、必ず無罪の証明を発見したと思われる。でなければ、大塚弁護士が僕に会ったときに、あんな態度をするはずがない。その事件が裁判所の判決通り有罪だったら、僕に会ったとき、弁護士はかえって進んで話してくれるはずだ。それができずに黙って隠していたのは、大塚さんが裁判所とは逆の結論を記録から見出《みいだ》したということだと思うね」

なぜ、事件の真相を発見して、そのことを弁護士が阿部に告げなかったのかという理由は、阿部が口で説明しなくても桐子にも分っているようだった。

桐子は下を向いて、じっと考えている風だった。身体は急に石に化けたように動かない。眼だけを一ぱいに見開いて、珈琲茶碗《コーヒーぢゃわん》を凝視していた。

阿部は、今年の春、やはり喫茶店で彼を拒絶して、総身の逆毛《さかげ》を立てているような桐子を見たが、いまの眼の前の彼女は、それよりも、もっと何かに刃向っているような姿だった。彼はちょっと桐子が怕《こわ》くなった。

大塚欽三は風呂《ふろ》からあがった。湯上りの体はまだ湯気が残って、ほてっている。どてらも着ないで、浴衣《ゆかた》のまま、窓の方に向って立った。窓の外には、箱根の山景色が夕景色のなかに蒼褪《あおざ》めて沈んでいる。このホテルは高い所に建っているので、山の谿間《たにま》の旅館の灯の群れが方々に小さく光っていた。その灯は、霧に薄れかけたり顕《あら》われたりしていた。向うの山裾《やますそ》にも霧が立っている。杉の木立ちの半分が白くなっていた。

白い霧は次第に濃くなってくる。大塚は、霧の動くのを見ながら、濃い霧は音を立てるものだと聞いていたが、ほんとうだろうかと思った。下の坂道を、自動車のヘッドライトがいくつも登ったり、下りたりしていた。

湯殿の方で水音がしていた。径子《みちこ》が湯から上がってくる気配がする。大塚がまだ景色の方を眺《なが》めて立っていると、扉の開く音がした。

「風邪《かぜ》をひきますわ」

径子の声が後ろでした。大塚がふり返ると、宿のどてらをきちんと着た径子が、湯上りの顔を上気させていた。手に大塚のどてらをとって、後ろから着せてくれた。

「何を見ていらっしゃるの？」

「霧だ」

大塚は短く答えた。

「霧は音を立てるというが、君、聴いたことがあるかい？」

「さあ」

径子は、三面鏡の前に坐って、顔を覗《のぞ》きながら答えた。

「存じませんわ、霧にも音あるかしら」

大塚は黙っていた。煙草に火をつけると籐椅子《とういす》に坐った。腰かけてみて、はじめて、今日のゴルフの疲れを感じた。

思わず溜息《ためいき》が出たので、径子が化粧をしながら、

「お疲れになったの？」

と声をかけた。

「疲れた、もういけないね」

大塚が、手を伸ばして灰を落すと、

「あら」

径子は小さくいった。

「そうでもないでしょう、今日はずいぶん張りきってらしたわ」

「年寄りのくせにね」

と大塚は笑った。

「いけないね、すぐそのあとが疲れるんだ」

「でも、お風呂にお入りになったから、随分疲れがとれたでしょう」

「若い人とちがって、齢《とし》をとると、一晩くらい経《た》たないと疲れは治《なお》らないもんだ。君がまだ知らないことだ」

大塚は、径子の化粧している姿を、横から眺めている。径子の襟《えり》の皮膚は、ここから見ていても、脂《あぶら》がのって薄く光っている。

「変に年寄りくさいことばっかりおっしゃるのね」

径子は鏡に唇を突き出し、ルージュを塗ってから軽く笑った。

「今日は負けましたわ」

といったときは、匂《にお》い立つような化粧をすませた顔をこちらに向けていた。ゴルフの話で径子ははしゃいでいる。

「いや、君もうまくなった」

大塚は微笑していった。

「もう、僕のハンディに追っつくのもすぐだよ」

「あんなこと」

径子は大塚をにらんで、

「今日のあなたは特別でしたわ。私のできの悪かったのは、風のせいよ。球が思うところに伸びないんですもの」

「僕くらいになると、風の速力も方向もちゃんと計算して打つ」

大塚が笑っているときに、径子が、前の椅子に坐るために近づいてきた。が、ふと、大塚の投げ出している素足を見ると、

「爪《つめ》が延びていますわ」

と自分のスーツ・ケースのところに引っ返した。径子のすらりとした姿は、宿の着物を着ていてもよく似合った。径子は、大塚の足許《あしもと》にしゃがんで、紙をひろげ、爪を剪《き》りはじめた。

「お湯上りだから、爪が柔らかいわ」

径子はつぶやく。爪を剪る音がしばらく続いた。蹟《かが》みこんでいる径子の髪は、まだ湯で濡れて光っていた。耳朶《みみたぶ》の後ろの髪が水を吸って粘りついている。

大塚は、まだ窓の外を見ていた。暮れるにつれて谿間の宿の灯の群れが光を増してくる。

「飯でも食うかな。腹がへったな」

大塚はいった。

「そうね」

径子は、大塚の足を替えさせて、また鋏《はさみ》の音をさせた。やわらかい白い紙の上に爪の屑《くず》がたまっていく。

「食堂に下りるとなると、いちいち洋服に着換えなければならないから、こういうところは厄介だ」

「あら」

径子は顔をあげて、

「部屋に運ばせますわ」

「いや、食堂におりよう」

大塚は主張した。

「やはり、こういうホテルでは、食堂で食べた方が気持がいい」

「珍しいわ」

と径子がいったのは、これまでの旅館の経験で、大塚がひどく無精なことを知っていたからである。

大塚が起つと、径子が手伝って洋服に着換えさせた。それから、彼女もスーツに着換えた。

一流のホテルだけに食堂は豪華だった。窓の外が暮れて、内側は眩《まぶ》しい光が充満している。食堂は時刻なので混み合っていた。ボーイが探して、ようやく一卓を見つけてくれた。周囲の客の殆《ほとん》どは外人だった。径子がメニューを眺め、ボーイに注文した。大塚は面倒くさいので、径子と同じものをいった。

食堂にはスチームが通っている。隣の席で外人が賑《にぎ》やかに声をあげて笑っていた。

径子が大塚の顔を見て、

「明日、東京は何時になさいます?」

「そう」

大塚は眼を上げて考えている。

「昼ごろまでに帰ればいいだろう」

「有難いわ」

と径子はいった。

「じゃあ、ゆっくりできますのね」

径子の顔は、隣の外人客がそれとなく視線を投げているくらいに、明るい光のもとで輝いていた。銀座の人混みのなかを歩いていても、目立つくらいな顔なのである。それに、今夜は、久し振りに東京から離れてホテルに泊るということに、彼女はいくらか昂奮《こうふん》していた。いつにない饒舌《じょうぜつ》もそのせいである。絶えずかたちのいい唇を動かして、大塚に話をしかけた。

その時だった。ボーイの一人が、足音を消して径子の傍《そば》に来た。腰をかがめて、彼女の耳の近くで何かを囁《ささや》く。径子がはっとした。フォークを握っていた手が一瞬に止り、眼も下を向いて動かなかった。が、すぐに、うなずいてボーイを去らせた。

「どうしたんだ？」

大塚は真向いから見ていて訊いた。

「店の者が来たんです」

径子は抑揚のない声で答えた。

「店の者？」

大塚も愕《おどろ》いた。

「東京からかい？」

「そうなんです。いやですわ、不意にこんな所に来たりして」

径子は眉《まゆ》を寄せていた。

「何か急用でもできたんだろう、すぐ、行ってやったら?」

「ええ」

径子は椅子をずらせて立ちあがった。出口は大塚の背中になっている。それで大塚は、径子がロビーにでも行ったかと思っていた。しばらく食事をつづけていたが、ふと背後を向いた。すると、壁画と飾り画のついたきれいな入口の傍で、径子が一人の青年と話し合っていた。二十四、五ぐらいの、背の高い若者だった。青年は径子に小さな声で話している。ひどく真剣そうな顔つきだった。径子の表情はここから見えないが、これにも何か余裕のない姿勢が見えた。

ふと、青年の顔がこちらを向いた。大塚の眼と合うと、その背の高い男が大塚に鄭《てい》重《ちよう》にお辞儀をした。径子がそれにつれて大塚の方を見た。彼女は硬《かた》い顔をしている。

径子と青年とは、それからも二言三言話していたが、それがすむと、青年はつかつかと大塚の傍へ来て、改めてお辞儀をした。

「やあ」

大塚も椅子から腰を浮かせて、ナプキンを胸から外《はず》した。径子が来て大塚に若い男を紹介した。

「これ、うちの店の給仕頭《ボーイがしら》なんです。杉浦といいます」

「そう」

大塚は、直立している青年に微笑《ほほえ》みかけた。

「ご苦労さん。まあ、こっちへ来たまえ」

「はあ、有難うございます」

給仕頭はまた頭を下げた。眼の大きい、きりっとした顔立ちの青年で、身につけた洋服も、近ごろの若い男のことで、仕立てが洒落《しやれ》ていた。

「急ぎますから、これで失礼します」

青年ははっきりした口調でいうと、もう一度、大塚に鄭重におじぎをした。

「君、君」

大塚は呼んだ。

「まあ、折角ここまで来たんだもの、ちょっとくらいいいだろう」

「いえ、いいんです」

制《と》めたのは径子の方だった。

「これは、すぐ返さなければいけないんですから」

大塚がぼんやりしていると、径子は給仕頭を出口のドアのところまで送った。

しばらくして、径子が卓に戻って来た。もとのように落ちついてフォークを握った。俯《うつむ》向いて食事をしているが、大塚が見ていて、何となく彼女の肩が落ちていた。

「どうしたの?」

大塚は煙草《たばこ》を出して訊《き》いた。

「何か急用があったのかい?」

「いいえ、何でもないんです」

径子《みちこ》は静かに答えた。

「何でもなくはないだろう、わざわざ東京から箱根へ来たんだもの。店に変ったことができたのかい?」

径子は、やはり俯向いてフォークを動かしながら答えた。

「つまらぬこと云って来るんです。電話でもすむことですわ。わざわざここにやってくるなんて、すこし非常識だわ。そう云《い》って叱《しか》ってやったんです」

「やれ、やれ、可哀《かわい》そうに」

と大塚はいった。

「何も、すぐに追い返すことはないだろう。珈琲《コーヒー》一杯くらい、ご馳走《ちそう》したってよかったはずだ」

「癖になりますわ」

と径子は強い調子でいった。

「叱ったときは、そんなことはしない方がいいんです。ほんとに、今の若い使用人は考えがないのね」

径子はここで、女主人の片鱗《へんりん》を見せた。

「ここまで、東京から来るのだったら」

大塚はいった、

「余程、急な用事ができたんだろう。明日、早く東京に帰らなくてもいいのかい?」

「大丈夫だわ」

径子は、不用意に皿にナイフの音をたてた。

「大した用事じゃないんです。支配人に委《まか》せるようにいってやりました」

大塚欽三は、それ以上立ち入って訊くことはなかった。径子の店の話だし、余計なことと遠慮しなければならなかった。が、それからの径子の様子が少し変った。今までは快活にしゃべっていた彼女が、急に寡黙《かもく》になったのである。顔色まで思いなしか冴《さ》えなかった。大塚はそれを観察して、確かに彼女の店に変ったことが起ったのだと想像した。径子がそれを大塚にいわないのは、やはり、相手への遠慮であろう。折角愉《たの》しみに来た箱根行だから、相手の気持を考えて、気分を壊《こわ》さない心遣《こころづか》いかもしれない。これは大塚には有難かったが、やはり、彼女の様子が気になるのである。

「心配なことが起ったようだね、やはり」

部屋に帰って、大塚は径子にいった。

「ううん、心配なことなんかないわ」

径子は、すぐに着換えもせず、窓の外を見ていた。窓の外は暮れている。白い霧が
さっきよりは濃くなっていることは、その暗い中でもわかった。外燈《がいとう》の光の周囲に、
霧が噴煙のように動いているのである。

「しかし、気にかかるな」

大塚は椅子《いす》に凭《よ》って執拗《しつよう》にいった。

「どうも、君の様子がちがう」

「もう、おっしゃらないで――」

と径子がいった。

「私が、心配なことはないと申し上げているんです。店のことをご存じないあなたが
気になさることないわ」

「大きにそうだ」

と大塚はわざと笑った。

「まあ、君も、いろいろとひとりで大変だ。支配人に委せっきりとはいっても、君でなければすまない用事だってあるだろう。まあ、人間、商売をしていると、いろんな屈託が絶えないだろうね」

「その屈託を忘れるために来たのですわ」

径子は、はじめて大塚の方を向いた。強い眼だったし、それまで見せたことのない、燃えるような光が出ていた。

十一時半近くになって、バー〝海草〟では、そろそろ最後の客が立ちかけるところだった。ドアを押して一人の客が入って来たので、断わるつもりで信子がふり向いて見て、あら、と声を上げた。客は背の高い青年で、大股《おおまた》でカウンターのところに歩いた。信子がそのあとを追うように従った。

「健ちゃん、ずいぶん遅いんじゃない？」

信子は客のオーバーを脱がせようとしたが、青年は肩を振ってそれを断わり、そのまま、カウンターの前に両肘《ひじ》を張って坐《すわ》った。

明るい電燈が客の顔を照らした。この顔なら、箱根のFホテルに河野径子を訪ねて行った青年である。二十四、五歳の眼の大きい、整った顔立ちであった。

「いらっしゃい」

バーテンが客の青年に会釈《えしやく》した。

「ハイボール」

青年は大きな声でいって、

「姉さん、いる?」

と、店内を見廻した。

「マダムはちょうど、お客さんが来て、いっしょにお出掛けなんです」

青年は鼻を鳴らした。信子が横に寄って来て、体をすりよせて椅子に坐り、

「健ちゃん、今夜入ってるのね」

と顔を覗《のぞ》きこんだ。

「うん、ちょっとだけだ」

青年は信子の方を向かないで答えた。

「どうしたの、今日は、お店の方、早くすんだの?」

「店か」

と青年は横を向いたままだった。

「店は昼から休んだよ」

「へえ、不良ね。では、それからどこをほっつき歩いていたの？」

「どこでもいいよ」

バーテンが出したハイボールのコップを握って、

「お前、飲むかい」

と、わずかに信子の方を向いた。

「頂くわ」

信子ははしゃいだ声を出した。

「チーフ。ジンフィズ」

「はい」

バーテンが信子の顔に片眼つぶって笑いかけた。

青年は杉浦健次という名である。この〝海草〟のマダムの弟だった。彼は、河野径子の経営している銀座のレストランの給仕頭であった。

杉浦健次は不機嫌《ふきげん》な顔でハイボールを飲んでいたが、急に唇《くちびる》を嚙《か》んで、ポケットを探した。

「なに？　煙草？」

信子が訊くのには黙って、ポケットから手帖《てちょう》を出した。乱暴な指つきで開いているとき、女の子が傍を通りかかった。

「君」

杉浦健次は、その女給の顔を見ないで、片手をあげて呼びとめた。

「電話をかけてくれ」

眼を手帖に落したまま、番号をいった。

その女給が柳田桐子だった。

桐子は客の顔を知っている。先夜、信子を眼の前で自動車に乗せて連れ去った青年だった。その前から、店で二、三度見かけたが、マダムの弟だという話で、信子とは特別な仲らしかった。

桐子は杉浦健次のいった通りの番号をダイヤルに廻した。指がダイヤルの数字の一つ一つに当る。

おや、と桐子が気づいたのは、その番号だった。以前に、確かに自分が廻したことのある同じ数字なのだ。それも、最近ではない。この春のことだった。桐子の眼が自分の指を見詰めた。

息を呑《の》んだのは、その電話番号が、間違いなく大塚欽三《きんぞう》弁護士の事務所だったことだ。ダイヤルを廻す数字の順序に記憶があった。

桐子の耳に、ツー、ツーと信号が聴える。この春、桐子が掛けたことのある事務所の電話が鳴っているのだ。

「おい」

杉浦健次が、突然、大きな声で制《と》めた。

「掛けなくていい。その電話を切ってくれ!」

桐子が見ると、青年はもだえるように頭を抱《かか》えていた。桐子は受話器を措《お》いて、彼の様子を眼を据えて見まもった。

7

「その電話を切ってくれ」

という杉浦健次の怒鳴るような声もそうだったが、桐子《きりこ》が愕《おどろ》いたのは、彼が、カウンターの上に両肘《ひじ》を突いて、頭の髪に指を突っ込んで苦しそうに掻《か》いたことだった。酒乱のせいかと思ったほど、激しい感情的な動作であった。

桐子は、青年の云《い》ったダイヤルが大塚弁護士の事務所と悟った瞬間に、この青年に興味をもった。

眺《なが》めていると、杉浦健次は、一言も口をきかないで、眼をカウンターの上のグラスに据えているのである。

「あら、どうしたの？」

傍にいる信子が、覗《のぞ》き込むようにして気遣《きづか》った。これにも杉浦健次は返事を与えないで、黙ったまま、グラスの酒を呷《あお》った。無論、信子は、健次が電話をかけた先が大塚弁護士であるとは、気づくはずはない。誰か友だちのところにかけて、思い止ったと考えたらしい。それも、途中で気紛《きまぐ》れに中止したと思っているのだ。

「健さん、ずいぶん、今晩荒れてるわね」

信子は、男の機嫌を取るように云った。

「ねえ、私とダンスでもしない？　リエちゃん、何かレコードかけてよ」

「やめてくれ」

青年は、レコードを取ろうとする桐子の動作を止めた。

「踊りなんか、したくない」

杉浦健次は、悶《もだ》えるような声で云った。

「変ねえ、今晩は」

信子が、少し、扱い兼ねたように云った。

「一体、どうしたの？　何かあったの？」

半分は媚態《びたい》を見せて訊《き》いたものである。杉浦健次は、その信子の体を少し押しやった。

「おれは、今、一人ですこし考えたいんだ。余計なことを、傍《はた》で云わないでくれ」

信子は、健次に押されて、体が椅子《いす》から傾きそうになった。

「まあ、邪慳《じやけん》ね」

彼女は、怒る代りに、尚《なお》も機嫌を取るような笑い声を出した。

「変だわ、健さん」

バーテンも、カウンターに突っ伏している杉浦健次の姿を、微笑《ほほえ》みながら眺めていた。普通の客ではなく、この店の経営者の弟なのである。信子との関係は別として、この店で働いている者は、杉浦健次をそのような扱いにしていた。

「チーフ」

健次は顔を上げて云った。

「バーボンをくれ」

毒だわ、と云ったのは信子で、間髪《かんはつ》を入れずに叫んだ。

「チーフ、よしてよ。この人、ずいぶん、酔っぱらってるから」

「何を。余計なことを云うな」

杉浦は信子を睨《ね》めつけた。普段、丁寧に髪を手入れする男だが、この時は、その自慢の髪がバラバラに乱れていた。

「今夜は飲みたいんだ。勝手にさせてくれ」

酔うと顔が蒼《あお》くなる性質《たち》だったが、この時も、蒼白い形相《ぎょうそう》で信子に眼を据えた。信子は息を呑《の》んで黙った。

「じゃあ、健さん、ちょっとだけね」

バーテンが、とりなすように、棚からアメリカ製ウイスキーの瓶《びん》を下ろした。それをグラスに注いだ。黄色い液体が溜《た》まる。

「もっと、注いでくれよ」

杉浦健次は云った。

「健さん、そりゃ毒ですよ」

バーテンも、さすがに止めた。

「いいから、よう。もっと注いでくれよ」

健次は、なおも云った。バーテンも、健次の普通でない顔色を見て、面倒を避けたのか、云う通りに、もう一杯注いでやった。信子がはらはらしていると、杉浦健次は、水割りでも呷《あお》るように、ガブリと飲みこんだ。

「あら、いけない」

信子は、走り寄ってその手を摑《つか》んだ。

「チーフ、グラスを取ってよ」

「えい、何をする！」

杉浦健次が信子をはね退《の》け、最後の残りのウイスキーを口の中に注ぎ入れた。その時、客が入って来なかったら、杉浦健次は、もっと暴れたかも知れない。が、入口から三、四人の会社員風の男たちが入って来たので、さすがの健次も、それなりにおとなしくなって、カウンターの上に頭を垂れた。

「おい、信ちゃん」

新しい客が声をかけた。これは、信子のもっている客だから、知らぬ顔はできなかった。

「あら、いらっしゃい」

信子は笑顔をつくった。それから、まだ、電話器のところにずっと佇《たたず》んでいる桐子を見て、

「リエちゃん、ちょっと、ここ、見ていてね」

と眼くばせして、客の方に歩いた。ここで桐子は、はじめて、杉浦健次の傍に行く機会を得たのだ。

髪を乱してカウンターに突っ伏している青年を見て桐子は思った。一体、この男と大塚弁護士との関係は何であろう？　さっきからの不機嫌そうに荒れている様子は、果して大塚弁護士と関係があるのだろうか？　それとも、別の原因で、このように不機嫌になっているのか？　今まで信子がいた椅子に桐子は腰かけていた。

生《き》のウイスキーを一気に呷った杉浦健次は、グラスの脚を握ったまま、カウンターの上に髪を垂れている。バーテンは、新しい客の注文で、酒をつくるのに忙しくなった。

しばらくたって、杉浦健次が顔をもたげた。桐子は、その顔に声をかけた。

「お酔いになってらっしゃるのね」

健次が、信子とは違う声を聞いて、ふと、桐子の方を向いた。眼は吊《つ》り上がったようになり、顔は蒼凄《あおすご》んでいた。

「なんだ、君か」

彼は呟《つぶや》くように云った。

「ご免なさい。信ちゃん、今、お客さんがいらして、そっちの方にご挨拶《あいさつ》に行ったわ。すぐ、帰って来ますから」

「信子なんか、どっちだっていいよ」

健次は、桐子の顔を見た。

「あら、ずいぶん、冷たいのね」

「君でも、そういう口のきき方をするのか?」

健次は云った。

「だって、そうでしょう。いつもの杉浦さんらしくないわ」

「おれを知っていたのかい?」

健次は、グラスを放し、改めて腕を組んで、桐子の方に少し体を向けた。眼の上まで髪の毛が垂れたままである。

「ええ、このお店に来てから、二、三度お目にかかってます。お話するのは、今晩がはじめてですけれど」

「そうだ」

健次はうなずいた。

「僕だって、君が来ていたのを知っている。どのくらいになるかな、もう二カ月くらいかな?」

「よく憶《おぼ》えてらっしゃるわ。ちょうど、二カ月なんです」

杉浦健次が、乱暴にポケットから煙草《たばこ》を出して啣《くわ》えたので、桐子はマッチを擦《す》った。

桐子は、この青年に近づこうと思った。近づく必要があると思った。

杉浦健次は、桐子の火を受けて、蒼い煙を一気に吹き上げた。

「ご機嫌悪いのね」

桐子は笑いながら云った。健次は、ふん、といった顔つきをしている。この青年の横顔は、彫りが深く、端正だった。皮膚もまだ若いのである。

「君、何という名前だったっけ?」

健次は、突然に桐子に訊いた。その瞳《ひとみ》も、まだ、少年期が残っているような若さであった。

「リエ子っていうんです」

桐子が答えると、

「そうだった。この間、ちょっと聞いたな」

と云った。

「杉浦さんは、このうちのママさんの弟さんですって？」

桐子が訊くと、

「そういうことになっている」

健次は、吐くように云った。

客席の方を見ると、信子は、三人の客と乾杯しているところだ。杉浦の方をチラリと見て、彼が少し機嫌を直した様子なので、桐子に、もうちょっとして、そちらに行くわ、というような眼くばせをした。

桐子も、もっとこの青年と話したかった。いや、話さなければならなかったのである。

「杉浦さんは、どうしてここのお店で働かないの？」

ママの弟だから、外で働くのはおかしい、という訊き方であった。

「なぜって？」

杉浦は、桐子がまだ新顔で、それに、はじめてこのバー勤めをしたという未熟さに、興味をもった様子だった。彼は桐子には、信子とは違った態度を見せた。

「そりゃあ、人間、いろいろ都合があるからさ」

と彼は、子供にでも云うように云った。

「だって、ここは、お姉さんの所でしょう。ご姉弟《きようだい》で働く方が便利だと思うんだけど」

「便利か」

と云って、杉浦健次は、少し笑った。

「そうかも知れないな。姉の所にいると、便利な時もあるし、不便な時もある。しかし、その方が、かえってよかったかも知れない」

杉浦の言葉は、何を云っているのか、桐子には解《わか》らなかった。相手は酔った人間だし、まともに聞けないのが常識である。

「どこで、お働きになっていらっしゃるの?」

この返事は、客に酒を出して手の空《す》いたバーテンが、代ってくれた。

「〝みなせ〟という銀座の料理屋ですよ。一流のフランス料理店さ。リエちゃんは、こちらに来たばかりで、知らないだろう?」

「知らない」

桐子は首を振った。

「有名な家さ」とバーテンは教えるように云《い》った。

「高いが、旨《うま》い料理を食わせるので評判なんだ。客種も粒揃《つぶぞろ》いでね、それに、そこのマダムがとてもきれいなんで、ときどき、雑誌なんかに写真が出てることがあるがね」

その説明の間に、カウンターに顔を伏せている青年の背中が、二、三度ぴくりと動いた。

「もう、やめてくれ」

青年は、バーテンを遮った。

「おれの勤め先のことなんか、云ったたって仕方がない。これで、おれがそこのマスターとでもいうなら、話は別だがね」

「今に、どこかにお店をおもちになったら、マスターになれるわ」

桐子が云った。

「有難う」

杉浦健次は、酔った唇を少し歪《ゆが》めて嗤《わら》った。

「将来のマスターのために、乾杯しようか?」

「駄目よ」

桐子は止めた。

「私は飲めないし、あなただって、それ以上は無理だわ。飲めないのに乾杯したって、つまんないでしょう。でも、マスターのあなたの将来に、私、祝福するわ」

「チーフ」

と叫んだのは杉浦であった。

「この子に、何か、軽いものをやってくれ」

「承知しました」

バーテンは、ちょっと首を伸ばして、桐子に何がいいかと訊いていた。桐子が飲めないことを知っているので、一番軽い、カカオフィズをつくってくれた。

この様子を、客席から、ちらちらと信子が見ていた。彼女は、杉浦が少し機嫌を直したと見て、安心したらしい。それで、三人組の自分の客のボックスから、折があったら立って来そうにしていた。

桐子は、チャンスを摑まえなければいけないと思った。新しく来たカカオフィズを手にもって、「頂きます」と眼の辺《あた》りに捧《ささ》げてから、口をつけた。杉浦健次は、さすがにあとの酒は注文しないで、うなずいただけだった。

「おいしいわ」

桐子は云ったものである。

「おいしいかい？　おいしいなら、もっと飲めよ」

「お断わりします」

桐子は、眼許《めもと》を笑わせて云った。

「酔っぱらいになっては困りますから」

「いや、酔っぱらうのも、時にはいいもんだよ」

健次は云った。

「気分がもやもやとしている時は、酒が一番薬だからな」

桐子は、グラスを置き、少し青年の方に、さりげなく体を寄せた。

「私、大塚先生を知ってるんです」

低い声だったが、この言葉を聞いて、杉浦健次の眼が、一瞬、驚愕《きょうがく》の色を見せた。

「大塚弁護士を？」

杉浦は、吃《ども》って訊き返した。

「そうなんです」

桐子は、わざと小さい声で云った。

「さっき、あなたに頼まれてダイヤルを廻したとき、大塚先生の事務所と知ったんです。その番号を憶えていましたから」

杉浦健次の顔が、急に真剣な表情に変った。それまで、薄い嗤いを始終見せていたのだが、それが掻《か》き消えるようになくなったのだ。

「どうして?」

彼はまた吃った。

「どうして、君は大塚弁護士を知っている? どういう関係かい?」

「親戚《しんせき》でないことだけは確かですわ」

桐子は答えた。

「それも、大塚先生とは、親しいという間柄ではないんです。どちらかというと、その反対かも知れません」

桐子は、やはり低いが、力を籠《こ》めて云った。

「わたし、大塚先生が嫌《きら》いなんです」

眼を、酒瓶《さかびん》の賑《にぎ》やかに並んでいる棚《たな》に向けたまま、はっきりと云ったものである。

杉浦健次は、その桐子の言葉を聞いてから、彼女の顔をじっと見つめている。何かものを云いたそうだった。この時、信子が、漸《ようや》くボックスから抜けて来た。

「機嫌、直ったのね」

杉浦健次に笑いかけたが、桐子は、信子に紛らわすように云った。

「ええ、やっとね」

信子が来たので、遠慮して、杉浦の隣の椅子《いす》を滑《すべ》り下りた。が、杉浦健次は、信子がそこに来ても、ボックスの方に行く桐子の後ろ姿を見送っていた。

ドアが開いたので、客かと思うとマダムだった。

「お早うございます」

女給たちが、口々に云って、迎えた。

「お早うございます」

マダムは、客に会釈《えしやく》しながら、カウンターの傍に来た。女給の一人が、彼女のコートを後ろから脱がせた。派手な柄の着物が現われた。肥っている。マダムはカウンターに突っ伏している杉浦健次を渋い眼つきで見て、「健ちゃん」と呼んだが、弟は、聞えないのか、返事をしなかった。

マダムは、カウンターの中に入った。バーテンが伝票などを彼女に見せている。その間にも、姉の視線は、ちらちらと弟の姿に向けられていた。伝票類を一通り見終って弟の前に近よった。

「健ちゃん」

今度は、少し、大きな声だった。

「うん？」

健次は、やっと顔を上げた。

「何よ、その恰好《かっこう》。どうしたのさ？」

姉らしい云い方で窘《たしな》めた。杉浦健次は、髪を片手で掻《か》き上げた。眼が濁っていた。

「飲んで来たのね、蒼い顔をして」

「ここで飲んだんだよ、半分は」

健次は、ふて腐れて云った。

「どうしたの、お店の方は？」

「休んだんだ」

「始終、さぼってばかりいるんじゃないの？」

「さぼってるかどうか、店に訊いてみてくれ」

姉は、そこで、暫《しばら》く弟を眺めていた。その視線を避けるように、健次はまた、顔を伏せそうになった。

「向うの方、都合よく行ってるの？」

姉は、気遣《きづか》うように訊いた。

「まあね」

健次は、顔を伏せることを諦《あきら》めて、煙草《たばこ》を啣《くわ》え、ポケットをもぞもぞさせた。そして、マッチを取り出した。信子は、マダムが来たので、遠慮して少し離れていたので、火をつけてやるのが間に合わない。健次は、自分のマッチで火をつけた。マッチはきれいな図案で、それがカウンターに置かれたのをマダムは見た。

「あら」

マダムは手を出してマッチを取り上げた。

「あんた、箱根に行ったの？」

健次の顔を見た。

「これ、箱根のFホテルのじゃないの？」

健次は姉に反抗的な目つきをした。さりげなく、髪を指で掻いた。

「うん」

生返事が出た。

「いつ、行ったの？」

「今日さ」

健次は、姉を見ないで答えた。その横顔に姉は眼を据えた。

「今日、さぼって箱根なんかへ行ってたのね？」

マダムもそうだったが、横にいる信子が、顔色を変えたようにして、健次を見つめた。

「どうして、箱根なんか、行ったの?」

姉が訊いた。

「ちょっと、遊びに行っただけだよ」

健次は、面倒臭そうに、マッチをポケットに入れた。

「箱根なんか、のうのう遊びまわって、何をしてんのよ。ちゃんと、お店の仕事に精出さなきゃ、駄目じゃないの」

姉が窘《たしな》めたとき、

「おい、ママ」

客が、ボックスから呼んだ。

「はいはい、只今」

マダムは、まだ何か云いたそうにしていたが、そのままにしてカウンターの切戸をくぐって客席の方に歩いた。

「いらっしゃいませ」

愛想を振り撒《ま》く声が聞えた。

信子が、杉浦健次の傍にすり寄って来た。

「健ちゃん、あんた、今日、箱根へ行ったの?」

今までとは違う、追及するような眼つきだった。顔色も、たしかに変っている。

「ああ、行ったよ」

健次は、無愛想に答えた。

「誰と行ったのさ?」

「一人だよ」

「嘘《うそ》!」

「嘘なもんか、一人で行かないでどうする」

「あんたが一人で行きっこないわ、そんな所に。誰かと行ったんでしょう?」

「うるさいな」

健次は顔をしかめた。

「じゃあ、お前さんの想像通りに思っとくさ」

信子は、唇を歪《ゆが》めて、詰め寄るようにしていたが、生憎《あいにく》と、そのとき、新しい客が入って来た。

それも、二十五、六くらいの男だった。背が高く、このごろの青年の型に見うけられる、やくざのような風采《ふうさい》だった。凄《すご》んだように眼つきが鋭いのも、流行のタイプだった。

「やあ」と云ったのは入って来たその客の方で、カウンターで背中を向けている健次の肩を叩《たた》いたものだった。

「おう」

健次は振り向いたが、瞬間にその表情はなにか硬《かた》かった。

「お前を探しに来たんだぜ。向うの店に行ったんだよ、今日は休みということだったから、多分、ここにいると思って入ってみたんだ。すると、案の通りだったな」

「そうか」

健次は、信子を邪慳《じやけん》にのかせて、その椅子を友だちのために指した。

「まあ、坐《すわ》れよ」

信子が、いらっしゃいませ、と云《い》った。これは口先だけで、顔色は冴《さ》えなかった。この新しい客は、〝海草〟へはこれまで、度々《たびたび》来る青年だった。いつも健次と一緒だったので、健次の友だちということになっている。

「どうぞ、山上さん」

と信子が椅子を奨《すす》めた。山上という青年は信子に、にやりと笑って、健次と並んだ。椅子のかけ方も乱暴だった。

いらっしゃいませ、と眼で挨拶《あいさつ》するバーテンに、新しい客はスコッチの水割りを注文した。

「どうだい、景気は？」

健次が、山上という友達に訊いた。山上は健次の酒臭い息を受けたか、

「お前、大分、酔ってるな。いつからここにねばっていたのか？」

「いや、さっき、来たばかりだ」

健次は首をふって云った。

「よそで飲んで、ここに廻って来たのか。お前の方こそ、景気がいいじゃないか」

山上が云い返した。

「おれなんざ、ここんところ、不漁《しけ》つづきで駄目だ。ところで、お前にこの間から、ちっとばかり話そうと思ってることがある。あとで一緒に歩いてくれないか？」

健次の目が、それを聴いて、一瞬に動いたようだった。が、言葉はやはり、前と調子が変らない。

「いいとも」

健次は、気軽に云ってうなずいた。

「ま、落ち着いて飲めよ」

健次は、何かを紛らわすようにまわりを見たが、そこに信子が強《きつ》い眼をして睨《にら》んでいるので、その方は避けて折から通りかかった桐子を呼んだ。

「おい、リエちゃん。こっちへおいで」

健次は手招きをした。

「紹介しよう」

と健次は云った。

「この男は、山上武雄といってね、やはり、九州の同郷人だよ」

「そう」

桐子は、その若い男に近づいた。

「この新人はね」

と健次は友だちに云った。

「やっぱり、K市の人間だ。信子の友達でね、二カ月前に来たばかりさ」

青年は桐子をちらりと見たが、これは、あっさりと、軽く会釈しただけだった。何も言葉はかけなかった。

「リエちゃん、君がK市にいたなら、知ってるだろう。この男は、K高校時代、野球で鳴らしたものだったよ。山上というんだ」

桐子は、K高校のことを知っている。それは、野球が伝統的に強く、全国的に名前の知られた学校だった。しかし、桐子は、野球のことはあまり詳しくなかった。

「そう、あなたもK市の方ですか?」

桐子は、横を向いている山上に訊《き》いた。

「いや、おれは、ちょっとK市から離れている」

青年はぼそりと云った。

「君は知ってるかな?」

あんまり話を進めたがらない山上に代って、健次がそれを引き取った。

「Kの町からちょっとあるが、N村というのがあるだろう?」

「ああ、N村は知っているわ。あそこは、私の高校時代の友だちがいるんです」

「そうだ、そのN村の男さ」

「じゃあ、Kから近いじゃないの?」

そのような問答をしている間でも、山上は、飴色《あめいろ》の液体を口にしきりと流していった。

「この方は、いつから、東京にいらしたんですか?」

桐子は、客の手前、何かと話さなければならないと思った。山上がいつ頃K市から上京したかということなどは、彼女の強い興味にないことである。健次との話が遠くなった。

「なに、東京はずっとさ」

山上が、突然、返事をした。

「あんな田舎《いなか》にいても面白くないんでね、学校を出ると、さっさとこっちに来たんだよ」

「この男は」

健次が、説明するように云った。

「野球の選手でね、山上といえば、K高校時代のサウスポーのピッチャーとして鳴らしたものさ。それで、卒業すると、早速東京に来て、ある職業野球団に入団したんだよ」

「まあ、そいじゃあ、こちら、プロ野球の選手なの?」

桐子は眼を瞠《みは》ってみせた。

「いや、今はそうじゃない」

杉浦健次は否定した。が、その否定の仕方は、はたの眼には気がつかないが、どこか意地悪そうなところがあった。

「二軍にいてね、なかなか将来を嘱望された男だが、何か考えることがあったらしく、それをやめてしまったんだよ」

「まあ、惜しいわ」

桐子は云った。

「惜しかあないさ」

突然、当人の山上が遮った。

「あんなもの、おれには縁がなかったんだ。高校時代に多少チヤホヤされたので、ついいい気になって、選手になろうと思い立ったのが、やっぱり、間違いだったよ。二軍にいつまでいても芽が出ないので、とうとう諦めたところさ」

「しかし」

と健次は、桐子にではなく、今度は山上に云った。

「もう少しお前も辛抱すると、よかったかも知れん」

それは、真《しん》から友だちのことを思って云っているのではなく、どこか揶揄《やゆ》的な調子があった。

「芽の出ない所に、腰を落ち着けていても仕方がない。早いところ、見切りをつけてよかったよ」

「いや、お前がもう少し辛抱していると、金田や義原みたいに、サウスポーの投手として大事がられたかもしれない」

桐子はそれを聞いたが、かつては職業野球の選手だったというこの山上が、今は何をしているのか、見当がつかなかった。それだけの得体の知れないものが、山上の身体《からだ》には臭《にお》っていた。ちょっと見ると、やくざのようなところもあるが、まともな職業に就いている人間のようでもある。その職業の見当がつかなかった。

二人は暫《しばら》く飲んでいたが、

「出ようか」

と言ったのは、山上の方だった。水割りを二杯飲み干したのが切り上げどきだというように、健次の肩を叩いた。

「ああ」

健次は、最後のハイボールを飲んでいたが、「よし」と勢いよく返事したものだった。バーテンに、

「チーフ、おれの勘定でつけといてくれ」

と云った。山上がにやりとした。

「おい、いくら、お前の店だって、勘定はおれが払うよ。おれの分は自分で払う」

バーテンに会計を訊いて、山上は、自分のポケットから金を出した。健次は横を向いていてそれを止めなかった。

「姉さん」

健次は、客席のマダムを呼んだ。

「おれ、帰るよ」

マダムはボックスの客に会釈《えしやく》してすぐ起《た》って来た。

「帰るの？」

姉は弟を見た。まだ、引きとめたそうな眼付だった。

「こいつが……」

健次は山上に顎《あご》をしゃくった。

「何か話があるそうだから」

「ああ、山上さん」

マダムは弟の友だちに云った。

「まだいいじゃないの。もっと遊んで帰ったら？」

「有難う」山上は云った。

「でも、ちょっと用があるんでね」

山上の方から椅子《いす》を辷《すべ》りおりた。

「チーフ……」

と健次はバーテンに云った。

「おれのぶんは、この次、払うからつけといてくれ」

「もう、こっちには帰って来ないの？」

先刻から、じっと様子を見て立っていた信子が、前に出て来て健次に云った。

「ああ、多分ね。遅いから今日は帰るよ」

信子はうらめしそうに健次を見た。これは、ほかの朋輩《ほうばい》やマダムがいるので、それきりに口をつぐむよりほか仕方がなかったのだ。

出口のドアを肩で押して出たのは山上の方だった。

「さようなら、姉さん」

健次はちょっとふり返って云った。

「あんた」

マダムの声が追いすがった。

「真面目《まじめ》にしなくちゃ駄目よ」

「ああ、大丈夫だよ」

その声は道路に出てから聞えた。

三、四人の女給が二人を見送りに外に出た。信子が続いて出ようとすると、マダムが「信ちゃん」と急に呼び返した。叱《しか》るような声だった。

桐子はその見送りの一人であった。いつもの、店を出た角で立ち止ったのだが、若い二人は肩をすれ合うようにして歩いていた。はたの者から見て仲のいい友だちと思えた。

「寒いわ」

桐子の横でほかの女給が呟《つぶや》き、さきに店の中に駈《か》け込んだ。桐子だけはそのまま立っていた。街燈《がいとう》の光が姿を映し出すので、彼女はわざと軒下に隠れた。健次の背中を見届けるような眼付だった。

宵は、賑《にぎ》やかだったこの通りも、十一時を過ぎると殆《ほとん》どのうちが戸を閉《し》めていた。暗い通りになってからは、街燈の疎《まば》らな光が道路に落ちているだけである。二人の青年はその光を肩に浴びて向うに歩いていたが、桐子の見ている前で、急に歩みを止めた。

若い男二人は何か云《い》い合っているようだった。声はかなり大きいが、話の内容は聞えない。仲のいい友だちの言葉ではなかった。ひどく杉浦健次が怒っているのである。

山上がそれを宥《なだ》めるようにしていた。

二人の姿は、縺《もつ》れるようにしばらく道路で揉《も》み合っているようだった。桐子はそれをもっと見届けたかったが、店の扉《とびら》を開けて信子の顔がうしろから窺《うかが》うように覗いたので、そのままにして店の中に帰った。代りに信子が走り抜けて外に出た。

杉浦健次は、その後、姿を見せなかった。桐子は心待ちしていたが、一度も彼は現われなかった。彼の友だちの山上も同じだった。あの夜以来、二人とも申し合わせたように姿を消していた。もっとも、健次の消息は、桐子は信子から、つとめて聞き出すようにしていた。

桐子は信子と同じアパートにいる。六畳一間だから狭いものだった。桐子は同郷の友だちというだけで信子の部屋に一緒にいるのだが、彼女は、自分がここに来る以前、信子が健次を同じ部屋に泊めていたような気がする。はじめは分らなかったのだが、次第にそれに気づいてきたのである。

信子は、店が済んでからも、ときどき桐子だけを先に帰して泊ることがあった。いろいろな理由を桐子に云った。しかし、桐子はそれは嘘《うそ》だと思っている。彼女は必ずどこかで杉浦健次と一夜を過して帰って来るに違いなかった。その顔色も冴《さ》えなかったし、服装の具合もどこか不潔に見えた。

「私がここに厄介になっていて、ご迷惑じゃない？」

桐子はときどき信子に云うことがある。

すると信子は憤ったように首を振るのだった。

「私があなたを呼んだんですもの、ちっとも遠慮することないわ。変なことカンぐらないでよ」

信子は前から気のいい女だった。実際に桐子のことを気遣ってくれている。しかし、その信子も健次のことになると、自分が分らないようだった。それは、あのとき店で桐子がまざまざと見せられたことだった。店の、ほかの女たちに訊いても、信子が、マダムの弟の杉浦健次と特別な仲だと教える口吻《くちぶり》だった。この世界の女の習慣として明らさまには云わないことだが、上手に呑《の》み込ませるような云い方であった。

桐子は、杉浦健次に、もっと訊きたいことがある。それは彼と大塚弁護士との関係だった。あの晩、遅い時刻に、大塚弁護士の事務所に電話を掛けさせ、それを突然に中止させたあと、ひどく苦しんでいた様子は普通ではなかった。何かある、とその時、直感した。大塚弁護士に杉浦健次は何かの繋《つな》がりをもっている。それは桐子の想像だったが、知りたいのはその確証だった。

しかし、肝腎《かんじん》の健次が姿を見せない以上、それを確かめる方法はなかった。健次と特別に懇意な信子に彼の様子を訊くほかはないのである。

「健次さんはどうしてママのうちで働かないの?」

桐子は信子に訊いたことがある。

「姉弟《きょうだい》のうちにいてはやはり我儘《わがまま》が出るしね、修業にならないと云ってよそで働いているの」

信子は健次の立場を代ってそう説明した。

「健次さんはいずれ独立した店をもつのよ。それまでの修業だと云って〝みなせ〟で働いているの。ああいうレストランをもつのが健次さんの理想らしいわ」

信子は、その時には、健次の店のマダムになるという眼つきをしたものだった。

「健次さんは法律のことを勉強したことがあるのかしら?」

桐子は信子に探りを入れた。しかし、これは信子がきっぱりと否定したものだった。

「法律なんか、とても縁のなさそうな人よ。あんた、なぜ、そんなこと訊《き》くの?」

「ううん」

桐子は無邪気に首を振って笑った。それは、いつかは直接に健次に訊くことで、信子に仲介を頼む質問ではなかった。

「健次さん、この頃来ないのね？」

桐子は云った。するとなぜか信子は厭《いや》な顔をした。

「忙しいのよ、きっと」

だが、桐子は知っている。信子が蔭《かげ》で健次と会っていることには間違いなかった。

それは信子の動作で分るのである。なんとなく、そういう気配がする。桐子が信子の部屋に移って来てから、信子の落着きのない日が時々あるのだ。その時が、健次に会っている折だと桐子は判断していた。

しかし、近頃の信子は次第に憂鬱《ゆううつ》そうな顔になっていた。相変らず健次に会っている形跡はあるのだが、信子の顔色に前のような欣《よろこ》びは見られなかった。多分、二人の間に何かのトラブルが起きたのかも知れない。が、そのようなことは桐子には関《かか》わりのない話だった。彼女の杉浦健次への興味は大塚弁護士との繋がりだけであった。

或《あ》る晩、店に電話が掛って来た。

ちょうど、電話器の横に桐子がいたので直《す》ぐに取り上げた。

「海草でございます」

桐子が応《こた》えると、いきなり向うでは、

「健次は、そっちに来てるかい？」

と訊いた。乱暴な声だったし、酔っているような調子に聞えた。

「いいえ、お見えになっておりません」

桐子は答えた。胸がどきりとした。

「そうか。じゃ、いい」

相手の方から電話を切った。

桐子は電話を切った。桐子は電話が切れてからその声の主が誰かに気づいた。あの晩、健次と一緒にいた山上という男に違いない。その声だと分った。

ちょうど、マダムがカウンターの中にいたが、「だあれ?」と訊いた。

「健次さんが見えてないか、と云ってらっしゃるんです。名前はおっしゃりませんでしたけれど」

「そう」

マダムはそれきり黙ったが、眉《まゆ》の間に皺《しわ》を立てていた。

健次が、箱根の帰りだ、と云って寄った晩から二十日ばかり経った。

久し振りに阿部《あべ》啓一から電話があった。それは、明日の午後四時にいつもの場所で会いたいというのである。桐子は阿部に或ることを頼んでいたのだった。

桐子が阿部啓一に遇《あ》ったのは、いつもの喫茶店だった。店に出る前のことだから、いつも彼と会うには黄昏《たそがれ》どきになる。

「僕の知った人の妹が、〝みなせ〟で働いているので、君から頼まれたことを調べるのに都合がよかった」

阿部啓一は快活に話した。

その前に遇ったとき、阿部は、桐子が、なぜそのようなことを訊くのか、と訊《たず》ねたが、桐子はそれには詳しい説明はしなかった。

「おかしいな」

と、そのとき阿部は云ったものである。しかし、彼女の頼みを引き受けた阿部は、その調べに没頭していたようであった。阿部は手帖《てちよう》を出して桐子に知らせた。

「〝みなせ〟のおかみさんというのはね、まだ三十一、二くらいのきれいな女《ひと》だそうだ。僕は知らないが、何かの雑誌にも出たことがあるという話だ。ところで、君から頼まれた大塚弁護士のことを調べて貰《もら》ったんだが、確かにその二人の間は親しいそうだ。親しいというのは、客と料理屋のおかみさんというだけでなく、特別な間柄だと思っていいようだね」

阿部はそんな云い方をした。

「その話は、〝みなせ〟の店の者は、たいていい薄々知っているようだね。ぼくの頼んだ妹さんもそんなことを云っていた。おかみさんは今も云ったようにきれいな人だから、ほかからもいろいろな誘惑があるらしい。しかし、大塚弁護士とはかなり前からの間柄らしいと云っていた。店の雇人が知っているくらいだから、これは確実と思っていいだろうな」

桐子はその話を聞いて考えている。阿部が眺めて、その時の桐子の様子はいかにも彼女らしかった。眼をどこかに据えて唇を嚙《か》むようにしているのである。

「何を考えているのだね?」

阿部は肘《ひじ》を突いて訊いた。実際、阿部啓一にも桐子が何を思い立ったか分らなかった。大塚弁護士のことを知りたい彼女の気持は分らなくはないが、突然、〝みなせ〟という料理屋のおかみの名前が彼女の口から出て来たのである。阿部はいつもこの少女が自分の先を歩いて考えているような気がしてならなかった。

「ちょっと知りたかったんです」

桐子は、それにこう答えただけだった。

バーに勤めてから彼女に多少の変化が起っていた。今まで堅い感じだった彼女が〝海草〟に出てからは、多少、圭角《かど》が取れた感じだった。今も、ちょっと知りたかったんです、と答えた言葉は、微笑の表情から出たのである。

「君は」と阿部は云った。

「大塚弁護士に特別に興味をもっている。それは分るがね」

阿部はちょっと桐子の表情を窺った。

「しかし、これは僕の思い違いかもしれないが、君は、もっと兄さんのことを考えた方がいいんじゃないかな」

「兄さんのこと？」

桐子は眼を上げた。彼女らしい切り返すような眼つきだった。

「そうだ。兄さんは汚名を受けて亡《な》くなっているんだ。その名誉の回復に力を入れた方がいいんじゃないか。大塚弁護士のことを意識するのも結構だが、そちらの方が大事だと思うがな」

桐子は、しかし、静かにそれを聴いた。これも前の桐子だったら、激しい仕返しの言葉が出るところだった。

「むろん、兄のことは考えてますわ」

桐子はおとなしく云った。

「でも、兄は死んでいるんです。死んだ人間は、もう、どうにもなりませんわ」

「ほう!」と阿部は眼をみはった。

「すこし、前とは考えが違っている。前はそうじゃなかったな」

「そう?」

桐子は素直に頷《うなず》いたが、そのことにもうこだわらなかった。

「阿部さん」

彼女は呼び掛けるように云った。

「わたくしの考えてること、もう少し、そっとして頂けません? そして、わたくしのお願いすることを聞いて下さいな」

阿部をみつめる彼女の眼は、いつものことだが強烈な光が射《さ》していた。阿部はそれを受けると、たじろぐ気持になる。

「そりゃ、君の云う通りにしてもいい」

「ぜひ、お願いしたいんです」

「どういうことだね、今度は?」

阿部は、彼女の新しい注文を聴く身構えになった。

「〝みなせ〟に杉浦健次という人が働いてるはずです。その人のことを知らして頂きたいんです」

「なんだい？　その男は？」

阿部は、一応、紙にその名前を書いてから訊いた。

「わたくしの勤めているバーのマダムの弟さんなんです。確かボーイ頭《がしら》をしてるということでしたわ。〝みなせ〟での評判を聞いて頂きたいんです」

阿部はこれを奇妙な頼みとみた。それで思わず桐子の顔を見ると、

「阿部さん、わたくしが何を考えているのか、とお訊きになりたいんでしょ？」

桐子は、阿部の気持を察したようにほほえんで云った。

「でも、わたくしには思案があるんです。今に阿部さんにも分って頂けますわ」

それを阿部に頼んで二日経《た》った。二日の間は相変らず桐子にとって単調な生活だった。杉浦健次もその友だちも店には現われない。信子はやはり憂鬱そうな顔をしている。この頃の信子はだんだん哀《かな》しそうな顔付になってくる。なぜだろう？　桐子は元気のない同居者を観察しながら考えていた。

阿部から電話があった。

「この間のことが分ったよ」

阿部の声は云《い》った。

「そう、どうも有難う」

「いつもの喫茶店で会うかね?」

「そうお願いしたいわ」

「じゃ、その時刻に僕は行って待っている」

「すみません」

桐子は、実際、阿部にはすまない気持だった。阿部は、いつだったか、こう云ったことがある。

「君の兄さんは絶対に無罪だ。それを知っているのは大塚弁護士だ。僕はもう少し大塚さんを叩《たた》いて、僕の雑誌で君の兄さんの無罪を証明したいと思うよ」

阿部の言葉は熱が籠《こも》っていたし誠意が溢《あふ》れていた。桐子に対する或る感情だけではなく、正義のためそれをやるのだという公憤があったのだ。

「止《よ》して」

桐子は、その時、止めた。

「なぜ?」

と阿部は云ったが、

「わたくしに考えがあるんです。どういう考えか、それを云うのを待って頂きたいわ。今に分ります」

今に分る、という彼女の言葉が近頃は阿部への返事だった。

約束の日にまた阿部に会った時もそうだった。阿部は報告した。

「君の頼みを受けて杉浦健次のことを聞いてみてあげた。評判は悪くないよ」

阿部はコーヒーを飲みながら彼女に告げた。

「そう？　もっと詳しく知りたいわ」

「杉浦健次というのはね、君が云った通り〝みなせ〟のボーイ長をしている。なかなか店の仕事には真面目《まじめ》だという評判だ。それにちょっと古い連中が彼に憚《はばか》ってるようなところがあると云うんだがね。憚っているその意味が僕にはよく分らないんだ。とにかく妙に上の方は遠慮しているという感じだそうだね。それはむろん、杉浦健次という男が店のために一生懸命になってることから来てるらしい。僕の知った人の妹さんもそう云っていた。店のことを考えて働いているのは、その杉浦健次君だけだそうだ」

桐子は、眼を落して聴いていた。

が、頭の中で、思索が忙しく回転していた。杉浦健次に、古い連中が妙に遠慮している。そして、健次自身は〝みなせ〟のために、誰よりも懸命に思って働いている。

何故だろう？

桐子は、あの夜、箱根から帰ったという健次のふしぎな動作を想い出した。働き者という健次が、なぜ、その日店を勝手に休んで、箱根なんかに行ったのか。彼は、大塚弁護士に電話をかけて、何を云いたかったのか。そして、何故《なぜ》、途中で、それを思いとどまったのか。

その直後の、彼の荒れ方も不思議だった。何かあるのだ。

そのことは信子の近ごろの妙に沈んだ様子と無関係ではなさそうだった。が、信子に訊《き》いてもそれは答えぬだろう。また、信子には何も云いたくなかった。

桐子の眼に、ふいに泛《うか》んだのは、健次と、プロ野球選手だったという彼の友だちのことだった。街燈の下で、二人の影が縺《もつ》れていた。健次が罵《のの》しり、山上という友だちの方が謝《あやま》っていた。

何かある。きっと、大塚弁護士を中心にして何かある——。

桐子が怕《こわ》い眼つきになっているのを、阿部啓一は探るように見ていた。

8

柳田桐子《きりこ》は、大きなレストランの見える角に立っていた。

そのレストランは、窓に明るい灯が映っていた。薄いカーテンに、眩《まぶ》しそうな光が満ちている。外は寒かった。銀座の中でも、この辺《あた》りは人通りの多い場所だったが、歩いている人が、オーバーの肩を縮めているのである。窓の灯は、外の冷たい空気の中に立っていると、ひどく暖かそうであった。

桐子は、七時ごろからここに佇《たたず》んでいる。立っている場所も、ちょうど、そのレストランと道を隔てた角であった。

その角は、婦人向きのアクセサリーを売るきれいな店で、桐子が陳列窓の前に立っていても不自然ではなかった。

アクセサリー店の隣は洋装店で、その次が時計や宝石を売る店だった。桐子は、ときどき商品を覗《のぞ》きながら、その三軒の店の間をうろうろした。

眼は、絶えずレストランに注がれている。それも、店の窓ではなく、片側の店員用の通用口に向けられていた。豪華な構えの客の出入り口とは違って、そこだけは薄暗い電燈が場違いのように侘《わび》しかった。

真向いには、喫茶店と煙草《たばこ》屋がある。桐子は、煙草屋の店に坐《すわ》っている老婆《ろうば》の注意を惹《ひ》かぬよう、立っている位置を移動した。反対側のすぐ前が銀行で、そこは薄暗かった。桐子は、その場所にも立った。

桐子は、ここに人から依頼されて来ている。

頼んだのは、信子であった。桐子は、信子と同じ部屋に同居している。同郷なので、彼女は信子を頼って上京して来たのだが、部屋もひとりで借りる余裕がないので、信子の好意で置いて貰《もら》っていた。その信子から、桐子は監視を頼まれたのである。

相手は杉浦健次だった。信子は、その依頼のことで、すべての事情を彼女に話した。うすうす桐子が察していたことだが、健次は、信子の愛人であった。バーのマダムの弟で、このレストランに働いている。ときどき、姉の経営するバーへやって来る。信子は、この健次と深い交渉をもっていた。

信子の話では、健次が近ごろ、彼女に冷たいので、ほかに新しい女ができたのではないかと疑っているという。前から気づいていたことだが、最近、特に、それがひどくなったと云《い》った。桐子もそれは、この前の晩、健次が来たときの様子と思い合わせてうなずけた。あのときの健次は、信子にひどく冷淡だったのである。

信子は、こう云った。彼女は昨日、健次と会う約束をしていたのに、急に彼から断わって来た。その断わり方がひどく無愛想で、信子がどのように頼んでも肯《き》いてくれないというのである。そこで信子は、健次が自分との約束を俄《にわ》かに破棄したのは、新しい女と逢《あ》うためだと考えたのである。それを話して、信子は涙声になっていた。

「私が、レストランの前に立って、健次さんの出て行くのを見ていると、もし見つかった場合、彼がとても怒ると思うの。だから、あなた今晩、お店を休んで頂戴《ちょうだい》。そして、私に代って見張っていて、もし、健次さんがどこかに出掛けるようだったら、そのあとを跟《つ》けて貰いたいわ。どんなにお金がかかってもいいわ、タクシー代なんか、全部私がもつから」

信子は、そう頼んだ。店の方も、自分がちゃんと桐子が休んでも差支《さしつか》えないようにするから、とも云った。信子の依頼は必死だった。

「悪いけど是非、そうしてよ。ね、リエちゃん、頼むわ」

桐子は承知した。それは、ただ、恩になっている信子の頼みを断わりきれなかっただけではなく、彼女は、聴いてからむしろ、積極的にその役目を引き受けたのである。

桐子は、杉浦健次に興味をもっている。いつぞや、彼が箱根から帰って来たという晩、バー〝海草〟に寄ったときの様子が、桐子の注意を奪っていた。

なぜ、健次は大塚弁護士を識《し》っているか？

それにも興味があった。しかし、健次があのとき、煩悶《はんもん》していた原因を、桐子はもっと知りたかった。あの時の様子は、ただ、酒を飲んで取り乱したという状態ではない。

阿部の話をきくと、杉浦健次は、そのレストランで人並以上に働き、店のためを思って尽しているということであった。健次がその店に見習いに行っているのは、いずれ独立して自分の店を開くための修業らしいから、彼が真面目《まじめ》に働いているのは解るが、特に店のためを思い、人一倍働いていることに、桐子は、別の意味を探ろうとしていたのだった。

彼女が信子の依頼を受けてそのレストランの見えるこの場所に立ったのは、その興味が自分から進んでその役目を引き受けさせたといえる。

彼女の立っている前を、通行人が絶えず通った。同じ人間が引き返して来ることもあった。桐子が、その辺をゆっくりと人待ち顔に歩いているのを、誰も注目する者はなかった。花を売る娘や、チューインガムを売る子供が通る。これは同じ人間が何度も彼女の前を横切ったわけだが、彼らも、桐子には注意しなかった。

桐子は時計を見た。八時である。ここに立って、もう一時間を過ぎていた。

レストランの通用口には、ときおり、使用人の出入りはあるが、杉浦健次の姿はまだ見えなかった。信子の話によると、レストランの閉店は九時だが、今までの例からすると、健次は途中から抜け出して来ることがあるというのである。桐子を七時からここに監視に立たせたのは、その理由からだった。

桐子が何回目かの見張りの散歩を繰り返して、煙草屋の前に来た時だった。洋裁店のウインドーの強い光が、歩いてくる人間を一際《ひときわ》浮き立たせているのだが、ふと、彼女の目が、向うから歩いてくる若い男の目と合った。こちらが声を出さないうちに、先方から彼女の前に立ち止った。

「やあ」

若い男は、桐子の正面で笑った。

「君、〝海草〟にいるひとだね?」

桐子は、その青年の顔が、杉浦健次の友人の「山上」という名前の男だと判《わか》った。この男が、この前の晩〝海草〟に来た健次のあとから入って来て、二人で連れ立って出て行ったのを憶《おぼ》えている。桐子は街角でそれを見送った。どういうものか、あの時、この山上の方が、健次に何か謝っている様子だった。

「どうしたい、今夜は?」

山上は、桐子をのぞくようにして云った。店を休んでいるのでそう訊《き》いたのである。

桐子は、山上と話している間、健次の外出を見逃してはならないと思い、位置を変えて、視覚の隅《すみ》にレストランの通用口を入れて置いた。

「今夜は休んだんです」

店のことだった。

「へえ」

山上は、オーバーの左のポケットから煙草を取り出した。一本を啣《くわ》えると、同じポケットからライターを出して、俯向《うつむ》いて火をつけた。何か、ややこしい模様のついたライターだった。そのライターのあかりが山上の瘠《や》せた頰《ほお》を照らした。

「何か、いいことでもあるのかい?」

煙を吐いて、山上は桐子を覗いた。頰骨の出た顔である。好感のもてない眼つきだった。薄い唇が歪《ゆが》んだように笑っている。

桐子は、咄嗟《とっさ》の返事に迷ったが、

「今から、映画に行くところなんです」

と云った。早く、山上がここを去ってくれるように心でねがった。

「それで、ここで、誰かと待ち合わせているのかね?」

山上は、にやにやして訊いた。

「うんん、そうじゃないんです。どこの映画館へ行こうかと、考えながら歩いているところですわ」

「どうせ、君ひとりじゃあるまい。もし、ひとりだったら、ぼくなら、体が空《あ》いてるがね」

山上は、やはり、薄ら笑いを浮べながら云った。冗談か本気か分らなかった。

「困りますわ。この次にして頂きます」

桐子は、山上に、今ここでねばられては困ると思った。山上は大きく笑った。

「そうか、邪魔をしたね。じゃあ、この次でも、都合がよかったら、約束してくれよ」

山上は、背中を見せて人混みの中に歩いて行った。

桐子は、安心した。彼と話している間でも、眼は絶えず通用口に向けていたのだが、健次の姿は現われない。

ふと、気づくと、横の煙草屋のおばさんが、二人の会話を聞いていたのか、ひとりになった桐子をじろりと見た。

それから、二十分ほど待った。通用口のドアが開き、オーバーを着た背の高い男が出て来た。桐子は、また腕時計をめくった。八時半である。彼女は、杉浦健次の後《あと》を追って歩き出した。

タクシーに乗ってからの桐子は、絶えず、前の車から眼を離さなかった。運転手にもそう云いつけてある。前のタクシーから決してはぐれないようにと頼み、どこまでも尾行するように念をおしてある。

銀座からタクシーで三十分かかった。

寂しい電車通りから、車は左手に折れる。それは、車一台がやっと入れるせまい道だった。桐子は、咄嗟《とつさ》の目標を探した。

電車通りを越した向い側に風呂《ふろ》屋がある。のれんを潜《くぐ》っておかみさん風の女が二人、入って行くところだった。桐子はそれを頭に憶えた。

前のタクシーの赤い尾燈《テイル》が、暗い路地の中で光りながら進んでいた。こちらの車の、ヘッドライトの光は、寂しい住宅街を映し出した。小さな四つ角をいくつも越えた。桐子は、その辻《つじ》の数を数えた。

五つ目を数えた時だった。前の赤い尾燈が止った。

「ここでいいわ」

桐子は急いで運転手に云った。

「すぐバックして頂戴《ちようだい》」

これは、健次に尾行を悟られぬためだった。車を降りて、片側に身を寄せた。彼女の乗ったタクシーは後退をはじめている。前の車は、ドアを開けて、健次が金を払っているところだった。角に街燈《がいとう》がある。その光が、健次の特徴のある肩を映し出していた。

　金を払った健次は、そのまま、横の路地を歩いて行く。桐子はその後を跟《つ》けた。両側に高い建物があったが、それはアパートだった。健次は、俯向き加減に歩いていた。アパートを過ぎた。彼女は、なるべく、道の片側を歩いた。ここから更に暗くなってくる。

　健次が入ったのは、小さな普通の家であった。隣が大きな家で、長い塀《へい》が続いている。片側は事務所みたいな作りの赤煉瓦《あかれんが》の建物だった。その両方に挟《はさ》まれてひどく目立たない家だった。健次がその家に確実に入ったことは、後ろから歩いて来た桐子に、格子戸《こうしど》の音で判った。

　狭い路地だが、前もわりに大きな家が並び、森閑とした一角であった。通行人もあまりない。夜目にも、その健次の入った家の植込みの樹が、黒い固りとなって小さな塀からさし出ていた。

　桐子は、表札を読むつもりで小さな門に近づいた。番地があるだけで、名前はなかった。むろん、これは、彼の家ではない。しかし、その入り方が、いかにも我が家のように堂々としていた。案内を乞《こ》う様子もなく、ベルも鳴らさないのである。桐子の頭に瞬間に閃《ひらめ》くものがあった。

この辺の土地の状況といい、杉浦健次の入り方といい、この家が彼の隠れ家ではないかと思った。この家に誰が住んでいるのであろう。信子の云うように、果して健次に愛人がいるとすると、多分、これがその愛人の家かもしれないと思った。

普通の家なので、桐子は入り込んで様子を見るわけにも行かなかった。近所にこの家のことを訊《き》こうにも、どの家もひっそりと戸を閉めていて、人の影もない。これでは誰に訊きようもないのである。

桐子は、二十分もそうしていたであろうか、どうする方法もないので、つくねんと立っていた。

その時、急に下駄《げた》の音がした、見張っている家からである。桐子は身体《からだ》を隠した。出て来たのは中年の女だった。近くに使いに出るのでないことは、女が、外出着を着て、手提袋《てさげぶくろ》のようなものを下げていることで見当がついた。

桐子は、隠れた場所から出て、女に追いついた。

「少し、お伺いしたいんですが」

女は、桐子を振り返って、胡散《うさん》げな眼つきをした。文字通り、彼女の頭から足の先まで、遠い街燈の光で調べるように見た。

「ご近所に、田中さんという方がいらっしゃいませんでしょうか？」

咄嗟の知恵だった。

「いいえ、おりませんよ」

女は、云い捨てて歩き出そうとした。

「でも、確かに、この家だと伺ったんですが、田中さんというのは、ご夫婦とお子さんなんです。お宅に、そういう方は同居していらっしゃいません？」

「いいえ、おりませんよ」

女は、少し、突っけんどんに答えた。

「どうも、すみませんでした」

杉浦健次がその家に入って間もなく、中年女がひとり出て来た。外出支度である。それだけで、すべてが、桐子には察しがついた。

この家を、健次が隠れ家にしているのに間違いはない。多分、中年女は留守番であろう。雇い主が来たので、早速に外出したのだ。女にわざと家を空けさせたのである。その留守の間に、杉浦健次がどのような用事をするのか。桐子は、健次の傍《そば》に、もう一人の女を置いて考えた。それだと、中年女が、わざと、今ごろになって外出する理由が解《わか》るのである。

桐子は、そこまでの察しはついたが、それ以上に、確かめることはできなかった。家に入るわけにはゆかない。こうなると、健次が、再び出て来るのを目撃する以外にはなかった。その時に、健次がひとりで出て来るか、或《あ》るいは、女連れで出て来るかである。或いは、女は、途中まで見送りに出て来るかも知れない。桐子は、その時に女の顔を確かめる以外に、方法はないと思った。

それにしても、それは時間を要することである。桐子は時計を見た。九時半になっていた。三十分では、杉浦健次は出て来ないと思った。

彼女はその場所から歩いて街の方に向った。一つは、辺《あた》りがあまり人通りがないので怪しまれてはならなかったし、寒いせいもあった。

路地を抜けるまで、前に見たアパートの建物がある。高い建物の窓からは明りが洩《も》れ、笑い声が道路まで聞えていた。そこを過ぎると、また寂しい通りである。桐子は、タクシーから降りた場所に出た。この通りは少し勾配《こうばい》になっている。そこを下ると電車通りで、ここに来る時に憶えた風呂屋があるはずであった。

電車通りに出て、たっぷり十分は費やした。電車通りには退屈な風景しかない。人が歩いている。

桐子はふと例の小さな道の方を見た。そこから歩いたので、かなりな距離がある。

一人の男が道から出て来て、電車通りと反対の方に行った。ひどく急いだ足どりであった。

四十分経《た》った。桐子は、そろそろと、その小道に引っ返した。寂しい住宅がもとのままにつづいている。

桐子が、その方へ歩いている時だった。うしろから自動車のヘッドライトの光が射《さ》し、彼女の歩いている先を照らした。狭い道なので、塀の傍に体をつけるようにして、桐子は避けた。光が過ぎるまでは、眩《まぶ》しくて車の中が分らなかったが、車体が通過した時に、女がひとり、その中に乗っているのが見えた。桐子は、その車が尾燈を見せてゆっくりと去っているときも、なお、その場所で見送っていた。

乗っている女に心当りがあるわけではない。何となく、この路地に入って来た自動車に注意したのである。車は、彼女の見ている前で止った。その場所が、杉浦健次がタクシーを止めたと同じ所だった。

ドアが開き、女の姿が車から地上に降りた。薄暗い街燈の光だったが、その前を横切って、女の姿は辻の中に消えた。一瞬に見た影は、背のすらりとした黒いオーバーの姿だった。ドアの閉《しま》る音を聞いて、桐子は前に進んだ。その婦人がどこに入るのか、見届けたい気持だった。

角を曲ると、アパートの灯の下で、歩いている女のうしろ姿が見えた。暗い所へ来ると、遠い街燈の光が、その女を淡く浮き出させた。赤い煉瓦の建物の次が、例の小さい家だった。桐子が凝視しているうちに、その姿が中に消えた。まさかと思ったが、予感が事実となって彼女の前で起ったのだ。つづいて格子戸の開く音を桐子は聞いた。信子の云《い》う健次の女は、その家にいたのではなかったのである。健次とその女が、諜《しめ》し合わせてその家で落ち合っていることは、桐子にも、すぐ察しがついた。寒い風が足もとを吹いている。白いものが地を転《ころ》がって来たが、これは、小さな反古《ほご》が風に吹かれて来たのだった。それ以外に、辺りに動く影はない。

その家は、やはり、黒い影を闇《やみ》の中に沈ませて、物音ひとつしなかった。桐子は小さな門を潜った。正面に格子戸の玄関がある。門燈が鈍い光で、軒の低い、古びた玄関を見せていた。

ここまで来て、桐子は、その玄関の横に別の木戸があることを発見した。戸は閉っていない。木戸を通ると、その家の横に出られるようだった。これは庭か何かであろう。しかし、そこに出ても、その家の戸締りのために、中は覗《のぞ》けないはずであった。格子戸は、今の音を聞いても分ったように、一分の隙《すき》もなく閉っている。

中年女は、当分、帰って来ないであろう。遠くの方でラジオが鳴っていた。葉を落した植込みの梢《こずえ》の上には星がなかった。桐子は門の中に足音を殺して入った。

内から音がはじめて聞えた。桐子が耳を傾けた時、その音は俄《にわ》かに高くなった。あっという間もなく、格子戸が忽《たちま》ち開《あ》いたのである。黒いオーバーを着た女が、桐子が背中をかえす余裕のないうちに、正面から現われた。

桐子は、思わず、口の中で小さな声をあげた。が、実際に大きな声をあげたのは、相手の女の方だった。女は、桐子の前に、一瞬、棒のように立っていたが、肩が波打っていた。

「わたしがやったのではありません」

その女は叫んだ。桐子は、女の激しい身振りと、突然の言葉に、呆気《あっけ》にとられた。

「あなたが証人になって下さい。私がやったんじゃないんです」

その女は、息を切らせて、もう一度叫んだ。身体をがたがたと震わせていた。桐子は、こんなに震えている人を見たことがない。

その女は、桐子を見つめて、しばらく黙っていた。せわしない息だけが高かった。桐子は、その女が黙っているのは、感情の激しさで、あとの言葉が出ないからだと知った。

その女は背が高かった。桐子が見てもきれいな顔だった。しかし、彼女の顔色は、薄い電気の光で見ても、蒼褪《あおざ》めていた。眼が大きく剝《む》かれている。形のいい唇をあけて、呼吸《いき》を喘《あえ》がせていた。

桐子に、女の云うことがやっと了解できたのは、彼女が桐子を突然抱えるようにして座敷に上げてからだった。

三畳間が玄関で、次が六畳になっていた。その次が八畳である。桐子は、その間取りを後まで憶えていた。

八畳の間に置炬燵《おきごたつ》があったが、その横に、ひとりの男が仰向けに仆《たお》れていた。血が置炬燵の布団と座敷に流れている。鮮《あざ》やかな血の色は、絵具でも塗ったように絵画的に見えた。男は、乱れた髪を血の中に漬け、指は拳《こぶし》に握っていた。杉浦健次は天井に眼を剝《む》いていた。

桐子は脚が竦《すく》んだ。

「わたしが来たときから、こうだったんです」

横の女が、桐子にしがみつくように肩を摑《つか》んで云った。

「わたしは、今、来たばかりなんです。わたしが、この人を殺したんじゃありません。来たときに、もう死んでいたんです」

女は、咽喉《のど》が渇《かわ》いているときのように、嗄《かす》れた声を出した。桐子にも事情が判《わか》った。この女が今、家に入ったばかりであることは、桐子自身が眼で確かめている。杉浦健次が殺されたのは、彼女が来るもっと前であろう。彼女には時間的にも余裕はなかったはずだし、死体の状況は、ある時間の経過を思わせていた。

「あなたが、証人になって下さい」

女は、慄《ふる》えながら云った。

桐子は、人間の体が、このように大きく震動するのを見たことがない。瘧《おこり》にとり憑《つ》かれたように、音を立てそうなくらいに震えていた。実際に、小さな音がしたが、これは、女が歯をカチカチと鳴らしているのだった。桐子は、すぐには返事をせずに、死体の状態を見た。健次の血は、胸から腹にかけてワイシャツの上から流れ出ている。彼の手は、二人の見ている前で一度動いて痙攣《けいれん》した。

「ねえ、あなたは信じて下さるでしょう、わたしがしたのでないことを！」

女は、声を途切らせて云った。桐子はうなずいた。それを見て、背の高い女は、眼を大きく開け、

「わたしに、あとで疑いのかかったときに、あなたが証人になって頂きたいんです」

と、桐子の肩を揺すぶるように云った。

「わたしが不運だったんですよ。殺された人の、すぐあとに来たのが不幸だったんです。わたしを救ってくれるのは、あなただけですよ。ぜひ、お名前を聞かせて下さい」

血のにおいが桐子の鼻を衝《つ》いた。が、この女の身につけている高価な香水の匂《にお》いもそれに混った。

「名前は云います。あなたの証人にもなりますわ」

桐子は、はじめて、口を開いて答えた。

「でも、あなたはどなたです？」

女は、すぐには返事をしなかった。逡巡《ためらい》が明らかに彼女の口を塞《ふさ》いだのである。

「あなたはどなたです？」

桐子は、また云った。その質問は、女に威圧を与えたようだった。

「わたしは、河野径子《みちこ》と云います」

女は、白状するように云った。

桐子は、この女性を見たときから予想していたことなので、その返事に愕《おどろ》かなかった。杉浦健次の勤めているレストランの女主人である。この家は、杉浦健次と、その女主人径子との出逢《であ》い場所だ。それも、桐子が瞬間に察したことだった。

「わたくし、名前を申し上げましたわ。わたしは、健次さんの働いている店の経営者です」

径子は狼狽《うろた》えていた。健次という名が死体の主であることの説明を忘れていた。これは、桐子にかえって余裕をもたせた。

桐子の瞬間の想像は延びた。

健次が大塚弁護士のところに電話をかけようとして中止したあとの、あの取り乱し方を思い出して、健次の恋人のこの河野径子と大塚弁護士との間を推察した。健次のあの煩悶《はんもん》は、径子と大塚の関係以外にない。健次は、なぜ、大塚弁護士に電話しようとしたか。径子と大塚との間には何かがあるのだ。健次はそれで悩んでいたのだ。

——この推測は、また一瞬の間に、桐子の頭の中で成立した。

桐子の眼は、座敷を見まわしていた。調度は少なかった。一軒の家の生活を考えると、ひどく簡単なものだった。が、少ない調度は、それ自身が贅沢《ぜいたく》だった。この座敷の配合は、明らかにちぐはぐなものがある。毎日生活するのには、いかにも器具が足りない。が、置かれている器具は上等な品である。この不均衡は、それ自体、この家が男と女の仮の出逢い場所であることを物語っていた。

死体の横に小さなものが落ちているのが桐子の眼に止った。それは、金属製で、銀色に光っていた。ライターだった。殺された男のものかも知れない。

炬燵の上には、煙草《たばこ》の函《はこ》が口を開けて置いてあった。灰皿には吸殻はなかった。二、三本の煙草が函からこぼれている。

「早く、あなたのお名前を聞かせて下さい」

径子は、早口に云った。崖《がけ》から落ちかかっている人間が、手で草の固りを摑むためにもがいているような状態だった。

「柳田桐子と云います」

桐子は、眼を死体の上に冷静に据えながら答えた。殺された人間を見て、この若い娘は、声ひとつ挙《あ》げなかった。唇を強《きつ》く結び、額を蒼《あお》くしただけで、さしたる変化もなかった。

「お所は？　お所を聞かせて下さい」

径子は続けた。

「銀座のバー〝海草〟で働いているんです」

バー〝海草〟と聴いて、径子の方は呼吸《いき》を呑《の》んだ。彼女は、恐怖のままの眼を桐子に向けた。

「〝海草〟というと、健次さんのお姉さんの？」

径子は、桐子の顔を見つめた。

「そうなんです。そこで働いています」

桐子は、ゆっくりと答えた。

径子は、唾《つば》を呑みこむように咽喉《のど》を動かした。

「判りましたわ。それで、あなたがここにいらしたのね？」

径子は誤解している。桐子が健次の姉の経営するバーで働いているので、その関係で、健次をこの隠れ家に訪ねて来たものと思っている。桐子は、その誤解に弁解しなかった。

「そう」

径子は縋《すが》るような眼つきでうなずいた。

「柳田桐子さん、柳田桐子さんですね」

名前を確かめるように、続けて訊《き》き直した。

「誰が、殺したんでしょう？」

桐子は、呟《つぶや》いた。

「判りません。誰だか、わたしには、少しも判りません」

径子は、大きな声で答え、激しく首を振った。

「出ましょう」

と云ったのも径子の方だった。

「誰か、来るといけませんわ。留守番の者が帰って来るかも知れない。さあ、出ましょう」

径子は先に歩いた。

六畳の間と三畳の間の畳を、桐子は踏んだ。玄関に脱ぎ捨てた自分の靴を、揃《そろ》えてはいた。

死んだ健次の靴は、隅に乱暴に置いてあった。

径子はもう外に出ていた。

桐子はひとりだった。電車通りに出た。径子の姿は見えない。逃げたのだ。

正面に見覚えの銭湯がある。金盥《かなだらい》を抱《かか》えた女が二人、笑いながら暖簾《のれん》を潜《くぐ》って入った。一方の男湯の口からは、若い男が三人、手拭《てぬぐ》いをぶら下げて出て来た。通りかかった電車が、すぐにそれを隠した。自動車が走っている。トラックが通る。人が歩いている。何の変哲もない夜の風景だった。今、この町のすぐそこに人殺しがあったことなど、誰も関心をもっていないといった情景だった。

桐子は、電車の停留所の方に歩きかけた。停留所の標識の下に、電車を待つ四、五人の人影が立っている。

誰も、今、殺人があったことを知らない。

桐子は、眼で探したが、径子の姿はなかった。先に出た彼女は、その辺でタクシーを拾って逃げたに違いなかった。

桐子の頭に、殺人現場の状況が灼《や》きついている。それと、眼の前の情景とは、まるで世界が違うようにかけ離れた風景だった。歩いて三分とかからないところに、血を噴《ふ》いて死んでいる男がいるのだ。

自転車に乗った男がひとり、流行歌をうたいながら走り去った。桐子の頭に残っている情景が、現実の視覚に映っている今の退屈な風景に薄れそうであった。やはり、眼に見えている方が強い。

桐子は、突然、足を止めた。彼女の脳裡《のうり》に、白く光るものがある。ライターだった。赤い血の流れている横に置かれた小さな銀色の器具は、色彩の配合を考えたように美しかった。

あれは、死人の持ち物かと思ったが、もしかすると、犯人のものかも知れない。この考えが、急に、今、瞬間に起ったのである。辺りの現実の風景が、この時に消えた。頭に残っている血のある光景が、眼の前に鮮やかに拡《ひろ》がって来た。

桐子は、時間を考えた。あの家を出てから五分とは経《た》っていない。あの家に、そのあとの侵入者はない筈《はず》である。ここからあの家まで歩いて三分である。桐子は足を返した。小さな道を入った。

角を曲ると、さっきから何度目かに見るアパートがある。窓の灯は、まだ消えていなかった。笑い声も続いている。

桐子は、あの家の門を入った。暫《しばら》く、耳を澄ませて立ったが、物音は聞えて来なかった。近所のラジオの音も消えていた。桐子は、訪問者のように玄関の戸を開けて入った。自分ながら、冷静に靴を脱いだ。

そのとき、ふと見ると、玄関の先に黒いものが落ちていた。桐子は、それが黒の皮《かわ》手套《てぶくろ》であることを知った。前に出るときは、気がつかなかったものである。しゃれた唐草《からくさ》模様が手套の目立たぬところに入っている。婦人用の右の片方であった。桐子は、それは、径子が落したのだと知った。彼女は、それを手に握った。この時は、目的もなく、ただ握っただけだった。

三畳と六畳を通った。桐子は、畳の柔らかさが足の裏にこの瞬間ほど敏感に感じたことはなかった。踵《かかと》が畳に粘りつきそうであった。

八畳に来ると、死体も、血も、置きもののように静かに以前のままになっていた。

死人もまだ、天井に眼を剝いている。動いていなかった。まるで欠伸《あくび》をしたように口を開けていた。金歯が光っている。血が、前よりもワイシャツに拡がっているのが、桐子が留守をした間の僅《わず》かな変化であった。銀色のライターはあった。

桐子は、それを屈《かが》んでつまみあげた。模様がついている。葡萄《ぶどう》とリスを扱った意匠が金をあしらって飾られていた。葡萄の部分が二粒ばかり疵《きず》がついている。桐子は、いつかの晩、健次がバーに来て煙草を喫《す》った時の状態を思い出した。

あの時、健次は、煙草をくわえたまま、ポケットを探った。マッチを出したのも憶《おぼ》えている。信子が素早く火を擦《す》ったので、健次は、役立たなかったマッチをまたポケットにしまった。確かに、あのときはライターではなかった。つまり、健次はライターを持っていなかった。

布団《ふとん》の上には、灰皿はあるが吸殻はない。煙草も出ているが、ここで吸った形跡はなかった。ライターが出ているのは、少し不自然であった。桐子は、それが犯人のものだと直感した。

彼女は、それをポケットに入れた。それは、五秒と数えない間の思考の結果であった。右手は、女物の右片方の手套をまだ握っていた。桐子は、それを死体の横に落した。ちょうど、ライターのあった場所だった。黒い手袋は、すんなりとした指先を見せて、商品のように畳の上に桐子の手によって置かれた。銀色のライターの代りに黒い手套を置いても、赤い血との配合はなかなかによく似合った。

桐子は玄関の方に行った。靴を履《は》くとき自分の蹠《あしうら》を見たが、ナイロンの沓下《くつした》のどこにも血は付いていなかった。戸を閉めて通りに出た。

暗い小さな道には、人が歩いていない。近所の家も人が出ていなかった。アパートの前を通った時に、若い男が二人、ドアを開けて出て来たが、桐子をちょっと眺《なが》めただけだった。心配はない。どこの誰が通っているのか判《わか》らないのである。

電車通りに出て、停留所の方に歩いた。さっき電車を待っていた人々は去り、新しい人間が二人ばかり寒そうに佇《たたず》んでいた。桐子は、その群れの中に入った。相変らず、辺りは平凡な夜の光景であった。

桐子は、〝海草〟に寄った。

看板になる前だった。客がまだ残っている。

「あら、リエちゃん、どうしたの？」

朋輩《ほうばい》が訊いた。桐子が今夜休んでいるので、訊《たず》ねたのだったが、理由は、信子がうまく云《い》ってくれているはずだった。

「郷里から人が来るはずだったの。出迎えに行ったんだけど、とうとう来なかったわ」

客席にアコーデオン弾《ひ》きが入って来て、客の注文で唄《うた》を歌っていた。信子が桐子の姿を見て、客席を立って来た。

「リエちゃん、ちょっと」

片隅に呼んだ。桐子は、呼吸も乱していなかった。

「どうだったの？」

信子は、小声で訊いた。

桐子は、小さい声で答えた。

「済みません」

「健次さんの姿が見えなかったの」

桐子は結果を報告した。

「わたし、表に立っていたんですけど、あんまり出て来ないので、公衆電話からあのレストランに電話して、訊いてみたんです。そうしたら、三十分前に、健次さんは出て行ったと云うの。きっと、わたしが気づかない間に出て行ったんでしょう」

信子は、はっきりと落胆を見せた。

「どこへ行ったのか、判らないのね？」

「ええ、訊いても云いませんでした。ほんとに悪かったわ。わたし、十分に気をつけて見ていたつもりでしたけど、知った人に会ったので、話している間に、健次さんを見落したんじゃないかと思うんです。その人が、あまりしつこく話しかけるんで、ちょっと気をとられました」

「誰？」

信子は、どっちでもいいような訊き方をした。

「山上さんです」

桐子は答えた。

「健次さんのお友だちで、ここに見えた人です。ばったり、立っているところで出会って、何をしているんだと、いろいろ訊くので、ごまかすのに苦労しましたわ」

「山上さんに会ったの？」

信子は、不愉快な顔をした。彼女は山上に好意をもっていないらしかった。

「それで、電話で健次さんがいないと云うものですから、仕方がないので、あれから映画館に入りました。そして、もしかすると、健次さんがまた帰って来るかも分らないと思って、もう一度電話したんですが、何度呼んでも出て来ないんです」

「そんな時刻にかけたって仕方がないわ」

信子が、少しヤケに云った。

「ほんとに、済みませんでした。この次、きっと、うまくやります」

桐子は詫《わ》びた。

「そうね、その時は頼むわ」

信子は、怒ることもできないので、不満そうに答えた。

「おい、リエちゃん」

テーブルで、桐子の姿を見た客が呼んだ。

「ここへ来ないか？」

「はい」

桐子は、その席に近づいた。客に見せた顔は、屈託のない笑い顔だった。

「どうした？　今日、休みと聞いたが、今、デイトの帰りかい？」

客はからかった。

「違うんです。そんな人、わたしにはいませんわ」

客は、それに冗談を返し、飲みものを訊いた。

「ジンフィズを頂きます」

桐子は平気で云った。

杉浦健次の死体は、留守番の女が帰って来てから発見された。匕首《あいくち》ようのもので、胸部を刺され、心臓に達した傷が致命傷だった。凶器は現場から発見されなかった。

この事件は、新聞に大きく出た。留守番の女の証言もあって、河野径子《みちこ》は第一の容疑者として逮捕された。その事情は次の通りである。

杉浦健次は、河野径子の経営するレストランのボーイ頭であった。彼は、その店に二年間働いていた。九州から上京すると、姉の経営しているバー〝海草〟にはいないで、将来、自分がレストランを経営する心算《つもり》から、その時の準備として、そのレストランで働いたのである。

その店に入って一年後に、彼は河野径子と関係をもった。径子の供述によると、健次から誘惑されたと云っているが、彼は径子より年下である。死人に口無しで、真相は判らないが、或いは、径子が彼を誘惑したのかも判らない。径子が、夫を失って三年後であった。

このことについて径子は、検事の前に次のように供述した。

「私が健次さんとそのような関係になったのは、一時の過《あやま》ちでした。その後、私は自分を反省して、何とかこれを清算しようと思い続けました。健次さんの方では、私にまだひどく未練をもっていて、私の云うことを聴きません。若い人だし、私に夢中になったのです。

私は、どうしてでも健次さんから離れようと思いました。しかし、あの人は、執拗《しつよう》に私を追ってきました。

この関係は、店の者にかくしていました。わたしたちは、気ぶりにもそれを見せなかったのです。けれど、使用人の古い方はうすうす知っていたようです。健次さんに妙に遠慮するので、それが分りました。健次さんは、私とのことがあるので、店のために一生懸命働きました。殆ど、使用人という立場ではなく、自分の店という考えで、いや、私のためを考えて働いてくれました。私は、その気持はいじらしいとは思いましたが、このような若い人といつまでもそんな関係をもっていてはならぬと思い、また、健次さんのためにもよくないと考えました。

私たちは、二人で逢《あ》うために、あの現場の家を借り受けました。そこにわたしが中年の女のひとを雇って留守番にし、誰にも知られぬようにしました。もっとも、近頃は、私も健次さんとは、なるべく逢わぬようにしていました。あの家にも、最近では、殆《ほとん》ど行っておりません。できるなら、その家を解約したかったのですが、健次さんの気持が定まらぬうちは、それもでき兼ねていました。

というのは、健次さんの思い詰め方が激しかったからです。若い人は生一本なだけに、感情のままに何をするか判りません。それが、最近になって、私に分ったのです。

こうなれば、何もかも申し上げなければ仕方ありませんが、私は、その後、大塚欽三弁護士と親しくなり、特別な関係に発展しました。私は、そのためにも、健次さんと早く手を切りたかったのです。大塚先生と私の関係は、なるべく健次さんには隠すようにしていたのですが、あの人は、いつの間にか、それを知ってしまいました。

健次さんは、最近では私の云《い》うことを解《わか》ってくれて、自分も、近く、私の前から身を退《ひ》くと云っていました。ところが、私と大塚先生との関係が判ると、彼は逆上したのです。つまり、私が大塚先生と仲よくなったので自分を捨てるために別れ話を出したのだ、と考えたわけです。

健次さんは、私を度々《たびたび》脅迫しました。たくさんな使用人の眼があるので、そのチャンスを摑《つか》むのは、容易なことではなかったのですが、彼は、ちょっとした隙《すき》を窺《うかが》っては、私を人気のない所に呼び、大塚先生を思い切らなければ、自分は何をするか判らない、と云いました。ある時は、硝酸《しょうさん》の入っている瓶《びん》を見せびらかし、ある時は、ポケットの匕首を覗《のぞ》かせたりしました。

私は、健次さんが怕《こわ》くなりました。何をされるか、その時のことを思うと、体が震えました。

私は、それを、大塚先生には話しませんでした。先生は、私を純粋な女だと考えていて下さったのです。ですから、健次さんのことを、先生に打ち明けるわけにもゆきません。私は、独《ひと》りで悩んでいました。私は、それでも、大塚先生と逢うためには、健次さんの眼を掠《かす》めるようにしていました。ほんとうに、先生と逢っていても、薄氷の上を踏むような気持でした。そして、私を信じて下さる先生には、本当に済まないと思っておりました。

あれは、大塚先生とゴルフをしに箱根に行った時です。その時も、私は、ほかの用事を云って、別な場所に行くと、店の者に云って出たのですが、健次さんは、それを勘づいたと見え、突然、箱根のホテルにやって来ました。ちょうど、食堂で夕食をとっている時でしたが、健次さんの蒼《あお》い顔が入口に突っ立っているのを見た時に、私は、自分の顔から血の気が引くような思いでした。

健次さんは、ぶるぶると震えながら、私を責めました。そして、表に出ろ、と云ったのですが、私は、何とかして彼をなだめようとしました。現場を見られたのですから、これはどうしようもありません。

私は、ホテルの食堂に大勢の客がいるし、ことに、大塚先生がこちらに顔を向けているので、気が遠くなるような思いでした。それでも私が必死に頼んだので、健次さんも、私が少し可哀《かわい》そうになったのでしょう。納得してくれて、大塚先生にもちゃんと挨拶《あいさつ》して帰りました。連絡のために東京から来たということで、先生の前はとり繕いました。

そのことがあってから、健次さんは、いよいよ私に嫉妬心《しっとしん》を燃やしました。そして、この間、箱根から帰った時、大塚先生の家に電話して、一切をぶちまけてやる心算だった、とも云いました。けれど、すぐに私が大塚先生と手を切ったら、そのようなことはしない、と彼は云いました。

私は、それからというものは、健次さんに脅《おど》かされ続けでした。若い彼は、本気に私を殺し兼ねませんでした。それで、私は、あなたとこんな関係を続けていても、結局、年が違うから夫婦になれるわけではない。また、世間態から云っても同棲《どうせい》はできない。あなたも、まだ年が若いのだから、若い方を奥さんにして幸福になった方がいいのではないか、と云いました。

彼は、私のほかには、どんな女も眼に入らない。みんなつまらなく見える、と云い、一生、独身で暮すと云いました。彼は、本当に涙を流してそう云うのです。

可哀そうだったけれども、仕方がありません。私は、なおも心を籠《こ》めて説きました。そして、やっと、彼に別れることを承知させたのです。その時、私は、本当に別れるのなら、あなたが将来、店をもつための資金としてお金は出しましょう、と云いました。健次さんは、金なら要《い》らない、今でも小遣《こづか》いには不自由しないのだ、と云いました。それがどういう意味か、わたしには判りません。

もし、マダムに金を貰《もら》ったら、マダムと俺の関係はそれっきりになる、たとえ逢わなくても、それでは寂しいのだ、と彼は云いました。

そして、いよいよ、最後に逢ってくれ、と云ったのがあの晩でした。わたしは、行きたくはなかったのですが、それまでも断わると、彼が本気に怒り出して大変な騒動になりそうなので、渋々承知したんです。

約束は九時でした。わたしは、タクシーでその近くまで行き、あの家まで歩いて入りました。いつも二人が逢う時は、先に着いた方が留守番のおばさんを外出させるようにしていました。その晩、玄関を入ってもおばさんが出て来ないので、健次さんが先に着いていることを知りました。実際、玄関には健次さんの靴が脱いであったのです。

私は、健次さんがいつものように八畳の間にいると思い、奥まで進んで行きました。

すると、八畳の置炬燵《おきごたつ》の傍《そば》で、健次さんが血まみれになっているのを見ました。私は、それを見た瞬間、卒倒しそうでした。自分で自分が判《わか》らなくなり、急いで、その部屋から玄関に逃げ帰りました。頭の中には、殺されている健次さんの血だらけの死体だけがありました。

私は、正直のところ、その時の自分の立場を考えたのです。一番怪しまれるのは私です。その捕まった時の状態を思うと、血が凍る思いでした。

玄関から門の外に逃げようとした時です。ひとりの若い女にパッタリ出会いました。私は蒼くなりました。誰だか判りませんが、この家を覗いていたことは確かです。咄《とっ》嗟《さ》に私は、自分が犯人のように彼女の眼で見られていると思い、その若い女の人にしがみつくようにして、わたしがやったのではありません、と云いました。その若い人は、きょとんとした顔をして、あきれていました。

私は、自分が殺したのでないことを云い続け、その人に、証人になって貰うように頼みました。その若い女はうなずき、私といっしょに、奥の間に見に行きました。彼女も、健次さんが死んでいるのを見たわけです。

私は、その女の人に、住所と名前を訊《き》きました。証人になって貰うためです。その若い女は、バー〝海草〟で働いている柳田桐子だと答えました。バー〝海草〟と云《い》えば、健次さんの姉さんが経営している店です。彼女は、その関係で、何かの理由があって、健次さんのいる隠れ家に来たのだと思います。どちらにしても、その柳田桐子さんは、私が殺人者でないことを証言をすると云いました。

それだけ聴けば、わたしは安心でした。急に、そこに死体が転《ころ》がっているのが怕《こわ》くなり、後も見ずに、一散に逃げ出しました。柳田桐子さんがどうしているかも、わたしには構っていられませんでした。私は、その暗い道を走るようにして去り、タクシーを拾って、自分の店に逃げ帰ったのです。帰った時間は、十一時十分前でした。

右手の手套《てぶくろ》は、帰ってから紛失していることを知りました。どこで落したのか判りません。あとで、それが死体の傍にあったと聞いてびっくりしました。死体の傍に落した覚えは絶対にないのです。死体の傍にライターがありました。わたしはそれを見ています。

模様は葡萄《ぶどう》とリスのデザインでした。柳田桐子さんも、必ず見ていると思います。柳田桐子さんに訊いて下さい。あの人なら、わたしの無罪を証明してくれると思います」

柳田桐子は、係官に訊かれた。

彼女は、河野径子の云うことを全部否定した。

「わたしは、河野径子さんなどという人を、聞いたことも、見たこともありません。また、その晩、そのような場所に行ったこともありません。あの晩、わたしは、映画に行っていました……」

9

河野径子《みちこ》の供述と柳田桐子《きりこ》の証言は、完全に喰《く》い違った。

径子の供述の要点は、大体、次の通りになる。

① 径子は、自分の経営するレストランのボーイ頭《がしら》杉浦健次と以前に関係があった。径子は健次に関心は無いが、健次の方で年上の彼女にまだ執心を燃やしていた。

② 径子は、大塚欽三《きんぞう》弁護士と、去年から特別な関係になった。但《ただ》し、彼女は、大塚弁護士には、杉浦健次との関係を隠している。健次は、径子が大塚弁護士と特別な関係になったことに嫉妬《しっと》を持っていた。そのため、彼は絶えず径子に、大塚弁護士との縁を切るように強請し、もしそれが聞かれない時は、弁護士に総《すべ》てを暴露し、かつ、径子に危害を加える、と脅迫していた。

③ 径子は健次を宥《なだ》めていたが、遂に、最後の説得のために、前に、二人だけの場

所として借りていた、××町のかくれ家で落ち合うことを約束した。そこには留守番として中年女を一人置いている。

④当夜、約束の時間、つまり午後九時ごろ、タクシーでその近くまで行き、家に入ると、八畳の間の置炬燵《おきごたつ》のそばで血まみれになって殺されている健次を発見した。それで、彼女は愕《おどろ》いて飛び出そうとした時に、出口でぱったりと若い女に出遭《であ》った。

⑤彼女は、咄嗟《とっさ》に、自分の無罪を証明するため、その女を証人に頼み、現場に戻って見せた。その女は、径子の無罪を承認した。その時、若い女が名乗ったことから、バー〝海草〟の女給柳田桐子だということを知った。

⑥径子は、そのまま銀座のレストランに逃げ帰った。したがって、自分の無罪を証明するのは柳田桐子である。彼女は確かに自分の犯行でないことを認めているはずだ。

⑦自分の右手の手袋は、どこで落したか記憶がない。それが杉浦健次の死体のそばにあったのは合点がいかない。そんな所で落すはずがないからである。

これに対して、柳田桐子は全面的に河野径子の言い分を否定した。

①自分は、河野径子という人の名前も顔も知らない。したがって、会ったこともない。

い。

② その晩の午後九時ごろは、自分は日比谷の某映画館で映画を観《み》ていた。

③ それで、一度も聞いたことのない殺人現場のその家に、一人で行ける道理がない。

④ 河野径子が自分の名前を知っていたのは、多分、杉浦健次からかねて聞いていたのであろう。健次の姉の経営するバー〝海草〟にも健次がよく来ていて、自分を知っていたから。

取調べの担当検事は、両方の云《い》い分を突き合わせて考えた。

河野径子の云うことは、その表情といい、供述の具合といい、一応、虚偽を申し立てているとは思われない。しかし、一方の証人の柳田桐子も、眼を光らせて、頑強《がんきょう》に自分の主張を譲らない。彼女はまだ少女のような顔をしていたが、気の強い性格らしく絶対に自分の証言を変えないのである。そこで、検事は、両方の云い分をもとにして傍証固めをすすめた。

その結果、柳田桐子が、当夜、九時ごろ、その云うところの映画館に入っていたという証拠はなかった。但し、彼女は映画の筋はよく知っていた。この場合、桐子は上京して間がないから、観衆の中に知った顔がないのは不自然とは云えなかった。

しかし、彼女が殺人現場にいたという証拠もなかった。他の目撃者は誰もないのである。そして、これは、桐子が主張する通りに、その家を彼女が知っていたという形跡はなかった。その××町の家は、径子と杉浦健次とがひそかに会うための特別な家である。この秘密の家を誰も知らない訳であった。それで径子の云うように桐子とその家の現場で遭ったということは、どうも成立しそうにない。

但し、柳田桐子の友だちの信子が彼女に、恋人の杉浦健次の動静を探るように頼んでいる。その晩、桐子はバー〝海草〟を休んで健次の監視に当った形跡がある。これについては、柳田桐子は次のように云うのである。

「わたしは、信子さんから、杉浦さんの様子を見てくれ、と云われたので、杉浦さんの勤めているレストランの前で暫《しばら》く立っていました。それは七時ごろからだったと思います。けれど、いくら待っても杉浦さんは出て来ないので、わたしはそこに立っているのが少し恥ずかしくなり、退屈にもなり、足が疲れましたので、気を変えて映画館に入りました。それが八時四十分ごろだったと思います。わたしがレストランの前に立っていたことは、その近所に煙草《たばこ》屋さんがあり、そこの店番のお婆《ばあ》さんが見ていましたから、知っているでしょう」

煙草屋の老婆にそのことを訊《き》くと、それが柳田桐子とは分らないが、彼女によく似た人間が、七時ごろから一時間余り人待ち顔にぶらぶらしていたのを見た、と答えた。

桐子は、被害者の杉浦健次とは格別に親しい仲ではない。ただ、健次が桐子の勤めているバー〝海草〟のマダムの弟だという理由で、時たま、店に来る健次を知っている程度だった。また、桐子が供述する通りに、彼女は河野径子を全く知っていなかった。少なくとも径子と近づきになっている状況は挙《あ》がらなかった。

一方、径子の主張するように、殺人現場に、偶然、桐子が来ていた、ということは、いかにも偶然であり過ぎるし、桐子がその家を知っていたという実証がない限り、いかにも作りごとめいて不自然であった。この点は径子に不利なのである。

しかし、問題は、径子の容疑を深めている彼女の右手の手袋である。径子は、確かに右手の手袋が一つ紛失したことを云っている。なぜ、彼女が一方だけ手袋を脱いだか。径子の云うところによると、その家の中に入って手袋を脱ぐのがくせになっており、その時も確かに一方は脱いで座敷に入りかけたのだが、思わぬ現場の状況を目撃して、一方の左手の手袋を脱ぐのを忘れた、というのである。手袋を一方だけ脱いだ説明は、それで自然にうけ取れるが、不可解なのは、その手袋が死体のそばに落ちていたということである。

径子は、そんな所に落した記憶はないし、また落すわけがない、と云っている。

さらに、問題は、杉浦健次の死体を解剖しての所見であった。解剖の結果、杉浦健次は鋭利な刃物で背中から一突き刺されている。この傷は心臓部に達して即死であった。

ところで、現場検証の結果、健次は置炬燵の中に誰かと二人で並んで入っていた跡があった。つまり、犯人は健次と並んで話をしているうちに、不意に短刀ようの凶器で刺したと思われる。この点から見て、杉浦健次を殺した犯人は被害者と親しい関係にあったことが推定された。

それで、犯人は凶器を握るためには手袋の一方を脱がなければならない。が、いったん脱いだ手袋は、被害者が倒れたのを見て、あわてて現場を立ち去ったためにうっかりとその場に落したとも考えられるのである。この点も径子にとって不利な訳であった。

ただ、この場合に、検事の注目を惹《ひ》いたことが一つある。それは径子が、

「死体のそばにライターがありました。わたしはそれを見ています。葡萄《ぶどう》とリスのデザインでした。柳田桐子さんも必ず見ていると思います。桐子さんに訊いて下さい」

という供述の一部であった。

このことを桐子に訊くと、

「わたしは絶対に現場に行っていないのだから、そんなことが分るはずはありませ

ん」

と答えている。

だが、このライターの一件は、妙に検事の心に残った。調べると、杉浦健次は日ごろからライターなどは持っていなかった、と同僚も友人も云っている。現に、その日、健次は煙草を喫《す》うのにマッチを使っていた、とレストランで働いている親しい者は証言した。したがって、ライターが死体の近くに落ちていた、という径子の言葉が本当ならば、そのライターは犯人の物でなければならない。

径子も煙草を喫うが、自分はライターは持っていない、と云っている。また、実際に径子が真犯人であれば、ライターのことをわざわざ云うはずがないとも考えられる。尤《もっと》も、これは、彼女が自分の犯行を晦《くら》まし、捜査を混乱させるために虚偽のことを云った、といえばそれまでである。

検事は、径子の供述に、なんとなく真実性を認めないわけにはいかなかった。彼女は大塚弁護士との間も思いきって検事の前に告白している。その供述の態度から見ると、永い間、取調べの被疑者を観察してきている検事には、その真実性が直感で弁別できた。この場合も、径子の供述は検事を信じさせるものがあった。

そのことは、同時に、柳田桐子の証言に疑惑を持つことである。

桐子は、検事が調べてみても、絶えず冷静で、少女とは思われない芯《しん》の強さがあった。自分の云うことを主張するだけで、微動だもしなかった。

「君がここで嘘《うそ》を云うと、偽証罪に問われることになるよ。本当のことを云わないと、人ひとりが死刑になるかも分らないからね」

検事は、桐子を威《おど》かすように云ったが、彼女は顔色ひとつ変えなかった。

「検事さんは、わたしが河野径子さんを落し入れるとでも考えていらっしゃるのですか？　わたしがあの人を罪に落す理由はなんにもありませんわ。また、わたしがこの事件で隠し立てする原因は少しもありません。径子さんとわたしとは、なんの関係もないんですもの」

彼女は、検事を睨《にら》むようにして答えた。

なるほど、これは理窟《りくつ》であった。どのように調べても、柳田桐子と河野径子との間には利害関係がないばかりか、二人はそれまで会ったこともないのである。

参考人柳田桐子の取調べは三回にわたって終った。

この事件は、かなり大きく新聞に報道された。

事件そのものは、単に痴情殺人である。しかし、被疑者の河野径子が、銀座で有名なレストランの女主人というだけでなく、彼女と特別な関係にあったのが、一流の弁護士大塚欽三だったことである。

大塚弁護士の名前は、法曹界《ほうそうかい》だけでなく、一般にもかなり有名であった。誰も彼が一流の弁護士であることを認めている。それまでの業績が高く評価されていたし、彼の名前はジャーナリズムにも乗っていた。新聞や雑誌、放送にもたびたび彼が書いたり話したりしたことがある。いわば名士の一人なのだ。

思わぬ殺人事件から大塚弁護士のスキャンダルが暴露された。それだけでも衝動的だったのに、被疑者の河野径子が頑強に無罪を主張したことも、世間の興味をそそった。

この事件には、直接の証拠が乏しかった。第一に、凶器がないのである。解剖の結果によると、鋭利な刃物と鑑定し、それは短刀か匕首《あいくち》ようの物と推定された。しかし、この凶器の発見ができない。それに河野径子がそのような凶器を入手したという傍証も挙がらなかった。

死体の模様から見て、返り血が犯人の衣服にもかかったと思われるが、河野径子の衣服にはそれがない。また、置炬燵の蒲団《ふとん》やその他現場に遺《のこ》っている物から犯人のものと思われる指紋は検出できなかった。ただ、その辺の調度品には、古くて不明確な径子の指紋はあったが、それが犯行当日のものでなく、彼女が、前に、健次と会うためにここへ来た時に付いたもの、と鑑定された。

要するに、この事件は、状況証拠だけで、物的証拠に乏しいことも世間の興味を集めたのである。

阿部《あべ》啓一は、柳田桐子に会うために、バー〝海草〟に行った。

「あら、リエちゃん、もう辞《や》めたわよ」

店の女は、彼に告げた。

「いつからだい？」

「一昨日からだわ」

店の女は、いい顔をしなかった。

やはりマダムの弟に関係した彼女のことなので、マダムへの遠慮もあったのであろう。桐子が〝海草〟を出たのも、そこに居辛《いづら》くなったため、と思われた。

「で、今、どこに行ってるの？」

阿部は、桐子が一緒にいるという信子の姿を探したが、信子も店を辞《よ》した、ということだった。

「リエちゃんね、信ちゃんの家も出たそうですわ。今、どこにいるのか、あたしなんかには分りませんが」

「いま働いている店は何処《どこ》かね?」

その女は、桐子が新しく働き出したという店の名前だけを教えた。バー〝リヨン〟と云って、新宿の裏通りだ、というのである。

阿部啓一が探して、〝リヨン〟という店は分りにくかった。デパートの裏側に、小さな路地がある。そこは狭いバーや飲屋が並んでいた。漸《よう》く〝リヨン〟という看板を見たのはその路地の奥だった。普通に通っては分らない場所である。

前の〝海草〟は、小さいながらともかく銀座だった。新宿の裏通りの小さな店に移った桐子は、やはり銀座から早くも落ちて来たという感じが阿部の心を滅入《めい》らせた。

また、〝リヨン〟の店が粗末なのである。阿部がドアを押して入ると、カウンターがすぐ左手にある。通路は、客がスタンドに腰かけると、身体《からだ》を斜めにしなければ奥に行けないくらいだった。

だから、阿部は、桐子の姿をすぐに発見した。奥の方で客の対手《あいて》をしていた彼女は、阿部の姿を見ると、顔を真っすぐに向けた。

阿部は、わざと黙って、ほかの客が肘《ひじ》をついているスタンドに坐《すわ》った。

注文した酒を飲むころに、桐子が影のように寄って来た。

「今晩は。驚いたわ」

桐子は低い声でそう云った。

仄暗《ほのぐら》い照明の中で見る彼女の顔は、〝海草〟の時よりも大人びて見えた。やはり環境のせいかと思われたが、あの事件に捲《ま》き込まれたあとということちらの印象かも分らなかった。阿部の眺《なが》める眼が今までと違うのである。

「どうして黙って変ったの?」

阿部は、バーテンに聴えぬように小さな声で訊いた。半分は非難であった。桐子は声を立てずに微笑した。

「いろいろ都合がありましたの。すみません」

彼女は、案外素直に謝《あやま》った。

「君のことは、新聞で知ったよ。会いたいと思ったのだが、店にはずっといなかったね?」

阿部は、彼女にもジンフィズを取ってやって話した。

「ええ、毎日、警察に行ってたんです」

「ぼくに、電話で知らしてくれればよかった」

やはり非難だった。桐子は黙っていた。

「で、君がこっちに移ったのは、やはり例の事であの店にいられなくなったの?」

「ええ」

桐子は否定しなかった。が、彼女の顔には、別にわるびれたところはなかった。昂《こう》然《ぜん》とした表情だった。

阿部は、久し振りに桐子の特徴を見た思いだった。彼は、桐子にいろいろ訊きたかったが、店の者と客の中では、たとえうるさい音楽と雑音があっても、切り出せなかった。

「君に話があるんだがね」

彼は云《い》った。

「この店は何時に終るのかい? かんばんになったら、歩きながらでも少し話したいんだがね」

桐子は、グラスに浮んださくらんぼを嚙《か》んでいたが、

「十一時半です。それまで待ってて下さる?」

と案外に簡単に応《こた》えた。

阿部が、その指定の時間に桐子に会ったのは、路地を広い通りへ出る角だった。桐子はやはり〝海草〟で見た通りの支度《したく》で、阿部の立っているそばに寄って来た。

「どこで話すの?」

彼女は阿部に訊《き》いた。

この時刻になると、喫茶店も閉まっている。といって、阿部は、深夜喫茶などでは話したくなかった。

「歩きながら話そうよ」

阿部が云うと、

「ええ、いいわ」

と彼女はついて来た。いそいそとした風だった。

自動車《くるま》の走る表通りは避けて、寂しい裏を歩いた。一方は、御苑《ぎょえん》の長い塀《へい》がある。夜の女が屯《たむろ》して軒下に立っていた。

「君。君の証言は、新聞で知っている」

阿部は、ゆっくりと靴音を立てながら話した。

「そうお」

桐子は、別に意に留めないような平気な声で応えた。

「あれが、君の本心の言葉だろうね?」

証言は真実か、と彼は訊きたかったのだ。桐子はすぐに普通の調子で応えた。

「嘘は云わないわ。だって、わたしのことはわたしが一番よく知っているんですもの」

「そうだな」

阿部はしばらく黙った。足許《あしもと》を寒い風が吹いた。

「これで大塚弁護士は社会的に葬《ほうむ》られるよ」

阿部は呟《つぶや》くように云った。

「そうかしら?」

桐子は疑うように云った。疑うというよりも、他人のことには知識がないといった云い方だった。

「そりゃそうだろう。だって、あれだけのスキャンダルが明るみに出たんだもの。大塚さんの名声が高いだけに、これは社会的に没落を意味するね」

道は曲っていた。二人はそれについて歩いた。やはり暗い塀が続き、一方は、飲屋の赤い提燈《ちようちん》が所どころに点《つ》いていた。若い女が騒いで通って行く。

「君の復讐《ふくしゆう》はできたと思うな」

阿部は、それをさり気なく云った。が、彼の気持では、一つの決心で、その言葉を口に出したのである。

「それ、どういう意味なんでしょう？」

桐子の言葉の調子は変っていなかった。暗くて見えないが、この少女のような女は瞳《ひとみ》も動かしていなかったようである。

「君は、前に、兄さんの弁護のことを大塚さんに必死に頼んだね？」

阿部は、独《ひと》り言のように話した。

「しかし、大塚さんは、それを断わった。弁護料が君には高過ぎるし、また、満足に払って貰《もら》えるかどうか分らなかった理由からかもしれない。君は、それに憤慨したね。わざわざ九州から出て来たのだ。兄さんの無実の罪を助けて貰いたいためにだ。君は、その時、泣く泣く九州に帰ったはずだ」

阿部がここまで云うと、少女は遮《さえぎ》った。

「それで阿部さんは、大塚さんが今度の事件で失脚したので、そのときの仕返しが出来たとおっしゃるのね？」

落ち着いた声だった。

「君はそう思わないのか？」

「思わないわ」

今度は、敢然とした声だった。

「わたしは、あれだけでは腹が癒《い》えないわ。大塚さんはきっと、或《あ》る時期が経《た》てば再起するでしょう。でも、わたしの兄さんは死んでいます。人殺しの罪を被《き》せられたままね」

あとの語尾には、さすがに彼女の感情が出ていた。

若い連中が、二人の横を冷やかして通った。なるほど、よそ目には、恋人が夜の道をゆっくりと並んで歩いているように見えるであろう。

「で、君は、これだけでは、まだ気が済まないんだね」

阿部は念を押した。

「済まないわ。済んだと云ったら、わたしの嘘《うそ》になります」

「しかし」

と、阿部は別な決心で云い出した。

「もし君が、仮に、そうだ、これは仮にだよ、計画的に検事にその証言をしたとしたら、どうなんだろうな。それだと復讐ができたと思うがね？」

「わたし、計画的になんかで、検事さんの前で証言しませんでしたわ」

桐子は普通の声に戻った。並んで歩いている歩調も乱れなかった。

「いや、仮定の問題だ。それだとどういうのだろうな、と云ってるのさ」

「さあね、どうでしょう?」

桐子は、半分、阿部に問いかけるように云った。

「ぼくだと、君は目的を達したと思うなあ」

阿部は云った。

「いいえ、わたしだったら、まだまだと思うわ。大塚さん、きっとまた立ち直ります。あのくらいの人だったら、社会的な生命を失うことはないでしょう。それだと、わたしなら気が済みませんわ」

阿部は、オーバーを着ていたが、背中が寒くなった。

大塚欽三《きんぞう》は、河野径子《みちこ》の事件に掛りきった。

事件は、彼に異常な打撃を与えた。第一に、径子とのことが世間に暴露されて、陰に陽に非難されたことである。露骨に彼を排撃する連中が現われた。今まで、そのようなスキャンダルを起したことのない彼は、世間では謹厳な弁護士として通っていた。それで、まるで仮面を剝《は》がれたように痛烈な攻撃を受けた。彼の所属している文化団体からも圧迫があり、その幾つかの会を自分で脱退した。今まで、ひそんでいた敵が俄《にわ》かに姿を現わした感じである。

家庭的にも悲惨であった。妻は、夫に女のあることを知って実家に帰った。あとは荒涼たるものである。

その荒涼さは、家庭だけではなかった。事務所に行っても、所員が別な眼で自分を見ているような気がした。誰もが、なるべく大塚を見ないようにして仕事をしている。今まで自分を尊敬していた事務所の連中が、冷たく反逆しているのである。間もなく理由を設けてこの事務所を去って行く弟子《でし》の若い弁護士もあるにちがいなかった。

依頼した事件を、わざわざ断わりに来た先もある。新しい依頼は跡絶《とだ》えた。新聞にも雑誌にも皮肉られた。暗い事務所だったが、いよいよ冷たい暗鬱《あんうつ》さが彼の坐っている部屋に澱《よど》んで行った。

しかし、大塚欽三は敢然としていた。それは、かつて彼が手がけた困難な事件に立ち向っていた時の闘志を久し振りに奮い起させたのに似ていた。彼は、径子を信じていた。事件のことだけではない。初老に近い彼が、径子の愛を信じ、愛のために殉じようと思ったのである。名声も、地位も、業績の履歴も、彼には何の未練もなかった。

大塚弁護士は、未決に入っている径子に何度も会った。調書は、それまでこれほど丁寧にはしなかったくらい入念に調べた。

彼は、径子の無罪を信じた。径子の供述に嘘のないことを確信した。それは、大塚が径子を愛しているための偏見ではない。さすがに、それだけは職業的な冷静さを失っていないつもりだった。

ただ、径子が求める証人のことである。大塚は、柳田桐子の供述を何十回となく、読み返した。そして、彼の直感は、桐子の嘘を見抜いたのである。

だが、それは彼の直感だった。桐子の供述のどこにもそれが虚偽だという立証はなかった。話は自然である。欠点も不都合もなく、完成されたものだった。だから、大塚が直感を法廷に持ち出して役立たないことは分っているだけに、なんとか客観的な崩壊の方法を発見したかった。

彼は、それこそこの事件に全身を打ち込んだ。どのような微細な調査でも所員を頼まなかった。自分独りの力でやり遂げたかった。それが彼の径子への愛の行動だった。

何か彼女の証言を崩す方法はないか。大塚は、それだけに心を集中させた。

ふと、彼の頭に浮んだのは、いつぞや、この証人の桐子のことで事件の鑑定を依頼に来た雑誌記者の名前である。

大塚に最初に来たのは、やはり、桐子が自分に復讐《ふくしゅう》しているのではないか、ということだった。これも彼の直感である。調べてみて、桐子と径子とが面識だったという跡はない。径子にしても、初めて殺人現場で出遭《であ》った、と云っている。

問題は、その隠れ家を桐子がなぜ発見したか、ということだ。この前提は、無論、径子の供述を真実と信じた上でのことだ。大塚はこの点に悩んだ。検事もここを強調して、径子の自白の一部の欺瞞《ぎまん》性を衝《つ》くであろう。

大塚は、径子の過去、つまり、被害者の杉浦健次と径子の関係が分っても、彼女から欺《あざむ》かれたとは思わなかった。彼女の過失が健次に脅迫させていたのである。大塚は径子を愛していた。その過失を咎《とが》めなかった。径子が大塚を愛するようになってからは、彼女は健次との間を清算した。いわば、これは大塚のために径子に不慮の事件が起ったと云えるのである。

大塚弁護士が名刺を探して、漸《ようや》く阿部啓一の名前を見出《みいだ》したのは、最後の努力である。阿部が九州K市の事件の鑑定を頼みに来たのは、もちろん、桐子との知合いだからである。弁護士は、最後のワラの一つとして、阿部を使って桐子に訊き直すことを思いついた。

阿部が再び桐子に会ったのは、大塚弁護士に呼ばれた翌晩だった。阿部が大塚の話を聴いて桐子に会う決心をつけたのは、阿部自身の中にも、桐子の供述に疑惑があったからである。

阿部啓一は、桐子に好意を持っていた。が、彼は、自分の気持を誤魔化してまで桐子の肩を持つ気にはなれなかった。桐子を庇《かば》う意味とは違うのである。もし彼女に危難がかかったら、彼はそれを防衛する決心はあった。だが、今度はそれとは違うのである。阿部が桐子に対して少しでも疑惑を持っている以上、自分のためにもそれを消したかった。追及は大塚弁護士から頼まれただけではない。

阿部啓一が新宿の裏通りのバーから彼女を連れ出したのは、やはり十一時半過ぎてであった。そして、この前と同じ道を歩いた。一方が長い暗い塀なのである。

「もう一度訊くがね」

と阿部は歩きながら切り出した。

「君は信子から頼まれて、杉浦健次の様子を探るため、あのレストランの前に立っていたんだってね?」

桐子は同じように彼の横に並びながら答えた。

「ええ、そうよ。そのことは、わたし、検事さんにも云ったわ」

「そうだったね」

阿部はうなずいた。

「それは調書にも出ている。煙草《たばこ》屋の前に君が立ってるのを、店番のお婆《ばあ》さんが証言していている。それで、君は七時から一時間半ばかり、つまり、映画に行くまで、そこに立っていたんだろう？」

「そうです。その通りだわ」

桐子がすらすらと答えた。

「その時、君は、知った人に会わなかったかね？　これは大事なことだよ」

「そうね」

桐子は、考えるようなふりをした。その時、ふと、思いついたように彼女は云《い》った。

「ああ、会ったわ、或る人に」

「ほう、だれ？」

阿部は、歩くのを一時止めそうなくらいだった。

「バー〝海草〟で見たお客さんです。健次さんの友だちでしたわ。一度っきり見ただけですわ」

「名前は？」

阿部は重ねた。

「山上さんと云ってたわ」

「山上だね？」

「そう。健次さんの中学時代からの友だちだ、と云ってました」

「どんな人だね？」

「職業はよく分りません。なんでも、前には職業野球団に入っていたそうです。野球で強い九州のＫ高校の出身でした」

「Ｋ高校？」

阿部は思わず暗い中から桐子を見た。

「そりゃ、君の同郷じゃないか」

「そうなんです。バー〝海草〟にいる人が、みんな九州のＫ市の近くばかりなんです。健次さんだってそうだわ。だから、その人がＫ高校出身だってもおかしくないんです」

「その山上というのは、職業野球の選手を辞《や》めたのかね？」

「辞めたそうです。わたし、山上さんとは直接話したことないけど、健次さんが云ってました、こいつは野球の腕で職業選手になったが、二軍でウダツが上がらず、止《よ》したんだ、って」

「そうだろう」

阿部は云った。

「そんな名前を聞いたことがない。何をやってたんだね？」

「なんでも、投手をやってた、と云ってました。そう、あれはサウスポーだ、と云ってましたけれど」

「サウスポーの投手ね」

阿部は、そこで考えるように言葉を切った。

しかし、桐子は、全部を阿部に話していない。彼女が、その山上らしい人物を、あの家から暗い道を二百米《メートル》ばかり歩いて出た電車通りで見かけている。が、実際にそれが山上かどうかは自信がなかった。云わないのは、その確信がないためではない。そのことを検事の前でも阿部の前でも述べないだけの理由があった。それを云うと、自分が現場に行っていたことを暴露するからでもあるが、もっと大きな理由は、径子が、いや、大塚欽三が、そのことで助かりそうだからである。

大塚欽三が、阿部啓一からの報告を聴いて、はっとしたのは、杉浦健次の友人山上という男がサウスポーの投手だったということである。山上は左ききだったという事実である。そして、K市の出身者である。

これは雑誌記者阿部にも云わなかったことだが、K市の老婆《ろうば》殺し、つまり柳田桐子の兄の正夫が犯人とされている事件は、調書を取り寄せ、それを精細に調べてみて、真犯人が左ききであることを発見した。

柳田正夫は、二審の控訴をして、獄中で死んでいる。大塚がそのことを云えなかったのは、自分が弁護料のことで彼の弁護を断わった気持に引っかかったからである。本人が生きていたら、大塚もそれを主張し、手弁当でも弁護を引き受けたであろう。今まで、大塚が若い時からやってきた数々の事件がそうなのだ。

しかし、本人は既に死亡している。それと、柳田正夫の妹の桐子という女が、わざわざ九州から出京して頼みに来た時、断わったことも心に負担となっていた。桐子が自分を恨んでいる気持もよく分るが、それだけに、今更それを表向きに出す勇気がなかった。

K市の国選弁護人は、大塚が発見したことを遂に発見できなかった。それで、第一審では柳田正夫は有罪となっている。この発見は大塚だけの胸の中に納めていることだった。誰にも云えないことである。いわば、彼が自分の中に閉じ込めている秘密であった。

ところで、この左ききのことが、急に、大塚に明るいものを与えた。うっかりしていたことだが、杉浦健次殺しの場合、犯人は彼と並んで置炬燵《おきごたつ》に当っていた。それは健次の右隣である。

解剖所見によると、健次の致命傷は、背後から心臓部を一刺ししている。被害者の右側に並んでいた人物が、左側にいる男の心臓を背後から突き刺すとすると、右の腕は使用できないわけである。坐《すわ》ったままの位置で相手に気づかれないように刺すとすると、左手でなければならない。一突きで心臓部に突き刺すほどの致命傷であるから、腕に力のあることはそれで分る。つまり、左の腕に膂力《りょりょく》があったわけだ。要するに、犯人は左ききということになる。勿論《もちろん》、径子は左ききではない。大塚弁護士は、急に、一条の光明を見た思いがした。

しかし、永い間の法廷生活をしている彼は、それだけでは検事の論告と太刀打《たちう》ちするのにまだ弱いことを知っていた。検事は云うであろう、たとえ左ききでなく右ききの者でも、身体《からだ》の位置をずらせて、或《あ》いは右手で刺すこともあり得る。或いは炬燵に一旦《いったん》当っていて、後ろから襲う時には、理由を設けて炬燵を出て、相手の油断を見すまして突き刺す場合もある、と。

大塚には耳にその検事の反駁《はんばく》が聴えそうであった。

しかし、大塚は、左ききを信じている。

ここで、この弁護の弱さを補強するには、どうしても径子の無罪を証明するもっと強い物、いうなれば、物的証拠が欲しかった。

検事側には、径子を有罪とする状況証拠はあっても、物的証拠はないのである。したがって、ここで径子を無罪とする直接証拠があれば、その反証は大そう強烈なものとなってくる。

大塚欽三は、頭を抱えた。

この時、大塚欽三の脳裏を掠《かす》めたのは、径子《みちこ》の供述にあるライターのことであった。死体のそばに落ちていたことを彼女は云っている。が、現場に到着した警官は、ライターを発見していない。大塚は、あくまで径子の供述を信じていた。

彼女が現場を立ち去るときに見たライターが、その後到着した警官によって発見できなかったのは、誰かがそれを持ち去ったことである。そしてライターは、無論、犯人の物であろう。

では、誰がライターを持ち去ったか。

径子の供述によると、柳田桐子と一緒に死体のそばに佇《たたず》んでいる。そして、恐怖に駆られた径子が先にその家を飛び出している。するとあとに残ったのは桐子である。この時、桐子がそっとライターを取り上げてポケットに入れたのではなかろうか。

考えられぬことではない。あの少女期からまだ抜けきっていないような若い女は、大塚が最初に彼女の訪問を受けた時から異常な性格であることが分った。そのエキセントリックな性格からいって、いかにもそれはありそうなことである。

では、その理由は何か。

柳田桐子は大塚欽三《きんぞう》自身に復讐《ふくしゅう》を企てているのだ。彼女は、弁護料のために彼から兄の弁護を断わられ、そのために兄が無実の罪を背負って獄死した、と信じている。云いがかりといえばこれほどの云いがかりはない。大塚にとって迷惑な話だった。なにも彼が桐子の兄に有罪を申し渡した裁判官ではなし、その事件を引き受けようと引き受けまいと彼の自由である。理窟《りくつ》ではそうであったが、桐子の方では、日本で有数な刑事専門家大塚弁護士に断わられたことが、あたかも兄の有罪を決定したかのように考えている。そのために精神的な打撃を大塚に加えた、と考えていい。

大塚欽三は、あくまでも径子の供述を信じていた。この信念に立って、彼は一応その時の情景を自分の頭の中で再現してみた。

柳田桐子は同僚の信子に頼まれて、杉浦健次の様子を探るために、勤め先のレストランの前に佇んだ。それは七時から一時間半にわたった。彼女の目撃者は、煙草屋の店番の老婆であり、偶然、来かかった山上でもある。

桐子は、杉浦がなかなか出て来ないので、そこに立番しているのに飽いて映画に行ったと云うが、そうではあるまい。杉浦健次は八時半ごろに出て来たのだ。彼はタクシーに乗り、かねての××町の家に急いだ。桐子は別のタクシーを拾って尾行したにちがいない。

そう考えると、今まで一度も行ったことのない、というあの隠れ家を桐子が知っていたという理由が成立するのである。

そのあとは径子の供述の通りである。桐子が様子を見るためにその家の玄関でうろうろしている時に、奥から死体を見てびっくりした径子が飛び出して来た。径子は、自分の無罪を証明したいために多少精神的に混乱していた。彼女は桐子を連れて現場に引っ返し、自分の無罪を証明してくれ、と云った。径子にとっては見ず知らずの人間だったが、その場合、誰でも同じ行動を取るにちがいない。桐子は、最初はそうではなかったが、途中で俄《にわ》かに知恵が起った。黒い知恵である。

桐子は、一旦、承知したと云い、自分の名前も径子に告げた。径子は、死体のそばにいたたまれずに先にその家を出た。この時、死体のそばにあったライターを桐子がポケットに忍ばせた。葡萄《ぶどう》とリスの模様のものだ。更に、彼女は表に出る時に、径子の右手の手袋を拾ったにちがいない。黒い知恵は更に彼女に駆けめぐった。手袋を拾いそれを死体のそばに置いて、桐子は出て来た。——

柳田桐子は、恐らく大塚欽三と河野径子との間を察知していたにちがいない。彼女は、当人にとって最も大事なものを破壊することによって打撃を与えたつもりであろう。大塚にとって大事なもの、それが河野径子である。

もしそうだったら、見事にその計画的な攻撃は成功したと云わねばならない。径子は罪に問われた。大塚自身も世間から非難を受けた。家庭も崩壊した。今までの名声に比べて蕭条《しようじよう》たる落魄《らくはく》である。

しかし、大塚弁護士は勇気を出した。問題は、あくまでも径子を救うことである。自分のことは既に問うところでなかった。愛している女のために、五十を過ぎた大塚欽三が初めて情熱を燃やしたのである。

葡萄とリスのデザインのついたライターは犯人の物だ。それを隠しているのは柳田桐子である。それは確信していい。大塚は、なんとかしてライターを桐子から取り戻したかった。同時に、桐子から実際のことを云ってもらいたかった。そして、ライターと同時に、桐子の正しい証言を法廷で述べてもらいたかった。そのためには、大塚はどのような犠牲でも払う決心になった。

大塚欽三は、自分の面子《メンツ》も閲歴も年齢も一切を超《こ》えて、この少女のような女の前にひれ伏して、それを頼もうと思った。彼女から、どんなに痛罵《つうば》を受けても構わない。

どのように悪口を云われても、どのように恥辱を受けても構うところではなかった。ただ、柳田桐子が自分の希望の通りにしてくれさえすれば、一切の恥辱は自ら受けるつもりになった。

大塚欽三が阿部啓一から話を聴いて、新宿裏のそのバーに行ったのは、午後十一時過ぎであった。

大塚は、阿部を介して桐子に会おう、と最初思ったが、それでは桐子が恐らく出て来ないだろう、と考えた。それに、阿部が中に入っていては話がしにくい。やはり直接彼女にぶつかるより仕方がなかった。

十一時過ぎを選んだのは、阿部から話を聴いて、バーのかんばんが十一時半と聴いたからである。阿部によると、彼女は自分の移ったアパートも教えないという。仕方がなく、阿部のやった通りに、彼女の帰りを狙《ねら》って話すよりほか仕方がなかった。

大塚欽三は、狭い路地を歩いてバー〝リヨン〟を探した。小さな店である。大塚は、そのドアを押した。

狭い店で、煙草《たばこ》の煙が店内に籠《こも》っていた。一目見て、客種もあまり良くないことが分った。大塚のつき合っている人種とは違うのである。安サラリーマンもあり、労働者のようなのもいた。この辺は柄が悪いと聞いている大塚は、この店のスタンドに坐るのにかなり勇気を要した。

彼は、入って来た時から桐子の顔を探した。彼の記憶は朧《おぼ》ろになっている。しかし、見れば思い出す自信はあった。女給は四、五人いたが、それぞれ客の間に入り込んでいる。店内の照明は暗いし、すぐに顔をじろじろ見るわけにもいかないので、一まずカウンターに肘《ひじ》を突いた。

バーテンも、大塚が場違いの人間であることを商売がら悟ったらしい。年配だし、服装もいいのである。それに肥えて恰幅《かっぷく》があった。他の客も、新しく入った大塚になんとなく眼を奪われている。

大塚は、萎縮《いしゅく》を感じながら、それを紛らわすように棚《たな》をみた。

「いらっしゃいまし。何を差し上げましょう?」

バーテンが丁寧に訊《き》く。

棚は安い酒びんばかり並んでいた。大塚が、口にする酒ではなかった。

「スコッチの水割をくれ」

大塚は、まず注文した。

安いスコッチを飲みながら、漸《ようや》く、彼はそっと辺《あた》りを見た。自分の隣には、かなり酔ったサラリーマン風の男の肘が突き出していた。大塚は遠慮しながら、うす明りの中で桐子を探した。

しかし、彼が探すまでもなかった。小柄な女が、煙草の煙の濁ったうす暗い中から現われた。

「いらっしゃいまし。今晩は」

それが桐子だった。大塚が自分の事務所で見た通りの顔である。少し微笑を見せただけで、失礼します、と云って片側に坐った。もうバーの女になりきっていた。

「やあ」

大塚は、咄嗟《とっさ》に言葉がつげなかった。どう挨拶《あいさつ》していいか迷った。

「お久し振りでございます、先生」

桐子の方から云《い》った。大塚があっと思ったことである。彼女は別に意外な顔つきもせず、大塚がそこに来るのを当然のような顔をしていた。大塚の方で動悸《どうき》が打ったくらいである。

それから大塚は桐子に客としての扱いを強制された。初め用意していた言葉も、彼は失ってしまった。一つは、この安バーの空気に馴《な》れなかったせいでもある。

それでも、彼が来た時間が遅かったので、漸く店は閉める準備にかかった。桐子もカクテルを一杯飲んだ。

大塚は、客がざわざわと立ちかけた頃、思いきって彼女に云った。

「君に話がある。帰りに話したいのだが、ちょっと時間を割《さ》いてくれるかね?」

小声で云ったのだが、これはかなり勇気の要る云《い》い出しであった。

桐子は、瞬間に、眼を酒びんの並んでいる棚に停《と》めた。横顔は、弁護士がかつて事務所で見た時のままである。硬張《こわば》って、唇《くちびる》を嚙《か》んでいるような形だった。額に青い筋が浮いている。桐子は黙ってうなずいた。

弁護士は早目に外へ出て、彼女を待った。自分の馴れない場所なので、彼は落ち着かなかった。その辺に立っていると、絶えず酔った男が高い声で足をもつらせて歩いているし、得体の知れない若者が、二、三人連れで、彼をじろじろ見ながら通るのである。

十分後には、大塚は、漸く、桐子と肩を並べて寂しい通りを歩いていた。彼があまり人通りのない所を希望したので、彼女の方でその道を選んでくれた。弁護士には、この辺は一向に不案内だった。いつも、表の通りを自動車に乗って通っている人間なのである。

「先生。先生が店にいらしった時から、ちゃんとこうしてお話を聴くような結果になると覚悟していましたわ」

桐子の方から云った。これは聴きようによっては大胆だったし、弁護士に話の切り出し方を容易にしたようでもあった。

「そうかね。それならぼくも云いやすいね」

実際、大塚は内心ほっとした。どう話を切り出していいか、実は出る時から順序を組み立てていたのだ。が、その必要はもうなかった。

「詳しくおっしゃらなくても分ってますわ。今度の事件のことでしょ。わたしが河野径子さんと一緒に現場にいた、ということを証言してくれ、とおっしゃりたいんでしょ？」

弁護士が内心で眼を瞠《みは》ったのは、桐子の思わぬ成長ぶりだった。彼が知っている桐子は、九州から出たばかりの世間知らずの娘で、未熟だった。東京に出てからバーなどで働いた結果が、今、横に並んでいるような彼女に仕立てたのであろう。しかし、やはり事務所で見たときの少女の、あの芯《しん》の強さは変りはなかった。それだけは彼女の中に太い針金のように一本貫いていた。

「君の云う通りだ」

大塚弁護士は云った。

「ぼくは、君を非難しに来たのではない。頼みに来たんだ、もう君も、河野径子とぼくとがどのような間柄であったかということは、新聞でも読んだし、この事件の前から知っているはずだ」

弁護士は歩きながら云った。

「君は本当のことを云ってくれ。君はぼくにずいぶん反感を持っているし、恨みも持っているだろう。そりゃぼくも承知だ。その点は、ぼくは君にどのような償いでもする。どのような謝罪もする。だから、どうか真実のことを検事の前で云ってくれ」

「真実？」

桐子は問い返した。

「わたくし、真実を検事さんの前で云ったつもりです」

しかし、その語尾には嗤《わら》いのあることを弁護士は感じた。

「そうではない。ぼくも永い間弁護士生活をしている。径子の云うことが本当だと思っている。これは、ぼくが径子と特別な間柄だから云ってるのではない。それに、ほぼ真犯人の見当もついている」

「なんですって？」

桐子は、暗い中で弁護士に顔を向けた。

「真犯人の見当がついていたら、その方をお探しになった方がいいでしょう」

「無論、探す」

弁護士は断言した。

「しかし、それは相当困難なことだ。証拠も挙《あ》げなければならない。が、その前に、まず径子の無罪を証明しなければならない。そして、君に頼むのは二重の意味があるんだ。ぼくの云う真犯人は、現場でライターを落している。径子はそれを見たと云う。が、あとで警官が来た時にはなかった。誰かが持ち去ったのだ。ぼくは、君がそれを持っていると思っている」

これには返事がなかった。大塚について歩いている桐子の足は、やはり正確な歩調だった。通りは殆《ほと》ど人通りがなく、両側の店も閉っていた。時折、タクシーが通るくらいである。

「ライターは葡萄とリスのデザインだったと径子《みちこ》が供述している。そのライターさえあれば、ぼくは必ず真犯人を挙げさせる自信がある。そして、その犯人は、ぼくの考えでは、君の兄さんを罪に落し入れた老婆《ろうば》殺しの真犯人かも分らないんだ。いや、確かにそういう痕跡《こんせき》がある」

初めて桐子の足が一時停ったのは、それを聴いてからだった。

「それは本当ですか？」

「こんなことで、ぼくは嘘《うそ》は云わない。書類を調べてみて、ぼくに分ったことだ。君は知らないが、あとで老婆殺しの検事調書を取り寄せて、ぼくは懸命に読んだのだ。その結果、君の兄さんは無罪で、他に真犯人があることが判った。それが今度の杉浦健次殺しと実によく似ている」

突然、弾《はじ》くような笑いが聞えたのは、弁護士のすぐ横でであった。

「そんなことを今ごろおっしゃっても手遅れですわ。兄は死んでいます」

桐子は激しく云った。

「なぜ、あのとき弁護を引き受けて下さらなかったんです？　あとから真犯人を挙げても、兄の生命は還りませんわ。わたしは真犯人なんかどっちだっていいんです。兄の無実を救いたかったんです。生きてるうちに兄を助けたかったんです。そのために、なけなしの金をはたいて、わざわざ九州から東京に来ましたが、わたしは先生だけが頼りでした。で、わたしのような貧乏人が東京に二晩も泊って、先生にお縋《すが》りしたんです。すると二日目には、先生はゴルフに行ってらしたではありませんか。それも弁護料が払えないだろう、と云って断わられたんです。金がない者には有利な裁判ができないといういまの裁判制度にも落度がありますが、わたしは今でも先生を恨んでいます。もう兄の事件の真犯人のことなんか聴きたくありません」

桐子が続けた。

「ライターなんかわたしが持ってるわけがありません。どうぞ、径子さんをお助けになりたいんなら、先生が勝手にお働きになったらいいじゃありませんか」


大塚欽三《きんぞう》は、事務所に出ても仕事が手につかなかった。

事務所は、若い弁護士が相変らず出勤して仕事はしている。しかし、目立たぬ荒廃が部屋の中に漂っていた。若い弁護士たちの仕事にも、どこか投げやりなところが目立ってきた。事件が新聞に報道されてから、依頼された弁護を先方から断わって来るのがふえた。これまで、大塚弁護士が一度も経験しなかったことである。こちらから丁寧に謝絶しても、先方は熱心に足を運んで来て懇願したものだった。それが逆になったのである。むろん、新しい依頼はなかった。

それはいいのだ。そんなことはどっちでもいい。大塚欽三が今もっとも欲しているのは、桐子の正しい証言だった。物的証拠として彼女からライターを取ることだった。これ以外に径子を救う道は絶対にない。彼が永年の経験と積み重ねた論理を振り回しても、一人の少女の証言と証拠品には到底及ばなかった。

弁護士は、しかし、何をするでもなかった。もう、あらゆる記録を読み尽し、あらゆる弁護方法を考えた末である。この事件で彼に残されている努力は何もなかった。何となく衰頽《すいたい》を漂わせている事務所に一日中坐《すわ》り、ぼんやりとしていた。窓から陽が射《さ》して、弁護士の落ちた肩に当る。椅子《いす》にじっと蹲踞《うずくま》っている姿は、まるで放心して日向《ひなた》ぼっこをしているみたいだった。

道を歩いても、車に乗ってもそうだった。

家に帰っても、大塚の気持をなごめるものはなかった。妻は実家に逃げ帰っている。径子との関係が明るみに出て新聞に報道されてからは、夫の許《もと》には帰らないと云っている。長い間騙《だま》されて来たことを口惜《くや》しがっているのだった。

しかし、大塚は、それもいいと思った。妻が去れば、径子との正式な結婚を考えていた。が、本人が現在のままではどうにもならなかった。まず、彼女を拘置所から救い出すことである。

彼は、飽くまでも径子の無罪を信じている。そのことは、もう確信になっていた。だが、法廷では、信念も確信もそれ自体は役に立たない。観念だけではどうにもならぬのだ。

大塚は、家にいても何もしなかった。径子の事件は、事務所にも家にも関係書類を置いている。鞄《かばん》の中にもその一部を詰めている。しかし、もう、読む必要はなかった。これほど事件の記録を一行一句精密に叩《たた》き込んでいることも、今までになかった。彼は、じっと坐って、ゆらゆらと頭を動かした。精神の消耗が自分でも分った。気持だけが熱い砂の上を歩いているように焦躁《しょうそう》に駆られるのである。

大塚は、夜遅くなると、バー〝リヨン〟に出掛けた。

狭い扉《とびら》を開けて、薄昏《うすぐら》い店の中に入って行く。大抵、看板になる一時間前だった。隅のカウンターに肘を突いてハイボールを頼んだ。

「いらっしゃいまし」

バーテンも、マダムも、女の子も、チップをはずむこの客を歓迎した。おとなしし、静かに酒を飲んでいればいい老紳士なのである。

大塚が来ると、マダムも女給も桐子をその傍にやらせた。寡黙《かもく》な紳士が桐子を目当てに来ていることを知っているからだった。

「いらっしゃい」

桐子は、大塚の横に肩を触れ合うほど体を寄せて坐った。

「わたくしも、何か頂いていい？」

大塚がうなずくと、桐子はブランデーを注文した。

グラスが来ると、それを大塚に差し出した。

「先生、温《あたた》めてちょうだい」

「うん」

大塚は、グラスを両の掌《てのひら》で抱き、底に沈んだ黄色い液体を微《かす》かに揺れさせる。芳香が鼻に漂った。

彼は、二分間はじっとグラスを抱えていた。ブランデーを掌で温めてもらうのが、好きな男への女の要求だった。この世界ではそういうことを云っている。

「先生の手は暖かいわ」

桐子は云った。事実、弁護士が渡したグラスを取って、掌の暖《ぬく》みを移した酒に満足した。

「ほら、こんなに暖かくなっているんですもの。先生って温《あたた》かい方なのね」

ブランデーを口に含み、コップの水を飲んで云った。

「でも、掌の暖かい方は、心は冷たいというわね」

ありふれた云い方だったが、弁護士に投げつけた特別な意味の言葉だった。

「そんなことはない。ぼくだって、好きな女には一生を賭《か》けるさ」

弁護士の呟《つぶや》きをバーテンが聞いても、客の酔った言葉としか取らなかったであろう。

「そうね。そういう方だわ、先生は……でも、そのためにいろいろと犠牲者が出るわ。ご自分ばかりでなしに。ね、そうでしょう?」

桐子は、バーの女の姿態で大塚の横顔を覗《のぞ》き込んだ。

「仕方がないね。ぼくも、残り少ない人生だからね。二度とこの世に生れて来ないのだ。貴重な時間だ。はたに気兼ねをして、つまらないことだらけで死にたくはないよ」

「ご立派だわ。そういう方は、羨《うらや》ましいくらい幸福ですわ。普通に生きることさえできないで、短かく終った人もいるんですから」

彼女は兄のことを云っている。弁護士にはそれが分る。

店に来れば、馴《な》れ馴《な》れしい笑顔も見せ、行き届いた親切も見せてくれた。バーの連中が、二人を特別な間だと思っているくらいである。

閉店時間になると、大塚は金を払い、帰り支度《じたく》をした。桐子が後ろからオーバーを着せてくれる。手を握るのも客だからこそである。

「リエ子ちゃん。もういいわよ。ご一緒して送って頂いたら?」

マダムが気を利《き》かせた。

「はい。そうします」

悪びれはなかった。かえって嬉々《きき》として弾《はず》んだ動作だった。

大塚は暗い道を桐子と歩いた。店のドアを押して外に出た瞬間から、桐子は大塚と距離を置いていた。掌の裏を返したといったやり方である。

「君は、兄さんのことを始終云《い》っているね」

大塚は、靴音を刻みながら云った。

「あれは、僕が悪かった。もう、何度も云って、君には少しもこたえないだろうが、ぼくはほんとに悪かったと後悔している。ぼくの償いはどうにでもする」

桐子は、大塚から離れて、オーバーに手を突っ込み、足を運んでいた。暗いところだから表情は見えないが、大塚には彼女の冷笑がはっきりと分る。

「桐子さん。ぼくの過《あやま》ちはどうにでも君に謝罪する。しかし、径子は何の罪もないのだ。君も、兄さんの場合でよく分っているだろう。径子は無罪なのだ。どうか、径子のためにほんとうのことを云ってくれ」

桐子は黙っていた。

「君の気持は、ぼくには、もう自分の感覚のように分っている。しかし、少しは径子の立場を考えてみてくれ。君はぼくに仕返しをするのはいいが、彼女《あれ》を犠牲にすることはないと思うんだ」

「犠牲になんかしませんわ」

桐子は軽い声で答えた。

「しかし、君の現在の態度では、径子は罪を着る」

「それは、先生の好きな方だから、先生がお救いになればいいでしょう。その方では、先生は一流の弁護士さんですもの」

「むろん、そうだ。しかし、それには君の証言が必要だ。そして、犯人が現場に落して行ったライターが必要なんだ。それさえあれば、ぼくは径子を完全に救うことが出来る。頼む、ライターを出してくれないか」

大塚は繰り返して頼んだ。眼や耳から血が噴《ふ》き出るような思いだった。

「知らないわ、そんなこと。みんな検事さんの前で云った通りですわ」

桐子は、風に向って答えた。暗くて冷たい道だったが、大塚は、そこに土下座してでも桐子にすがりたかった。

大塚欽三は、それから三晩続けてバー〝リヨン〟に行った。

彼にも、もうそれが執念めいたものになっていることが分った。しかし、これ以外に手段はないのだった。何とかして桐子を従わせるよりほかはない。大塚欽三は桐子を呪《のろ》ったが、彼女に取り組った。この女に逃げられては、径子も自分も絶望の底に叩《たた》きつけられるだけだった。

バーで逢《あ》う桐子は、ニコニコして愛想がよかった。もう、その世界の空気を彼女は確実に身につけていた。適度に甘え、適度に弁護士の肩へしなだれかかるのだった。大塚が毎晩飲みに来たとしても、店の者に怪しまれることはない。初老の客が、まだ若い女給に心を惹《ひ》かれて通いつめるのは、ありふれた例だった。客は金払いがいい。マダムも機嫌《きげん》がよかった。大塚が帰るときは、かならず、桐子を一緒につけることを忘れなかった。

店から出て暗い道にかかると、二人の関係は仇敵《きゅうてき》になった。そういってもおかしくはない。弁護士は桐子を憎み、桐子に懇願している。

「ずいぶん、毎晩のようにいらっしゃるのね」

桐子は、やはり、大塚から離れて歩いていた。

「そんなにおいでになっても無駄ですわ。わたくし、自分で決めたこと以外には変えようもないんですから」

今朝雨が降った舗道はまだ濡《ぬ》れていた。冷たい風の吹く晩である。

「そんなことを云わないでくれ。ぼくは、何とかして君に頼み込むほかはない。弁護士生活を何十年と続けて来たが、これほどの目に遭《あ》ったことはないのだ」

「結構ですわ」

桐子は冷たく云った。

「何十年の弁護士生活で、名声も得られたし、お金も溜《た》まったでしょう。当然ですわ。先生にはそれだけの力量がおありになるんですから。何十年の弁護士生活で、たくさんの方をお救いになったでしょう。それでも、弁護依頼のなかには、お金のために……」

この言葉に彼女の力が入った。

「お金のために、弁護をお断わりになって、無罪の者を見殺しになさったこともありましたわね。その人の身内にとってみればたまりませんわ。弁護料がたくさん取れるから引き受ける。お金がないから断わる。先生は、もちろん、商売ですからそれでよろしいでしょう。でも、無罪のまま殺された人間の家族の身になれば、あのとき、どんなにお願いしても助けて下さらなかったことに、一生怨《うら》みを持ちますわ」

「分っている。そのことは、何度も君に云われて、ぼくも何度も謝《あやま》っている。どうか、頼む。ぼくを助けると思って、今度の径子《みちこ》の事件ではほんとうのことを検事に云ってくれ。証拠のライターも出してくれ。その代り、君の気持が済むようにどんなことでもする。そうだ、この地面に跪《ひざまず》いて両手をついてもいい」

「あら」

と女はクスクスと笑った。

「そんなこと、わたしの云うことと関係ありませんわ。わたしは、ただ、先生に見捨てられた人間の気持を云っているだけです。それと径子さんのこととは何の繋《つな》がりも因縁もありませんわ。全然、関係のないことです」

「桐子さん」

大塚は、こみ上げて来る怒りで拳《こぶし》を握った。しかし、それからの彼の動作はその感情とは別ものだった。

「頼む、桐子さん」

彼は思わず、桐子の手を両手で握った。

「何をなさるの?」

桐子は、取られたままの手を冷然と見下ろした。

「ここは、お店ではありませんわ」

大塚は、はっとして手を引いた。

「悪かった。そんなつもりでしたのではない。思わず、君にお願いしようとしてしたことだ。こんなにもぼくは焦《あせ》っている。今までにぼくは、こんな危機に陥ったことはない。どうか助けてくれ」

大塚欽三は、少女の前に続けて頭を下げた。

「先生。先生がそんなことなさっちゃ、みっともないわ」

「いや、ぼくは、もう弁護士でも何でもない一個人として、君に土下座するだけだ」

「無駄でしょう」

桐子は歩き続けていた。懸命な言葉と一緒に、ともすると止り勝ちな大塚は、彼女を追った。

「桐子さん。径子は無罪だ。ぼくは今度の事件の真犯人の目星がついている……」

桐子の足がふいと停った。

「何ですって。真犯人をご存じですって?」

「もう、何もかも云おう。杉浦という男を殺したのは、君の兄さんに嫌疑《けんぎ》がかかったK市の老婆《ろうば》殺しと同じ犯人だ……ぼくは調書を調べて、あの老婆が、実は左ききの犯人に殺《や》られたことを知った。今まで黙っていたが、それは、もう云っても追っつかないことだったからだ。裁判記録を調べているうちに、そのことに気づいたのだ。兄さんについた国選弁護人はそこまでは分らなかった。あれは、左ききの犯人でないと出来ない凶行だった……君の兄さんは左ききではない。立派に右ききだった」

桐子は、石になったように風に向って立っていた。

「径子が嫌疑を受けた杉浦殺しも左ききの犯人だ。そのことは、ぼくがあらゆる角度から証明出来る……出来るが、それだけでは弱いのだ。検事の論告を破り、裁判長を納得させるには物的証拠が要る」

桐子の顔色が変ったのは、この言葉を聞いてからである。彼女は暗い場所に眼を光らせて一点を見つめていた。顔の筋肉を動かさないままである。

桐子の眼の前に山上武雄の幻影が浮んでいた。彼女の眼はそれを凝視し続けている。左きき投手だった男だ。

「その左ききの男は」

と弁護士は云った。

「九州のK市であの老婆を殺した。その後に東京に出て、杉浦君を殺した。杉浦君はK市の人間だ。その犯人は、多分、杉浦君の友人に違いない。恐らく、同郷のK市の人間だろう。だから、K市で老婆を殺し、上京して杉浦君を殺したと考えても少しも矛盾はない。なぜその男は、杉浦君を殺したか、その辺は、犯人を捕えて訊《き》かなければ、まだぼくらには動機は分らない。しかし」

弁護士は続けた。

「杉浦君はレストランのボーイ長をしていたが、あれは与太者だった」

大塚は、ちょっと声を途切らせた。その瞬間に、径子と杉浦健次との関係を思い浮べていた。

「犯人も恐らく、不良性のある彼の友人かも知れない。二人の間に何か喧嘩《けんか》がはじまった。その喧嘩の原因は、ぼくには直感的に分るような気がする。あのK市の老婆殺しだ。杉浦君は、あの事件当時、一時K市に帰っていて、その友人が犯人だということを知っていたのではなかろうか。或《あるい》いは共謀ということも考えられる。その男が正犯で杉浦君は従犯だ。老婆殺しでは客用の座蒲団《ざぶとん》が二枚出ていた。両人は東京に出ても付き合っていたと思う。その辺のところから二人の縺《もつ》れが起ったのではないか」

桐子は、弁護士の言葉を聞いて思い出す。いつぞや、バー〝海草〟を健次と山上武雄とが出て行ったときのことだ。健次は山上をひどく脅《おど》しつけていた。山上は、バーに健次と飲みに来ても、何かと健次に気を遣っていた。

すると……

もしや山上が老婆殺しの正犯人だとすると、杉浦健次は彼に頼まれて同行しているので、従犯の立場から絶えず正犯の山上を脅迫していたのではなかろうか。もちろん、彼から金をしぼり取る目的だ。しかし、山上には金がなかった。苦しい中から、彼は健次に金を工面して与えていたが、それが切れ目になると、健次の脅迫がはじまっていたのではないか。

健次がK市から上京したのは数年前だが、あの事件のときには、たまたま、K市に帰省していたに違いない。そこで、友人の山上に誘われて、あの凶行に仲間入りをした。その後、山上も上京してきたのであろう。

桐子は、K市の老婆殺しと杉浦健次殺しとの間に山上武雄の姿が往復しているのを幻のように見た。

「君が」

と大塚は桐子の表情を覗《のぞ》き込んだ。

「径子の無罪を証明してくれたら、ぼくは、その真犯人を突き止める。その鍵《かぎ》はライターだ。あのライターには葡萄《ぶどう》とリスの模様がついていると径子も供述しているのだ。現場で拾ったのは君だ。そのライターさえ君が出してくれたら、ぼくは、君の兄さんの無罪も証明出来るし、径子も釈放させることが出来る。頼む。桐子さん。兄さんのためだと思って、ありのままを供述して、ライターを出してくれ」

「不公平ですわ」

桐子の声が唇から洩《も》れた。大塚は自分の耳を疑った。

「何?」

「そうじゃありませんの。兄の無罪を証明して頂くのは結構ですわ。でも、兄はもう死んでいます。けれど径子さんは生きていらっしゃるわ」

大塚は愕然《がくぜん》とした。

「兄が生きているうちでしたら、わたくし、先生のおっしゃる通りにしたかも知れません。でも、兄は獄死しています。径子さんだけがこの世の空気を吸っているのは片手落ちですわ。先生はそれでいいかも知れませんけれども……」

あとの言葉は唇で殺していた。

その翌《あく》る晩は雨が降っていた。

夜十一時頃、大塚はドアを押してバー〝リヨン〟に入って来た。外套《がいとう》の肩に雨の雫《しずく》が溜まっていた。髪も濡《ぬ》れていた。

「まあ、大変」

桐子が横にすり寄って来た。

「お風邪《かぜ》を引きますわ。先生。さあ、すぐお脱ぎになって」

かいがいしくオーバーを脱がせ、自分でストーブの傍《そば》に行って乾《かわ》かした。乾いたタオルを持って来て、大塚の頭から顔を拭《ふ》いてやった。

「お気の毒に。さ、お風邪を召さないうちに、何かお飲みになって」

弁護士は黙っている。眼を据えて、カウンターに両肘《ひじ》を置いていた。白髪がふえ、豊かだった頬が落ちていた。

「ハイボールでしたね、いつもの？」

バーテンが棚からこの店でたった一本のジョニーウォーカーの瓶《びん》を取り出した。赤ラベルだったが、ここでは最高の値段だった。

「さあ、お飲みになって」

グラスを握って弁護士の口に持って行ってやった。肩に片手をかけたままである。誰が見ても、好きな男を迎える女の姿だった。客としての弁護士も、気に入った女から酒を飲まされてうっとりとなったように見えた。

この客は、ここのところ毎晩やって来る。そして、帰るときは、かならず、桐子が一緒に出て行った。二人の仲は店の者にほとんど公認だった。

大塚欽三《きんぞう》は一時間近くスタンドに坐《すわ》っていた。桐子が頻《しき》りと彼にまつわりつき、甘い声を出していた。今晩の大塚は、あまり言葉を出さなかった。いつも口数の少ない客だったが、今夜はことに寡黙《かもく》だった。眼もあまり動かさない。昏《くら》い照明の中だから定かには分らなかったが、その眸《ひとみ》の中には偏執狂《モノマニヤ》のような光があった。

看板になって、桐子が大塚と肩を並べて出て行ったのも、いつもの通りである。

雨が強く降っていた。

弁護士は傘《かさ》も持っていない。桐子はコートの襟《えり》を立て、頭巾《ずきん》を被《かぶ》っていた。弁護士が雨に叩《たた》かれても彼女は何の同情も示さなかった。弁護士が店に入って来たときはいそいそとして外套を乾かしたり髪を拭いてやったりして、親切を見せた彼女がである。

両人でいつもの道を歩いた。街燈の光の輪のところだけ、雨脚《あまあし》が斜めの線を浮き出していた。片側は長い塀が続いて、その上から樹《き》の枝が差し覗《のぞ》いている。一方の片側は家だったが、遅い時間だし、雨の夜だから、全部が戸を閉めていた。人通りもなく、車も走っていなかった。雨の音だけが激しい。すぐ横の家のトタン屋根が鳴っていた。

大塚は歩いているうちに、突然、泥濘《ぬかるみ》の上に坐った。

桐子が見ている前で、彼は泥の上に膝《ひざ》を折り、両手を前に突いた。

「この通りだ。もう、何にも云《い》わない。君の気持もよく分っている。今は、この大塚を助けると思って一切を云ってくれ。ぼくの云うことを聞き入れてくれ。頼む」

大塚の声が雨の音の中に咽《むせ》ぶように聞えた。

桐子は、足許《あしもと》に跪《ひざまず》いている弁護士を上から眺《なが》めた。

「桐子さん。頼む。この通りだ。こんなことぐらいでは君の気持が済まないことはよく分っている。しかし、今は、こうして君に頼むより方法がないのだ。あとでどんなことでもする。だから、検事にありのままを云ってくれ。そして、あの葡萄とリスの模様のついたライターを出してくれ」

桐子は黙って立っていた。やはり、雨脚が地面を叩いている中にである。

彼女は男の姿を眺め続けていた。弁護士はあとの言葉を呑《の》み、動物のような姿でお辞儀だけを繰り返していた。

「先生」

桐子がやっと云った。

「分りましたわ」

弁護士が、下げていた首を上げた。

「どうか、そんな恰好《かっこう》をなさらないで下さい」

「分った？」

大塚は、暗い中から桐子を見すかした。その声に希望が急に滲《にじ》み出ていた。

「分ったというと……検事の前で云ってくれるのか。ほんとうに云ってくれるのかい？」

「云いますわ。ライターもお返しします」

大塚は飛び上がりそうだった。

「ほ、ほんとうか？」

半信半疑だった。桐子を食い入るようにして見つめている。

「嘘《うそ》じゃありません」

「そうか」

弁護士は太い息を吐いた。

「とにかく、立って下さい。そんな恰好ではお話も出来ませんわ」

「しかし、君は、ほんとうに許してくれるんだね。許してくれるまで、ぼくは、こうしているつもりだった」

「もう、そんなこと云わないで。さあ、お立ちになって」

弁護士の顔は希望に燃えていた。彼は泥濘《ぬかるみ》の中からよろめくように立ち上がった。

「いつ、いつライターを渡してもらえるかね？」

弁護士は、泥だらけの手で拳《こぶし》をつくって桐子に迫った。

「明日の晩です」

この答えのあと、桐子は唾《つば》を咽喉《のど》に呑み込んだ。

「明日の晩、わたくしのアパートにいらしって下さい。ライターはそのときに差し上げます」

「有難う」

弁護士は、泥だらけの手で拝むような恰好をした。

「明日の晩だね。いいとも。どこにでも行くよ。ほんとうにライターを返してくれるんだろうね。そして、ほんとうに検事の前で径子《みちこ》の無罪を証明してくれるんだね？」

「お約束したんですもの、わたくし、きっとそうしますわ」

「有難う、有難う」

白髪の多くなった大塚は泪《なみだ》を流した。

「君のアパートはどこだね？」

このとき、はじめて、桐子の口からその住所が告げられた。

「お店の看板が十一時半です。明日は店に来ないで、直接にアパートに来て下さい。そうね、十二時ちょっと過ぎ頃がいいわ。それまでに、わたくし、きっと帰って待っていますから」

雨の中で、泥だらけになった大塚欽三は狂喜した。夜の十二時になって女ひとりのアパートに行くことの非常識は、彼の頭から離れていた。

その晩、大塚は、教えられたアパートに行った。このような建物に行くのは初めてである。しかも深夜である。

場末の町だった。それも路地の奥である。表はドアになっていた。鍵が掛っているものと思って、ドアを押したが、すうっと開いた。一晩中、表は鍵を掛けないで開いているものらしい。

大塚は、右手に階段を見た。これは桐子から教えられた通りのものである。玄関には下駄《げた》が散乱していた。大塚は、自分の靴をそこに置いたものかどうか迷ったが、決心して、靴をそのままにして階段を昇った。

急な傾斜である。上がったところが廊下だった。薄暗い電燈が点《つ》いている。両側には、病院と同じようなドアがあった。桐子の教えた部屋は、その右側の突き当りだった。

大塚は、まるで盗賊のような気持になった。足音を忍ばせてその部屋に辿《たど》り着くのが懸命だった。急に、横のドアを開けて人が飛び出して来そうな気がしてならなかった。突き当りのドアに来た。彼は低いノックをした。

内側から軽い声が聴えた。間もなくドアが半分開いた。電燈《でんとう》の光を背にした黒い桐子の顔が出た。

「いらっしゃいませ」

桐子は、客を迎える作法で挨拶《あいさつ》した。

大塚は、その中に辷《すべ》り込んだ。六畳ばかりの部屋である。香の匂《にお》いがしていたが、机の上に香炉《こうろ》があり、それから薄い煙が立っていた。正面にカーテンがある。座蒲団《ざぶとん》が一枚、座敷の中央にあった。

「わたし、今、帰ったところなんですよ。お待ちしてましたわ」

桐子は和服に着替えていた。派手な色彩だが普段着の服装である。

桐子が、ウイスキーのびんとグラスを運んで来た。

「何もございませんわ。召し上がって」

桐子は笑いながら弁護士に云った。

大塚が見て奇異だったのは、桐子がひどく大人びて見えたことである。洋装を和服に着替えたせいもあった。それに、珍しく顔に化粧しているのである。明らかに大塚が来るのを予想して支度《したく》しているのだった。

「構わないでくれたまえ」

大塚は、桐子の方を見ないで云った。

「ライターを出してくれるだろうね。そして、君は径子《みちこ》の無罪のことを云ってくれるだろうね？」

「約束したんですもの、申しますわ。ライターも出します。でも、それを差し上げると、すぐにお帰りになるんでしょ。もう少しここにいて下さいな」

これまで大塚が聴いた桐子の言葉の調子ではなかった。じっと彼を見つめた眼が潤《うる》んで見えたのである。

「先生、召し上がって下さいな。わたしのうちの物でも毒は入っていませんわ」

云うことも大人びていたし、言葉はすでに水商売の女のものだった。

大塚は、桐子に逆らわないことにした。対手《あいて》は強い性格なのである。ここで機嫌《きげん》を損じたくなかった。大塚は我慢してグラスを口に着けた。生《き》だから舌に強かった。

「先生、ねえ、お酔いになって」

桐子は云った。距離はあったが、大塚の方に身体を崩《くず》しかけていた。

「お帰りの自動車《くるま》は、外に待たせてあるんでしょ。だったら、大丈夫ですわ。わたし、先生に酔って頂きたいわ」

「ライターを」

と大塚は叫んだ。

「ライターを出してくれ」

「お急ぎにならなくても出しますわ。先生に少しでも残って頂きたいわ。もう一杯いかがです?」

「十分だ」

と大塚は息を吐いて云った。

「これで帰らせてもらう。ライターを出してくれ」

「あら、いやだ」

女は嗤《わら》った。

「ライター、ライターって、いやですわ。じゃ、もう一杯飲んで帰って頂きます。ねえ、いいでしょ。そうしたら、お帰りの時に、わたしの持ってるライターを、先生のポケットに入れて差し上げますわ」

大塚は、勇気を出して、その一杯を飲んだ。強い酒だし、それほど彼はこの酒に馴《な》れていなかった。

「ライターを」

大塚欽三は手を出した。

「あら、せっかちね、先生」

この声は、辺《あた》りが燃えて見えてきかけた大塚の眼のすぐ前で彼女の唇が吐いた。派手な色彩が彼の視覚に揺れた。

「先生」

次の声は、大塚の耳のそばだった。同時に、彼の身体《からだ》を桐子が抱《かか》えた。大塚が覚えていることは、彼女に引きずられてカーテンの前によろけて行ったことである。大塚がこの部屋に入った瞬間に見た正面のカーテンだった。それが音を立てて破れたのである。大塚の眼にベッドが映った。――

大塚欽三は眼を剝《む》いた。ベッドは彼を待つように用意されてあった。

「何をするんだ?」

「いや。先生」

桐子は、大塚の身体に自分をぶっつけるように真正面から襲い、彼を押し倒した。

大塚は仰向けになって背中を蒲団につけた。後頭が枕《まくら》に触れた。

桐子は弁護士を離さなかった。彼女の肩や腕に力を入れて抱き締めた。

「ど、どうするんだ。ラ、ライターを!」

大塚は叫んだ。

「ライターは差し上げますと云っていますわ。先生、その前に、わたくしの云うことを聞いて！」

「何？」

「先生が好き」

この言葉と一緒に、彼女の手は大塚の白髪のふえた髪の毛を摑《つか》み、首を蒲団の上に固定させて、彼の唇や、鼻や、眼や、頬など、あらゆる部分を強烈に舐《な》めまわした。咬《か》みつくような唇の吸い方だった。歯を立てて、男の皮膚が破れそうなくらいである。

「先生が、好きだったの」

彼女は、自分の体を大塚の上に乗せかけて重力を押しつけた。

「意地悪云ってごめんなさい。でも、先生が好きだから、あんなこと云って苛《いじ》めたくなったの。ね、分るでしょう？」

彼女は、大塚の耳朶《みみたぶ》を咬んで云った。

大塚の顔から汗が流れていた。大塚は桐子の体を跳《は》ねのけようとしたが、その抵抗は次第に弱まった。彼の眼は自分の顔の真上にある桐子の唇を睨《にら》んでいる。別の力が大塚の体の中に起った。彼は、ゆっくり、桐子の頸《くび》に手をまわした。激しい争闘の後にある疲労したような無意識の状態だった。

そのときになって、桐子の身体が恐怖で震え出した。しかし、大塚の身体からは決して離れようとはしなかった。彼女の頭の中に、阿部《あべ》啓一の姿が一瞬によぎって過ぎた。

翌日、柳田桐子は、河野径子事件を調べている検事宛に、内容証明の手紙を送った。

「大塚弁護士が、この間から、河野径子さんの無罪を証明してくれ、と云《い》って、しつこくわたしのところに通って来ました。わたしは、そのため、殺された杉浦健次の姉が経営しているバー〝海草〟を辞《や》め、別のバーに移ったくらいです。ところが、大塚弁護士さんはそこにも現われ、毎晩のように遅く来ては、わたくしを帰り道に誘い、河野径子さんの無実を証明してくれ、と云うのです。つまり、わたくしがあの現場に径子さんと一緒にいて、径子さんより先に被害者の杉浦健次さんが殺されていたことを証言してくれ、と云うのです。そして、犯人のものと思われるライターは、お前が現場で拾って隠しているに違いない、それを出せば径子さんは無罪になるから、おれに渡せ、と云うのです。わたくしは、この間、検事さんからお訊《たず》ねがあったときお答えしたように、あの家に行ったこともありません。わたくしがどうして径子さんと健次さんの隠家《かくれが》を知っていましょうか。それなのに、大塚弁護士さんは、自分の云う通りにしてくれれば径子が無罪になるから、その通りに法廷で証言しろ、と強要するのです。つまり、わたくしは行ったこともない現場にいて、逢《あ》ったこともない径子さんに逢い、彼女の自供通りの証明をしろ、と云うわけです。こんなことが一流の弁護士さんの言動としてゆるされるでしょうか。大塚弁護士は、明らかにわたくしに偽証を強要しているのです。わたくしは断わりました。再三再四、わたくしの帰りを待ち伏せている大塚さんに怕《こわ》さを感じましたが、偽証だけは出来ないので、断然、お断わりして来ました。

ところが、愛人を助けたさのあまり、執拗《しつよう》に大塚さんはわたくしを責めるのです。そして、昨夜のことですが、とうとう、わたくしのアパートまでついて来たわけです。わたくしがどんなにお断わりしても、大塚さんはしつこく離れなかったのです。とうとう、わたくしのアパートに押し入り、そこでも同じことを繰り返して、わたくしに偽証を要求するのです。それが午前零時を過ぎていました。

わたくしは、そこでも弁護士の申し出を断わったのです。すると、どうでしょう。大塚さんはいきなりわたくしをベッドに連れこみ、肉体関係を迫りました。大塚弁護士の考えでは、わたくしを懐柔すれば、自分の思うような証言をするとでも思ったのでしょうか。わたくしは極力抵抗しましたが、とうとう、大塚さんのために穢《けが》されてしまいました。

わたくしは、自分の身体が老獪《ろうかい》な弁護士のために踏みにじられたことを、ここで訴えているのではありません。もちろん、それもわたしの一生取返しのつかない汚点になりましたが、それよりも、そんなことまでしてわたくしに偽証を強《し》いる、大塚弁護士のやり方が憎いのです。証人である女の身体まで犯してそのことによって味方に引き入れ、偽証を強要する一流弁護士の卑劣な行動に憎悪《ぞうお》を感じます。世の中にこういう弁護士が存在していいものでしょうか。

わたくしはひとりの高名な弁護士の仮面を暴《あば》くため、あえて自分の恥をここに書き綴《つづ》りました。どうぞ、御判読のうえ、わたくしの意をお汲《く》み取り願いとう存じます」

検事は大塚弁護士を呼んで、柳田桐子の手紙を内示した。

大塚欽三《きんぞう》はそれを一読したとき、身体の血が逆流したようになった。

「どうですか？　この通りですか？」

検事は弁護士に訊ねた。

「…………」

弁護士に反駁《はんばく》の勇気がなかった。

大塚欽三は柳田桐子の復讐《ふくしゅう》を知った。しかし、彼はこの文面を否定することが出来ない。

大塚欽三は、柳田桐子がそのことを身をもってやったのを知っている。彼女の身体は純潔だったのだ。この罪悪感も弁護士に深い弱点となっている。

柳田桐子の誘惑を検事に述べるのはやさしい。しかし、それは当事者だけの間だった。柳田桐子の手紙にある主張を否認し、自分の反論が正しいと立証するものは何もない。いや、それを反駁する勇気がないのは、自分の恥を晒《さら》すことよりも、彼が一人の少女の純潔を奪ったという罪の意識にある。

大塚欽三は、検事にその手紙の内容を示されても、否定も肯定もしなかった。彼は蒼《あお》い顔をして顫《ふる》えるような微笑を泛《うか》べた。

証人に偽証を強要するのは、弁護士として最大の恥であり、その生命の喪失を意味する。

大塚欽三は、あらゆる弁護士界の役員を辞職し、つづいて弁護士という職業も辞した。彼は自分でそうしたのだが、表面の事情を知っている者は、高名な大塚欽三がその過失から余儀ない立場に追いやられたと信じた。

大塚欽三は煉獄《れんごく》に身を置いた。河野径子が閉じ込められている牢獄《ろうごく》よりも苛酷《かこく》であった。

東京から桐子の消息が絶えた。

解説

尾崎秀樹

『霧の旗』は昭和三十四年七月から翌三十五年三月にかけて『婦人公論』に連載された長編である。松本清張は昭和二十七年九月に発表した『或《あ》る「小倉日記」伝』で第二十八回芥川賞を受賞し、歴史小説の分野に特色を発揮した。その後推理小説に進出し、昭和三十一年には短編集『顔』で第七回日本探偵作家クラブ賞を受け、つづいて『点と線』『眼の壁』等を月刊誌や週刊誌に連載、社会性に富んだ本格推理の書き手として注目された。『霧の旗』を発表した昭和三十四年には、さらに戦後史の黒い影を描いた一連の作品の先駆ともなる『小説・帝銀事件』を書き、スチュワーデス殺人事件に材をとった『黒い福音』を手がけ、次第と政治的・社会的諸事件をあつかうようになってゆく。

そうみてくると、『霧の旗』の書かれた昭和三十四、五年という年は、松本清張のあぶらののりきったときであり、その方向が定められ、さらにつぎの段階へ歩みだそうとするちょうどそのときにあたっていたことがわかる。『霧の旗』は実際に松本清張の作品史の上において、つぎの時代へ架橋するような位置をしめているといえよう。

作品は女主人公の柳田桐子《きりこ》が、無実の罪から兄を救《たす》けるため、はるばる九州から上京し、著名な弁護士である大塚欽三《きんぞう》の事務所を訪ね、すげなく断わられてしまうところからはじまる。桐子の兄の事件というのは、北九州のK市でおこった金貸しの老婆《ろうば》殺しで犯人とされたことであった。兄の正夫は同市の小学校教師だったが、前年の秋、学童たちから徴収した修学旅行の積立金三万八千円を帰宅の途中で落し、弁済の方法がつかず、金貸しの老婆から四万円を高利で借りた。しかし安サラリーマンの正夫には、利子も払いかねるありさまだった。

事件のあった当夜、そのことで金貸しのもとを訪れた正夫は、老婆が殺されていることを知り、自分名義の借用証を抜きとって逃げかえった。だがそのためかえってあやしまれ、ズボンについた血痕《けっこん》等が物的証拠となって、下手人とみなされてしまう。柳田正夫はいったん自供したものの、検察庁ではその自白をひるがえし、罪状否認のまま公判廷では一審で死刑の判決を受け、控訴中に獄死した。つまり強盗殺人犯の汚名をきたまま死んだわけである。

妹の桐子は正夫の無実を信じ、大塚弁護士に必死になってたのんだが、多忙な大塚弁護士は弁護料の高額であることを理由に、桐子の願いをしりぞけた。桐子のショックは大きく、兄が汚名をきたまま獄死したことを、一途《いちず》に大塚弁護士のせいであると思いこみ、それまでのK市での仕事を捨てて上京し、弁護士にたいする復讐《ふくしゅう》をくわだてる。

大塚弁護士には銀座のレストランを経営している河野径子《みちこ》という愛人がいた。この愛人が偶然なことから、桐子の兄の場合と同様に殺人事件にまきこまれ、その運命のカギを桐子がにぎることになるが、最後までその証言を行おうとしない。大塚弁護士は必死になって懇願するが、桐子の氷りついた心はとけなかった。

ちょうどK市における金貸しの老婆殺し事件と相似的なケースとなり、河野径子は柳田正夫の立場におかれ、大塚弁護士は柳田桐子の位置にたつことになる。運命の皮肉というほかはないが、河野径子の無実を立証する桐子の証言は得られないままに経過する。

大塚弁護士はそのスキャンダルをあばかれ、家庭は崩壊し、社会的な名声も失墜してしまい、大きな痛手をこうむるが、それでも径子の無実をはらすために敢然として法廷に立とうとする。この弁護士はけっして悪人ではない。桐子は兄が老婆殺しの犯人として獄死した原因を、大塚弁護士の拒絶にあるように思いこんでいる。しかしそれでは大塚がかわいそうだ。多忙な弁護士としては断わるのが普通だろう。それを桐子のように思いこみ、徹底した復讐をくわだてるのは、やや異常すぎはしまいか——読者のなかにはこう思う人があるいはいるかもしれない。それほどに桐子の行動はモノマニヤックである。

そのことは作者自身も文中でくりかえし述べている。むしろ読者がその異常さに気づくことを、あらかじめ計算に入れているようでさえある。大塚の場合のように、桐子にしつこくねばられたのではやりきれないことは事実だ。それを百も承知で、作者は桐子の行動を浮彫りしている。問題はこの桐子のあくなき執念にあるのだ。

大塚弁護士は柳田正夫が控訴中に獄死した後、関係書類を地元からとりよせて一読し、真犯人が左ききの男であったことをめざとく察知する。正夫の無実はその一点でも立証されるわけだが、彼はそのことを桐子になかなか告げない。だが運命のいたずらは、径子が情事の隠れ家に使っていた家での杉浦健次の惨死事件の下手人も、同様に左ききである可能性を見抜くのだが、桐子の証言が得られないためにその物的な裏づけがとれず、大塚は一度ならず二度までも運命の痛棒を味わわねばならない。

松本清張は大塚弁護士と柳田桐子の対決を、運命的なものとして述べているわけではない。一見偶然ともみえるそれらの出合いのなかに、現代社会における必然的なありかたをもりこもうとしているのだ。それは作者の現代の悪との対決でもある。

松本清張はかつてつぎのように書いたことがあった。

「いままで推理小説と申しますと、大抵、ピストルが鳴ったり、麻薬の取引があったり、人殺しがあったりという、われわれの日常生活にはまず無縁なことが書かれております。ところが、そういう荒っぽい、こわがらせを眼目にしたような小説は、実は本来からいうと、ちっともこわくない。それよりも、生活に密着した、われわれ自身がいつ巻きこまれるかわからないような現実的《リアル》な恐ろしさを描いたほうが、どんなにそれが淡々と静かな文章で書かれていても、ずっと大きな戦慄《せんりつ》を感じさせることになるのではないかと思います。

この考え方を発展させてゆきますと、将来の推理小説というものは、個人的な動機のみならず、社会的な組織の矛盾を衝《つ》くことによって、もっともっと押し広げられ、もっともっと大人《おとな》の鑑賞に耐え得る文学にまで高められうると私は考えております」

(『黒い手帳』)

たとえばこのようなことがある。昭和三十一年九月二日に岡山の後楽園で白昼殺害事件がおこった。公園入口横の公衆便所内で、頭をたたき割られて死んでいた男の死体があった。発見したのは一人の若い人妻だった。彼女はさっそく公園事務所に連絡し、事務所から警察に届け出た。警察では延べ一万人を動員して、千六百人の参考人にあたったが、かんじんな最初の発見者である若い人妻だけが、どうしたわけかそのとき名乗り出なかった。あとでわかったことによると、その日彼女は夫と散歩していて事件にぶつかった。しかしある事情があって夫とは別居しており、その逢瀬《おうせ》を知られると都合の悪いことがあり、それをおそれて届け出なかったというわけだ。

個人の生活には、このような隠された部分が少なからずある。そのため事柄はいろいろにこんがらかってしまうのだ。偽証やデッチあげもそこからうまれてくる。柳田正夫も預かっていた修学旅行費を落さなければ、そして金貸しの老婆から高利で金を借りなければ、濡《ぬ》れ衣《ぎぬ》を着ることもなかったにちがいない。河野径子にしても、杉浦健次との約束をはたさなければ、またその現場を柳田桐子に目撃されなかったら、個人の秘密はそのまま保たれたわけだ。現代人にとって、そのような陥穽《かんせい》はいたるところにひそんでいる。

常識的に考えれば、柳田正夫を冤罪《えんざい》におとしいれたのは、検察側のミスであり、日本の裁判制度の矛盾ということになるかもしれない。しかし桐子はそう考えなかった。そう考えることで法のありかたの限界を批判し、一般論に解消していくやりかたに、最後まで抵抗している。松本清張はこの桐子のありかたをとおして、実は法の限界、裁判制度の矛盾等をえぐっているのであり、一般論に解消してはならない問題を、しつこく追いつづけることによって、桐子の眼とかさなる意識をそこにしめしている。ややかたくなに感じられるほど、桐子に大塚弁護士にたいする復讐をくわだてさせるのも、社会一般の事なかれ主義、なれあい主義にたいする容赦ない批判があったからではないか。

もちろんそれだけでは、K市の老婆殺しの真犯人も、杉浦健次を殺した下手人も、指弾されないままに残る。作者はそのための伏線として、左きき、サウスポーの元野球選手といった影の人物を暗示してみせるが、その真相究明にまでふみ入るのを自制しているのは、問題を一般の常識、事なかれ主義のほうにむけ、桐子の訴えを正しくうけとめる必要性を強調したかったからに違いない。『霧の旗』というのはきわめて象徴的なタイトルだが、私たち現代人は影の部分をもち、孤絶化した状況に生きている。人間関係のこのような断絶は、さらにふかまると思われるが、そのような問題を、ミステリアスな手法でえぐり出すとき、現代社会の無気味さがあらためて実感される。

私の戦後の体験に照らしてみても、こういった恐怖が実在することが、はっきりと証言できる。それは戦後におけるゾルゲ事件の展開のなかで、しみじみと実感されたものだが、その種の意識の潜在化にはやくから注目した松本清張の現代感覚に、私はふかく共感するものをおぼえるのだ。

(昭和四十六年十一月、評論家)

この作品は昭和三十六年三月中央公論社より刊行された。

松本清張著

或る「小倉日記」伝

芥川賞受賞　傑作短編集(一)

体が不自由で孤独な青年が小倉在住時代の鷗外を追究する姿を描いて、芥川賞に輝いた表題作など、名もない庶民を主人公にした12編。

松本清張著

黒地の絵

傑作短編集(二)

朝鮮戦争のさなか、米軍黒人兵の集団脱走事件が起きた基地小倉を舞台に、妻を犯された男のすさまじい復讐を描く表題作など9編。

松本清張著

西郷札

傑作短編集(三)

西南戦争の際に、薩軍が発行した軍票をもとに一攫千金を夢みる男の破滅を描く処女作の「西郷札」など、異色時代小説12編を収める。

松本清張著

佐渡流人行

傑作短編集(四)

逃れるすべのない絶海の孤島佐渡を描く「佐渡流人行」、下級役人の哀しい運命を辿る「甲府在番」など、歴史に材を取った力作11編。

松本清張著

張込み

傑作短編集(五)

平凡な主婦の秘められた過去を、殺人犯を張込み中の刑事の眼でとらえて、推理小説界に新風を吹きこんだ表題作など8編を収める。

松本清張著

駅路

傑作短編集(六)

これまでの平凡な人生から解放されたい……。停年後を愛人と送るために失踪した男の悲しい結末を描く表題作など、10編の推理小説集。

松本清張著　**わるいやつら**（上・下）

厚い病院の壁の中で計画される院長戸谷信一の完全犯罪！　次々と女を騙しては金をまき上げて殺す恐るべき欲望を描く長編推理小説。

松本清張著　**歪んだ複写**
—税務署殺人事件—

武蔵野に発掘された他殺死体。腐敗した税務署の機構の中に発生した恐るべき連続殺人を描いて、現代社会の病巣をあばいた長編推理。

松本清張著　**けものみち**（上・下）

病気の夫を焼き殺して行方を絶った民子。疑惑と欲望に憑かれて彼女を追う久恒刑事。悪と情痴のドラマの中に権力機構の裏面を抉る。

松本清張著　**半生の記**

金も学問も希望もなく、印刷所の版下工としてインクにまみれていた若き日の姿を回想して綴る〈人間松本清張〉の魂の記録である。

松本清張著　**黒い福音**

現実に起った、外人神父によるスチュワーデス殺人事件の顚末に、強い疑問と怒りをいだいた著者が、推理と解決を提示した問題作。

松本清張著　**ゼロの焦点**

新婚一週間で失踪した夫の行方を求めて、北陸の灰色の空の下を尋ね歩く禎子がまき込まれた連続殺人！　『点と線』と並ぶ代表作品。

松本清張著

眼の壁

白昼の銀行を舞台に、巧妙に仕組まれた三千万円の手形サギ。責任を負った会計課長の自殺の背後にうごめく黒い組織を追う男を描く。

松本清張著

点と線

一見ありふれた心中事件に隠された奸計！列車時刻表を駆使してリアリスティックな状況を設定し、推理小説界に新風を送った秀作。

松本清張著

蒼い描点

女流作家阿沙子の秘密を握るフリーライターの変死――事件の真相はどこにあるのか？代作の謎をひめて、事件は意外な方向へ……。

松本清張著

影の地帯

信濃路の湖に沈められた謎の木箱を追う田代の周囲で起る連続殺人！　ふとしたことから悽惨な事件に巻き込まれた市民の恐怖を描く。

松本清張著

時間の習俗

相模湖畔で業界紙の社長が殺された！　容疑者の強力なアリバイを『点と線』の名コンビ三原警部補と鳥飼刑事が解明する本格推理長編。

松本清張著

砂の器（上・下）

東京・蒲田駅操車場で発見された扼殺死体！新進芸術家として栄光の座をねらう青年の過去を執拗に追う老練刑事の艱難辛苦を描く。

松本清張著

Dの複合

雑誌連載「僻地に伝説をさぐる旅」の取材旅行にまつわる不可解な謎と奇怪な事件！　古代史、民俗説話と現代の事件を結ぶ推理長編。

松本清張著

死の枝

現代社会の裏面で複雑にもつれ、からみあう様々な犯罪――死神にとらえられ、破滅の淵に陥ちてゆく人間たちを描く連作推理小説。

松本清張著

眼の気流

車の座席で戯れる男女に憎悪を燃やす若い運転手、愛人に裏切られた初老の男。二人の男の接点に生じた殺人事件を描く表題作等5編。

松本清張著

渦

テレビ局を一喜一憂させ、その全てを支配する視聴率。だが、正体も定かならぬ調査による集計は信用に価するか。視聴率の怪に挑む。

松本清張著

共犯者

銀行を襲い、その金をもとに事業に成功した内堀彦介は、真相露顕の恐怖から五年前に別れた共犯者を監視し始める……表題作等10編。

松本清張著

渡された場面

四国と九州の二つの殺人事件が、小さな同人雑誌に発表された小説の一場面によって結びついた時、予期せぬ真相が……。推理長編。

松本清張著

水の肌

利用して捨てた女がかつての同僚と再婚していた——男の心に湧いた理不尽な怒りが平凡な日常を悲劇にかえる。表題作等5編を収録。

松本清張著

天才画の女

彗星のように現われた新人女流画家。その作品が放つ謎めいた魅力——。画壇に巧妙にめぐらされた策謀を暴くサスペンス長編。

松本清張著

憎悪の依頼

金銭貸借のもつれから友人を殺した孤独な男の、秘められた動機を追及する表題作をはじめ、多彩な魅力溢れる10編を収録した短編集。

松本清張著

砂漠の塩

カイロからバグダッドへ向う一組の日本人男女。妻を捨て夫を裏切った二人は、不毛の愛を砂漠の谷間に埋めねばならなかった——。

松本清張著

黒革の手帖（上・下）

横領金を資本に銀座のママに転身したベテラン女子行員。夜の紳士を相手に、次の獲物をねらう彼女の前にたちふさがるものは——。

松本清張著

小説日本芸譚

千利休、運慶、光悦——。日本美術史に燦然と輝く芸術家十人が煩悩に翻弄される姿——人間の業の深さを描く異色の歴史短編集。

松本清張著

状況曲線（上・下）

二つの殺人の巧妙なワナにはめられ、追いつめられていく男。そして、発見された男の死体。三つの殺人の陰に建設業界の暗闘が……。

松本清張著

黒い画集

身の安全と出世を願う男の生活にさす暗い影。絶対に知られてはならない女関係。平凡な日常生活にひそむ深淵の恐ろしさを描く7編。

松本清張著

蒼ざめた礼服

新型潜水艦の建造に隠された国防の闇。日米巨大武器資本の蠢動。その周辺で相次ぐ死者……。白熱、迫真の社会派ミステリー。

松本清張著

黒の様式

思春期の息子を持つ母親が、その手に負えない行状から、二十数年前の姉の自殺の真相にたどりつく「歯止め」など、傑作中編小説三編。

松本清張著

巨人の磯

大洗海岸に漂着した、巨人と見紛うほどに膨張した死体。その腐爛状態に隠された驚きのトリックとは。表題作など傑作短編五編。

松本清張著

隠花の飾り

愛する男と結婚するために、大金を横領する女、年下の男のために身を引く女……。転落してゆく女たちを描く傑作短編11編。

松本清張著

なぜ「星図」が開いていたか
―初期ミステリ傑作集―

清張ミステリはここから始まった。メディアと犯罪を融合させた「顔」、心臓麻痺で急死した教員の謎を追う表題作など本格推理八編。

赤川次郎著

ふたり

交通事故で死んだはずの姉の声が、突然、頭の中に聞こえてきた時から、千津子と実加、二人の姉妹の奇妙な共同生活が始まった……。

真保裕一著

ホワイトアウト
吉川英治文学新人賞受賞

吹雪が荒れ狂う厳寒期の巨大ダムを、武装グループが占拠した。敢然と立ち向かう孤独なヒーロー！ 冒険サスペンス小説の最高峰。

髙村薫著

黄金を抱いて翔べ

大阪の街に生きる男達が企んだ、大胆不敵な金塊強奪計画。銀行本店の鉄壁の防御システムは突破可能か？ 絶賛を浴びたデビュー作。

髙村薫著

リヴィエラを撃て（上・下）
日本推理作家協会賞／日本冒険小説協会大賞受賞

元IRAの青年はなぜ東京で殺されたのか？ 白髪の東洋人スパイ《リヴィエラ》とは何者か？ 日本が生んだ国際諜報小説の最高傑作。

髙村薫著

レディ・ジョーカー（上・中・下）
毎日出版文化賞受賞

巨大ビール会社を標的とした空前絶後の犯罪計画。合田雄一郎警部補の眼前に広がる、深い霧。伝説の長篇、改訂を経て文庫化！

道尾秀介著
向日葵の咲かない夏
終業式の日に自殺したはずのS君の声が聞こえる。「僕は殺されたんだ」。夏の冒険の結末は。最注目の新鋭作家が描く、新たな神話。

今野敏著
リオ
―警視庁強行犯係・樋口顕―
捜査本部は間違っている！ 火曜日の連続殺人を捜査する樋口警部補。彼の直感がそう告げた。刑事たちの真実を描く本格警察小説。

泡坂妻夫著
しあわせの書
―迷探偵ヨギ ガンジーの心霊術―
二代目教祖の継承問題で揺れる宗教団体〝惟霊講会〟。布教のための小冊子「しあわせの書」に封じ込められた驚くべき企みとは何か？

乃南アサ著
幸福な朝食
日本推理サスペンス大賞優秀作受賞
なぜ忘れていたのだろう。あの夏から、私は妊娠しているのだ。そう、何年も、何年も……。直木賞作家のデビュー作、待望の文庫化。

乃南アサ著
6月19日の花嫁
結婚式を一週間後に控えた千尋は、事故で記憶喪失に陥る。やがて見えてきた、自分の意外な過去――。ロマンティック・サスペンス。

乃南アサ著
死んでも忘れない
誰にでも起こりうる些細なトラブルが、平穏だった三人家族の歯車を狂わせてゆく……。現代人の幸福の危うさを描く心理サスペンス。

帚木蓬生著　国　銅（上・下）

大仏の造営のために命をかけた男たち。歴史に名は残さず、しかし懸命に生きた人びとを、熱き想いで刻みつけた、天平ロマン。

帚木蓬生著　逃　亡（上・下）
柴田錬三郎賞受賞

戦争中は憲兵として国に尽くし、敗戦後は戦犯として国に追われる。彼の戦争は終わっていなかった――。「国家と個人」を問う意欲作。

帚木蓬生著　三たびの海峡
吉川英治文学新人賞受賞

三たびに亙って〝海峡〟を越えた男の生涯と、日韓近代史の深部に埋もれていた悲劇を誠実に重ねて描く。山本賞作家の長編小説。

帚木蓬生著　閉鎖病棟
山本周五郎賞受賞

精神科病棟で発生した殺人事件。隠されたその動機とは。優しさに溢れた感動の結末――。現役精神科医が描く、病院内部の人間模様。

篠田節子著　仮想儀礼（上・下）
柴田錬三郎賞受賞

金儲け目的で創設されたインチキ教団。金と信者を集めて膨れ上がり、カルト化して暴走する――。現代のモンスター「宗教」の虚実。

佐々木譲著　制服捜査

十三年前、夏祭の夜に起きてしまった少女失踪事件。新任の駐在警官は封印された禁忌に迫ってゆく――。絶賛を浴びた警察小説集。

新潮文庫最新刊

清水 朔著

奇譚蒐集録
―鉄環の娘と来訪神《オトナイサマ》―

信州山間の秘村に伝わる十二年に一度の奇祭、首輪の少女と龍屋敷に籠められた少年の悲運。帝大講師が因習の謎を解く民俗学ミステリ！

喜友名トト著

だってバズりたいじゃないですか

恋人の死は、意図せず「感動の実話」として映画化され、〝バズった〟……切なさとエモさが止められない、ＳＮＳ時代の青春小説！

川添 愛著

聖者のかけら

聖フランチェスコの遺体が消失した――。特異な能力を有する修道士ベネディクトが大いなる謎に挑む。本格歴史ミステリ巨編。

角田光代
河野丈洋著

もう一杯だけ飲んで帰ろう。

西荻窪で焼鳥、新宿で蕎麦、中野で鮨、立石ではしご酒――。好きな店で好きな人と、飲む酒はうまい。夫婦の「外飲み」エッセイ！

森田真生著

計算する生命
河合隼雄学芸賞受賞

計算の歴史を古代まで遡り、先人の足跡を辿りながら、いつしか生命の根源に到達した独立研究者が提示する、新たな地平とは――。

ふかわりょう著

世の中と足並みがそろわない

強いこだわりと独特なぼやきに呆れつつ、くすりと共感してしまう。愛すべき「不器用すぎる芸人」ふかわりょうの歪《いびつ》で愉快な日常。

霧《きり》の旗《はた》

新潮文庫　ま-1-20

昭和四十七年一月三十日　発　行
平成十五年九月十日　四十一刷改版
令和六年一月二十日　五十九刷

著者　松《まつ》本《もと》清《せい》張《ちょう》

発行者　佐藤隆信

発行所　株式会社　新潮社

郵便番号　一六二—八七一一
東京都新宿区矢来町七一
電話　編集部(〇三)三二六六—五四四〇
　　　読者係(〇三)三二六六—五一一一
https://www.shinchosha.co.jp

価格はカバーに表示してあります。

乱丁・落丁本は、ご面倒ですが小社読者係宛ご送付ください。送料小社負担にてお取替えいたします。

印刷・錦明印刷株式会社　製本・株式会社植木製本所

ISBN978-4-10-110920-6 C0193